Der verfluchte Ring

Chronicles of Gods 4

Anke Unger

Anke Unger

Der verfluchte Ring

Fantasyroman

Impressum

Bibliografische Information der Deutschen Nationalbibliothek:
Die Deutsche Nationalbibliothek verzeichnet diese Publikation in der
Deutschen Nationalbibliografie; detaillierte bibliografische Daten sind im
Internet über http://dnb.dnb.de abrufbar.

© 2021 Anke Unger, 2. überarbeitete Auflage

Die Erstausgabe erschien 2017 im Verlag Dark Diamonds

Lektorat: Asta Müller
Cover: © Porträt und Kleidung mit freundlicher Genehmigung der
Firma www.armstreet.com
Coverdesign: Kristina Licht

Herstellung und Verlag: BoD – Books on Demand, Norderstedt
ISBN: 978-3-7534-2596-2

Der verfluchte Ring (Chronicles of Gods 4)

Band 4 der berauschenden Welt voller Götter, Magie und Intrigen

Areshvas Kampf um die Rückkehr der Göttin des Lichts scheint verloren. Um Fürst Silvrin von Aravenna vor dem drohenden Tod zu bewahren, hat sie einen Pakt mit der dunklen Hohepriesterin geschlossen. Nur wenn es ihr gelingt, vier Kämpfe für den Mann ihres Herzens zu gewinnen, wird das bevorstehende Unheil abgewendet. Der Kampf zwischen Gut und Böse erreicht seinen Höhepunkt, als Areshva für die Hohepriesterin den Königsring stiehlt – einen Ring, der grenzenlose Macht verleiht und das ganze Land in ewige Dunkelheit stürzen könnte …

Dunkle Götter, eine verbotene Magie und die Versuchung der Liebe verstricken die Magierin Areshva in ein mitreißendes Handlungsnetz, dem sich der Leser absolut nicht entziehen kann. Anke Unger überträgt uralte Ängste des Menschen auf eine faszinierende Fantasywelt voller Legenden.

//Alle Bänder der Fantasy-Reihe:
-- Göttin der Dunkelheit (Chronicles of Gods 1)
-- Der magische Blick (Chronicles of Gods 2)
-- Sog der Finsternis (Chronicles of Gods 3)
-- Der verfluchte Ring (Chronicles of Gods 4)
-- Tempel der Skelette (Chronicles of Gods 5) *erscheint April 2021*
-- Seelen der Göttin (Chronicles of Gods 6)// *erscheint Mai 2021*

Die Autorin

Anke Unger genießt die urwüchsige Natur Schwedens, in der sie gemeinsam mit ihrer Familie lebt. Als Journalistin, Lektorin und Medizinische Fachangestellte tätig, blieb das Schreiben stets ihre Leidenschaft. Ihr Debüt »Die Chroniken der Götter« erschien 2017 in vier Bänden im Dark Diamonds Verlag. Mit der Neuauflage 2020 unter dem Reihentitel »Chronicles of Gods« geht eine aufwändige Bearbeitung einher. Die Reihe erscheint nun erstmals vollständig mit allen sechs Bänden. Geplant ist eine Veröffentlichung aller Bände bis zum Sommer 2021.

Mehr zur Autorin finden Sie auf Facebook:
https://www.facebook.com/DieChronikenderGoetter

Die Botin der Sonnengöttin

Areshva summte vor sich hin.

Ein tiefes, wogendes Glücksgefühl tanzte in ihrem Inneren.

Vielleicht verliere ich den Verstand, dachte sie verwundert. Gerade habe ich den wichtigsten Kampf meines Lebens verloren – und anstatt jammernd mein Hemd zu zerreißen und meinen Kopf auf den Boden zu schlagen, fühle ich mich frei und froh wie ein Vogel!

Natürlich wusste sie, woran das lag. Sie würde Silvrin treffen. Schon bald. Oh, sie konnte es kaum erwarten!

Dieser Pakt, den sie mit der Hohepriesterin geschlossen hatte, würde ihn dazu zwingen, ihr nicht länger aus dem Weg zu gehen. Und vielleicht würde sich dann einiges zwischen ihnen ändern.

Hoffentlich. Noch nie hatte sie sich etwas so inbrünstig gewünscht.

Das Glücksgefühl hielt natürlich nicht lange an. Denn der Preis, den sie zu zahlen hatte, war viel zu hoch. Sie hatte ihre Göttin dafür aufgeben müssen, genauer gesagt: ihre *Lieblingsgöttin*.

Die Lichtgöttin Lystrella.

Areshva fühlte sich wie eine Verräterin. Sie hatte die Leuchtende zuerst unfreiwillig verlassen und danach mutwillig in den Abgrund gestoßen. Die Göttin war verloren auf ewig und es war allein ihre Schuld. Wie ein Felsbrocken lag diese Last auf ihrem Herzen. Es machte die Sache auch nicht leichter, dass ihre aktuelle Göttin Agga gerade so richtig eingeschnappt war. Diese hatte nämlich fest damit gerechnet, dass Areshva die Hohepriesterin besiegen und selbst diesen Posten einnehmen würde, wodurch sie einen erheblichen Machtzuwachs hätte verbuchen können. Tja, Pech gehabt. Daraus war nun nichts geworden. Daher flog die Göttin jetzt in ihrer üblichen Gestalt als struppige Fledermaus wie ein missgelaunter schwarzer Schatten neben Areshva her und spuckte ihr ab und zu ins Gesicht, begleitet von Schimpftiraden und Hassausbrüchen. Areshva hörte nicht auf ihr Fluchen und Fauchen. Ohnehin arbeitete sie mit Agga nur deshalb zusammen, weil die dunkle Göttin sie mit der notwendigen Zauberkraft versorgte.

Am liebsten hätte sie diese Zusammenarbeit längst beendet. Aber wie sollte sie ohne Zauberkraft ihre Ziele erreichen? Gemäß dem Pakt, den sie mit der Hohepriesterin geschlossen hatte, konnte sie Silvrin nur vor dem Todesorakel retten, wenn sie vier Kämpfe für ihn gewann. Das war ohne Zauberkraft nicht zu schaffen. Sie brauchte Aggas Hilfe.

Deshalb ertrug sie Aggas Schmähungen, ließ sie an sich abprallen und ritt gemächlich den verschlungenen Weg von den Anhöhen des Gebirges Kalamachai hinunter.

Agga und sie waren nicht die einzigen Personen an diesem Ort. Über Areshvas Kopf flog die kleine Pirina, die sie bei ihrem Kampf begleitet – oder besser gesagt nach Kräften behindert hatte. Zwar konnte Areshva sie aus ihrer Position nicht sehen, aber sie erkannte die Schatten von Pirinas Fledermausflügeln auf dem Weg.

Eigentlich hätte sie eine Wahnsinnswut auf das Mädchen haben müssen. Es war schließlich allein Pirinas Schuld, dass sie die Hohepriesterin nicht besiegt hatte. Aber sie konnte ihrer jungen Begleiterin einfach nicht böse sein. Pirina hatte es gut gemeint. Und sie hatte dafür gesorgt, dass Areshva jetzt keine gruseligen dunklen Ziele mehr verfolgen musste, sondern für ihre Liebe kämpfen durfte. Nein, sie würde Pirina dafür keine Vorwürfe machen. Davon abgesehen, wäre Areshva wahrscheinlich bei einem Sieg vollkommen auf die dunkle Seite gezogen worden, auch gegen ihren Willen. Sie musste froh sein, dass es dazu nicht kam.

**

Beinahe im Tal angekommen, hörte Areshva laute, wütende Stimmen. Nach einer Weile kam sie nah genug heran, um sehen zu können, wo sie herkamen.

Unter ihr verlief eine Landstraße, auf der eine einfache Kutsche entlangrumpelte. Eine Räuberbande hatte sie gestoppt.

»Na, ihr Süßen?«, krakeelte ein langer Elgo mit einer struppigen Pferdemähne, die ihm vorne weit ins Gesicht hing. Er ritt einen dickbeinigen Kaltblüter. »Wo habt ihr eure Hellonen? Her damit!«

In diesem Moment erkannte Areshva die Frau auf dem Kutschbock. Das war eine der Zofen der Prinzessin Isimela, die zu ihrer Reisegruppe gehört hatte. Die beiden Kinder saßen neben ihr.

»Das sind unsere Leute!«, rief Pirina über ihrem Kopf aufgeregt. »Hilf ihnen, bitte!«

Was für ein ungewohntes Gefühl, dachte Areshva bei sich. Nun durfte sie jemandem helfen und musste nicht darüber nachdenken, die Typen da unten umzubringen. Denn zunächst hatte sie beim Anblick der Kutsche an eine Opferung für ihre Göttin gedacht. So sehr hatte sie sich schon an Aggas Forderungen gewöhnt. Areshva hatte nicht die Menschen gesehen, sondern ihre Seelen: eine fette, strahlenreiche Beute, die Agga genussvoll zerrissen hätte.

Angewidert von sich selbst, schüttelte sie innerlich den Kopf. Ihr graute vor sich selbst. Wie verdorben war sie eigentlich? Was hatte Agga aus ihr gemacht? Ihr ging auf, dass sie mit ihrer Niederlage in Kalamachai auch etwas gewonnen hatte: Sie musste *keine Opfer mehr bringen*! Jetzt gab es keinen zwingenden Grund mehr dazu. Welch eine Erleichterung! Sie war frei! Ein Felsbrocken rollte von ihrer Seele herunter. Erst jetzt wurde ihr klar, wie enorm er sie herabgedrückt hatte. Sie konnte unbelastet atmen. Ihre Beine waren leicht. Vielleicht war sie wertlos, würde nie etwas erreichen, sie war eine armselige, unwichtige Waldzauberin … aber sie brauchte nicht mehr zu töten! Sie brauchte keine mörderischen Wege mehr zu gehen, nie wieder! Im Gegenteil, ihr neuer Weg würde sie zu einer Beschützerin machen.

Das war herrlich!

Je länger sie darüber nachdachte, desto klarer begriff sie, über welch grausigen Abgründen sie die ganze Zeit gewandelt war. Welch eine Befreiung, dass sie dahin nie wieder zurückgehen musste! O Himmel, dass sie das nicht schon längst erkannt hatte!

»Natürlich helfen wir ihnen«, sagte Areshva lächelnd. »Agga, hörst du mich? Kannst du mir etwas Energie geben?«

Die Fledermaus ploppte am Himmel vor ihr hervor. Sie sah reichlich gefleddert aus, so als hätte ihr jemand gewaltsam Federn ausgerupft.

»Ach sieh mal einer an, plötzlich erinnert sie sich an meine Existenz!«, geiferte sie mit lauter, gellender

Stimme. »Du bist ein Wurm! Ein Stück Dreck! Energie willst du von mir? Hä? Warum sollte ich sie dir geben? Du bist meine größte Enttäuschung seit achttausend Jahren!«

Ein Wirbel entstand um Areshva herum, der ihre magische Aura von ihrem Körper herunterriss, sodass sie das Gefühl hatte, dabei gehäutet zu werden. Sie fühlte sich nackt. Hilflos. Nicht ein Funke war ihr geblieben.

Eigentlich sollte sie nicht überrascht sein. Sie wusste doch, dass Agga eingebildet und überaus empfindlich war. Sie erwartete garantiert eine Entschuldigung für die Blamage in Kalamachai. Aber den Gefallen würde Areshva ihr nicht tun.

Agga trägt die Schuld daran, dass ich so tief gesunken bin. Alle schlimmeren Sachen, die ich getan habe, waren ihre Ideen! Wie verblendet kann man sein? Ich habe mich von einer Dunklen führen lassen. Wie viele Menschen habe ich getötet! Das muss ein Ende haben.

Pirinas drängende Stimme riss sie aus diesen Überlegungen.

»Was ist los? Hast du wieder mit deiner Göttin geredet?«

Areshva schüttelte sich. Es war, als wäre sie aus einem Traum aufgewacht. Dem schlimmsten Albtraum, den sie je hatte.

»Wir haben uns gestritten. Ich werde wohl eine Weile ohne Zauberkraft auskommen müssen. Kannst du mir ein paar von deinen Magiestäben geben?«

»Gestritten? Warum?«

»Sie ist sauer, weil ich dich nicht getötet habe. Darum.«

Pirina schlug sich erschrocken die Hand vor den Mund. Dann flog sie zu Areshva herunter, äußerst kleinlaut, und reichte ihr fünf ihrer Stäbe. Den letzten behielt sie.

»Mehr hast du nicht übrig?«

»Mit den anderen habe ich doch auf die Spinnen geschossen.«

Areshva stieg die Schamröte auf die Wangen. Das war peinlich. Im Angesicht der wichtigsten Aufgabe ihres Lebens hatte sie ihre Zeit mit Kinderspielen verplempert und versäumt, die verbrauchten Energievorräte wieder aufzufüllen.

Sie musste endlich anfangen, Verantwortung zu übernehmen. Und sie musste von nun an sparsam mit ihrer Energie umgehen, weil sie auf Aggas Hilfe wohl nicht zählen konnte. So ein mickriger Magiestab gab nicht besonders viel her.

Die Türen der Kutsche standen offen und alle Insassen waren ausgestiegen. Die Prinzessin, ihre Zofen, die Mägde und die Kinder drückten sich mit blassen Gesichtern und erhobenen Händen gegen deren Wand, während die Vagabunden von ihren Pferden stiegen und sich ihnen mit tänzelnden Schwertern näherten. Alle waren wie ihr Anführer Elgo mit zerzausten Pferdemähnen und in zerlumpten Leinenkleidern.

»Verschwindet von hier, Pack!«, drohte Areshva laut. Sie nahm einen ihrer Magiestäbe in die Hand, produzierte daraus einen Feuerstrahl und sprühte ihn den Männern entgegen.

Alle Blicke wandten sich zu ihr.

»Das ist die Priestermörderin!«, schrie einer der Männer. »Weg hier, schnell!«

Danach hatten sie es plötzlich sehr eilig. Alle fünf rannten zu ihren Pferden, sprangen in die Sättel und ritten davon, so schnell sie konnten.

Grinsend steckte Areshva ihren Stab wieder ein. Das war leicht gewesen. Manchmal konnte ein schlechter

Ruf sogar recht nützlich sein. Sie ritt über kleine Sträucher und durch Büsche, bis sie die Kutsche erreicht hatte, wo Pirina elegant auf dem Bock hinter den Pferden landete.

Die geretteten Frauen starrten Areshva an, als würden auch sie am liebsten Reißaus nehmen. Als sie vom Pferd stieg, schlugen sie die Augen nieder und wichen bebend vor ihr zurück. Einige wagten nicht einmal, die Hände wieder herunterzunehmen.

Sie halten mich immer noch für ein Monster.

»Ich bin auf eurer Seite, damit das klar ist«, sagte Areshva verärgert. »Keine Angst! Warum seid ihr hier? Was, bei allen Dämonen der Unterwelt, hat euch dazu getrieben, die Hexenstadt zu verlassen?«

»Spinnen überall ... ich habe in der Nacht kein Auge zugetan«, stammelte Prinzessin Isimela, zitternd wie Espenlaub.

Hastig, mit ruckartigen Bewegungen, zog sie sich einen ihrer langen weißen Handschuhe aus und streckte ihn Areshva entgegen. Die Zauberin war überrascht. Was sollte das? Isimela erwartete hoffentlich keinen Handkuss?

Auf dem Handrücken der Prinzessin leuchtete etwas ungewöhnlich hell. Es war etwas Kleines, Kreisrundes, und es strahlte wie eine kleine Sonne. Als wäre es ein Abglanz von ihr. Und weil der Himmel über ihnen trübe und wolkenverhangen war, konnte sie an dieser strahlenden Helligkeit gar nicht vorbeisehen. Areshva bekam Herzklopfen. Auf den ersten Blick sah diese goldige Sonne exakt so aus wie das Zeichen von Lystrella, der Göttin der Sonne, der höchsten Herrin unter den Lichtgöttern!

Sandte *Lystrella* ihr etwa Zeichen?

Aber sie hatte die Herrliche doch gerade in den Abgrund gestoßen. Die Lichtgöttin war verloren. Auf ewig. Sie konnte keine Zeichen schicken. Das war völlig und absolut unmöglich!

»Was ist das?«, fragte Pirina atemlos, die vom Kutschbock heruntergesprungen war und nun ebenso aufgewühlt wie Areshva den Handrücken der Prinzessin betrachtete.

Prinzessin Isimela zitterte immer heftiger und starrte dabei Areshva an, als erwartete sie, jeden Moment von ihr angefallen zu werden.

»Was ist das für ein Spuk hier?«, fragte sie gequält. »Zuerst attackieren uns Mörderspinnen. Dann toben Donner und Blitze oben auf dem Berg. Dann Wölfe! Banditen! Und jetzt du?«

»Sag, was das ist!«, befahl Areshva, die sich ebenso überfordert fühlte wie die Prinzessin aussah.

Diese verlor die Beherrschung und fing wild an zu schluchzen.

»Z…zeichen d…der Sonnengöttin.«

Areshva stieß einen wilden Schrei aus. Genau wie sie gedacht hatte! Wurde sie jetzt verrückt?

»Das kann nicht sein. Die Sonnengöttin gibt es nicht mehr. Du kannst kein Zeichen von ihr tragen. Wo hast du das her?«

»Ich … ich weiß n… Die Priest… die … die Göttin …« Sie schniefte laut. Isimelas ganzer Körper schlotterte vor Angst.

»Das testen wir aus.«

Areshva führte ihre Hand vorsichtig an die der Prinzessin und berührte das Zeichen mit einem Finger. Ein elektrischer Schlag durchfuhr ihren ganzen Körper. Heftig atmend trat sie ein Stück rückwärts.

Da Areshva zu einer Dunkelgöttin betete, konnte sie ein Zeichen der Lichtgötter nicht ohne Schmerzen berühren.

Das Zeichen war also echt!

»Ich kann´s nicht glauben«, keuchte sie. Sie versuchte eine Erklärung zu finden, aber sie konnte nicht mehr denken. Es war zu ungeheuerlich.

»Pirina, versuch du auch!«

Pirina machte ein Gesicht wie ein lebendiges Fragezeichen, aber sie gehorchte sofort. Auch sie berührte den Handrücken der Prinzessin, allerdings zeigte das bei ihr keine Folgen.

Areshva biss sich auf die Lippen.

Auch das war die richtige Reaktion.

»Klar, du bist unschuldig«, murmelte sie. »Du bist nicht zu den finsteren Göttern übergelaufen. Du hast die fiesen Sprüche nie benutzt. Du hast nie einen getötet. Deswegen kannst du die Zeichen des Lichts berühren.«

Sie fuhr sich mit der Hand durch die Haare. Sie konnte noch immer keinen klaren Gedanken fassen. Außer dem, dass das hier gar nicht wahr sein konnte.

Die große, wunderbare, herrliche Lystrella sandte ihr Zeichen! Ausgerechnet jetzt? Warum? Weil sie sich über Areshvas letzte Aktion gefreut hatte? Aber sie hatte sich doch gegen die leuchtende Göttin entschieden. Was könnte ihr denn daran gefallen haben? War es das Orakel? Diese Vorbestimmungen der Zukunft dienten dem Schutz der herrschenden Götterfamilie, also der Götter der Finsternis.

Ich habe ein Orakel ausgeschaltet und damit etwas in der Zukunft geändert. Dadurch habe ich die feindlichen Herrscher möglicherweise in eine unsichere Lage gebracht.

Nachdem ihr Gedankenmotor erst einmal angesprungen war, begann er plötzlich auf Hochtouren zu laufen.

Die Götter der Finsternis wollten Silvrin töten. Anscheinend bereitete er ihnen schlaflose Nächte.

Dabei konnte sich Areshva gar nicht vorstellen, dass sich überhaupt irgendwer vor Silvrin fürchten sollte. Dazu war er doch viel zu nett. Er musste irgendeine geheime, sehr große Macht besitzen, die er gegen die Mächtigen einsetzen konnte. *Darum* wollten sie ihn töten!

Was für eine Macht könnte das sein?

Areshva erstaunte immer mehr.

Ich habe einen Stein ins Rollen gebracht. Ich habe meine Aufgabe nicht zerstört, ich habe sie durch dieses Manöver erst möglich gemacht. Ich habe eine Nuss geknackt und jetzt ist Lystrella wieder im Spiel.

Oder sie könnte wieder ins Spiel kommen, wenn ich keinen Fehler mache!

»Jetzt erkläre mir ganz genau, wie du an dieses Zeichen gekommen bist!«, befahl Areshva energisch.

»Ich war in unserem Partment … Magipartment, meine ich …« Die Prinzessin sprach hektisch und haspelte die Worte immer schneller hervor. »Das Zimmer erhellte sich. Die Sonne schien mir ins Gesicht. Alles war sehr warm. Diese Lichtgöttin sagte, sie hätte mich als ihre Botin auserwählt und sie wird mir erklären, was zu tun ist, um ihr wieder Macht zu geben.«

»Als Botin?«, fragte Areshva hastig. Die Prinzessin war jedoch so in Fahrt, dass sie einfach weiterredete.

»Dann legte sich dieses gelbe Bild auf meine Haut und die Helligkeit verschwand wieder. Das ganze Zimmer wurde dunkel.«

Areshva dachte fieberhaft nach. Prinzessin Isimela – eine Botin der Sonnengöttin? Weshalb sollte die Göttin zu solch einer Aufgabe eine Dame auswählen, die von magischen Dingen keine Ahnung hatte und … das war zwar ein unwichtiges Detail, aber dennoch … die Areshva nicht ausstehen konnte?

»Aber da ist doch was faul! Du bist magieblind. Du kannst die Göttin weder hören noch sehen. Wie hättest *du* so eine Erscheinung haben können?«

»Ich hab ja auch kaum was gehört und nicht viel gesehen, nur Helligkeit und so ein Surren, und das Bild auf meiner Hand hat sich warm angefühlt. Es ist immer noch warm. Die Priesterin Beringlida war dabei. Sie hat Stimmen gehört und mir gesagt, was die Stimme wollte. Anscheinend hat diese Göttin zu ihr gesprochen.«

Die Sonnengöttin ist also der Priesterin erschienen und hat ihr Geheimnisse verraten. Warum kam sie nicht zu mir? Weil ich zu viel Böses getan habe? Oder hat Beringlida sich endlich getraut und sie angerufen, so wie ich ihr vor langer Zeit befahl? Vielleicht sollte ich es auch wagen und sie rufen?

Es kam ihr vor, als schwankte die ganze Welt um sie herum. Alles war auf einmal so anders, als es noch vor einem kleinen Augenblick gewesen war. Eben gerade hatte sie fest geglaubt, sie hätte alles verloren und jetzt schüttete die Göttin ihres Herzens ein Füllhorn über ihr aus und zeigte ihr, dass sie im Gegenteil wieder alles zu gewinnen hatte.

»Nun gut, Prinzessin, oder Botin, falls du eine bist. Welche Nachricht hat dir die Göttin denn gebracht?«

Prinzessin Isimela räusperte sich ängstlich.

»Du sollst mich an einen sicheren Ort bringen.«

Areshva hob die Augenbrauen.

»Ich soll dich bringen? Gut, das kann ich machen, aber was ist mit der Göttin? Wie kann ich sie an die Macht bringen?«

»So weit sind wir noch nicht.«

Prinzessin Isimela zog ihre Hand zurück, bedeckte sie wieder mit dem Handschuh und stieg in die Kutsche. Ihre Zofen und zwei der Mägde kletterten zu ihr und schlossen die Tür hinter sich. Die dritte Magd und ihre Kinder nahmen wieder auf dem Kutschbock Platz.

Pirina warf Areshva einen fragenden Blick zu.
»Auf geht´s!«, sagte die Zauberin und nickte ihr zu.
»Folgen wir dem Wunsch der Göttin! Am besten wird es sein, wenn wir nach Aravenna reiten. Das liegt ohnehin in der Nähe und sie wird dort in Sicherheit sein.«

Der verbotene Name

Sie verließen Kalamachai und passierten dichte, dunkelgrüne Wälder. Die Hoffnung in Areshvas Herzen spross schon wie ein ganzer Birkenhain, hoch und hell und blühend. Sie hätte singen mögen. Welch ein Tag! Was sie für ihre größte Niederlage gehalten hatte, war gerade dabei, sich in einen Erfolg – hoffentlich ebenfalls ihren größten – zu verwandeln.

Pirina war längere Zeit über ihnen hinweggeflogen, denn sie hatte ja ihr Pferd in Rheskali zurückgelassen, als sie Areshva hinterherkam. Deshalb war sie jetzt ohne Reittier. Als sie ermüdete, winkte Areshva sie zu sich und ließ sie vorne auf ihrer Reitdecke Platz nehmen.

»Bist du nicht mehr wütend auf mich?«, flüsterte Pirina nach einer Weile.

Areshva strich ihr sanft über die Haare.

»Im Gegenteil. Du hast mich wieder ins Spiel gebracht. Ohne dich hätte ich die Hohepriesterin besiegt, wäre Herrscherin über Damarynth geworden – und Dienerin der Dunklen bis in alle Ewigkeit. Das hast du verhindert und mich auf den richtigen Weg gezwungen. Dafür danke ich dir – das soll aber keine Einladung sein, meinen nächsten Befehl ebenfalls zu missachten, hörst du?«

»Aber ich verstehe nicht, warum du so aufgeregt bist. Was bedeutet diese Sonne denn? Erkläre es mir, bitte!«

Areshva schloss träumerisch die Augen.

»Wir hatten früher andere Götter. Friedliebende, liebevolle, Leben spendende Götter. Du warst damals zu klein und wirst davon nichts mitbekommen haben. Vor zehn Jahren verloren diese guten Götter die Herrschaft über unser Land. Damals wurden König Thyrangar von Pallanthia und seine Gattin sowie eine junge Estedter Prinzessin während eines Festes in Millesana ermordet. Durch den Tod des Königs starb gemäß der magischen Gesetze auch die mit ihm verbündete Hohepriesterin, die zu den Göttern des Lichts betete. Eine neue Hohepriesterin übernahm die Herrschaft über Damarynth und sie rief die Götter der Finsternis herbei. Ihre Gefolgsleute gewannen daraufhin enorme Macht, fielen mit Gewalt über die Provinzen von Damarynth her und eroberten eine nach der anderen. Nur Pallanthia leistete ihnen zunächst erfolgreich Widerstand. Das hat die Priesterin Kirisha bewirkt. Sie ist weise und stark. Leider haben unsere Feinde vor über einem Jahr auch Pallanthia in die Knie gezwungen. Seitdem hat niemand mehr etwas von den Lichtgöttern gehört.«

Pirina klatschte in die Hände.

»Das müssen die Götter sein, von denen Roviana erzählt hat. Die Amina zurückholen sollte. Weißt du, wie unsere Statue der Amina ausgesehen hat? Sie streckte die Arme zum Himmel und umarmte die Sonne. Deshalb leuchtete ihr Gesicht und alles, was darüber war, bis zur Decke des Tempels.«

»Ich habe es gesehen. Ich dachte auch gleich, dass eure Statue die Sonnengöttin symbolisiert.«

»Bist du Amina?«

»Ich bin niemand. Ich habe bis jetzt alles falsch gemacht, was ein Mensch falsch machen kann. Aber von jetzt an will ich keine Fehler mehr machen. Ich will den Lichtgöttern den Weg ebnen, damit sie zurückkommen können. Willst du mir dabei helfen? Willst du meine Schülerin sein und eine Dienerin der großen, herrlichen Lys…«

Areshva verstummte erschrocken und blickte zum Himmel auf.

»Wie war ihr Name?«, piepste Pirina aufgeregt.

Wenn Areshva wirklich aufrichtig bereute, wenn sie nur eine Spur Anstand in sich hätte, dann müsste sie sich jetzt der Leuchtenden zu Füßen werfen und sie bei ihrem Namen rufen. Die Sonnengöttin sandte ihr ein Zeichen und natürlich war das ein Aufruf, dass Areshva sich ihr wieder zuwenden sollte. Sie müsste Agga verlassen. Und sie müsste Lystrella Opfer bringen: Bäume oder Blumen wachsen lassen, Lichtenergie erzeugen … und davon jede Menge, damit die Herrlichste aller Lichtgötter wieder so viel Eigenmacht bekäme, dass sie auch ihre Anhängerinnen speisen könnte.

Dennoch wäre das mit gewissen Schwierigkeiten verbunden. Das mit der Macht würde am Anfang nicht so einfach gehen. Denn gab es keine Samenkörner mehr - überhaupt ein Opfer zu generieren wäre bereits ein Problem. Deshalb würde Lystrella zunächst so machtlos sein wie eine Stubenfliege –und Areshva ebenfalls. So eine Schwäche konnte sich die Magierin leider überhaupt nicht leisten.

Nicht zu diesem Zeitpunkt. Besser gesagt, Silvrin konnte es sich nicht leisten. Denn Lystrella konnte keine Kämpfe gewinnen, und damit auch keine ihrer Anhängerinnen.

Areshva schüttelte den Kopf und sah Pirina an.

»Ich wage nicht, ihren Namen über die Lippen zu bringen«, erklärte Areshva beschämt. »Das würde Agga ärgern und ich will sie heute nicht noch mehr provozieren. Sie ist ohnehin schon sauer bis zum Platzen.«

»Sie wird sich schon nicht ärgern, indem du einfach so einen kleinen Namen nennst«, versuchte das Mädchen sie zu besänftigen.

»Du hast keine Ahnung«, entgegnete ihr Areshva. »Aber wenn du dich nicht traust, ihren Namen zu sprechen – wie willst du sie dann zurückrufen?«

»Ich kann das jetzt nicht tun.« Resigniert ließ Areshva die Flügel hängen. »Denn sie hat keine Kampfkraft. Sie kann Silvrin nicht beschützen. Und ich muss doch vier Kämpfe für ihn schlagen. Das schaffe ich nur mithilfe der alten Agga. Aber sobald wir das hinter uns gebracht haben, das verspreche ich dir, setzen wir alle unsere Kraft daran, die Lichtgöttin wieder an die Macht zu bringen. Du hilfst mir doch dabei, oder?«

»Aber natürlich!«, rief Pirina glücklich.

Sie verließen den Tannenhain, durchritten einen Buchenwald und danach eine Uferböschung aus hohem Schilf. Hier wehte ein lauer Sommerwind.

Ich habe Lystrella schon einmal verraten und jetzt mache ich es wieder, dachte Areshva voller Reue.

Sie wusste, dass die Göttin nach ihr verlangte, dass sie sich Kontakt wünschte. Oh, wie sehr das schmerzte, dass sie ihr nicht antworten durfte!

Es fühlte sich an, als träte sie die hohe, lichtbringende Lystrella mit den Füßen. Dabei schrie doch alles in ihr danach, diese zweite Chance zu ergreifen, die sich vor ihr auftat. Wenn es endlich einen Weg gab, dann müsste sie ihn gehen. Sie dürfte nicht fragen, ob es möglich war, ob es Probleme geben könnte, ob sie untergehen würde.

Ich habe Lystrella Treue geschworen, ich sollte ihr folgen, blind meinetwegen, zum Scheitern verurteilt meinetwegen, aber ehrlich und aufrecht, als ein Mensch und nicht länger eine Verräterin. Aber war dies wirklich eine zweite Chance? Vielleicht narrte sie ein Spuk? Die Erzählung der Prinzessin hatte etwas verworren geklungen, oder etwa nicht? War das Zeichen echt? War die Sonnengöttin tatsächlich wieder nahe?

Das Einzige, was sie wusste, war, dass ohne Silvrin der gesamte Plan nicht funktionierte. Er war der Schlüssel zu allem. Die Götter der Dunkelheit hatten ein Todesorakel über ihn geworfen, weil sie sich vor ihm fürchteten. Er bedrohte sie also auf irgendeine Weise und besaß wahrscheinlich Waffen, sie zu stürzen. Darum musste er überleben.

Tja, sie hatte natürlich auch noch andere, sehr persönliche Gründe, warum sie unbedingt wollte, dass er am Leben blieb.

Wie sie es auch drehte und wendete – sie musste zunächst bei Agga bleiben, egal, wie sehr es ihr widerstrebte.

Ein paar Tage später hatte die Stimmung der Reisegruppe wieder das gewohnte Niveau erreicht. Die Prinzessin kutschierte zwar inzwischen hoch und trocken in einem einigermaßen akzeptablen Gefährt, mäkelte jedoch wie üblich pausenlos an allem herum, was ihr vor die Augen kam.

Die Kutsche schaukele zu stark. Die Kinder schrien zu laut herum und sie würde an diesem Tag nicht schon wieder Hasenfleisch essen, auf gar keinen Fall. Während die Reiterinnen von dem andauernden Nieselregen langsam durchnässten, saß sie zusammen mit der Dienerschaft im Trockenen, was mit keinem einzigen Wort des Dankes quittiert wurde.

Areshva bemühte sich stets darum, einen großen Abstand zur Kutsche zu halten, damit sie das Gemecker nicht hörte. Inzwischen hatten sie jedoch ein sumpfiges Gebiet erreicht. Ein Fluss war über seine Ufer getreten und hatte den Weg an einer Seite überschwemmt. Sie konnte kaum unterscheiden, wo sich der Weg überhaupt befand und wo der Fluss. Deshalb sah sie sich gezwungen, neben der Kutsche herzureiten und sie weiterhin auf den trockenen Wegbereich zu geleiten. Ohne dass sie wollte, hörte sie die Prinzessin mit ihren Zofen plappern. Diese hatte zur Abwechslung mal gute Laune und plauderte in den höchsten Tönen von ihrem Verlobten, den sie hoffte, schon sehr bald heiraten zu können. Jedenfalls wollte sie ihren Vater zur Ausrichtung der Hochzeit drängen, sobald sie wieder zu Hause wäre.

»Ich habe ihn das erste Mal auf unserem Frühlingsball getroffen«, schwärmte Prinzessin Isimela leidenschaftlich. »Er tanzt wie ein Gott. Hochgehoben hat er mich und durch die Luft gewirbelt, dass ich dachte, ich fliege …«

Areshva verdrehte die Augen. Klar, dass eine hohle Nuss wie diese Prinzessin sich einbildete, es käme im Leben darauf an, wie ein Mann tanzt. Bestimmt würde sie irgendeinen ebenso hohlen Kerl heiraten, der davon überzeugt war, das Wichtigste bei einem Mädel sei die Krone auf ihrem Kopf.

»Ist das wahr, dass Euer Vater die Verlobung schon bei Eurer Kindsweihe besiegelt hat?«, fragte eine der Zofen.

»Sogar schon vor meiner Geburt«, erwiderte Prinzessin Isimela hoheitsvoll. »Ihr habt doch bestimmt schon von den Säulen der Allianz gehört?«

»Ich weiß, was *die Allianz* ist: das alte Bündnis zwischen Pallanthia, Aravenna und Darghessa«, bemerkte eine der Zofen. »Aber *die Säulen der Allianz?*«

»Das ist ein alter Vertrag«, erklärte ihr die Adlige, »den die alten Fürsten der drei Provinzen untereinander abgeschlossen haben. Gemäß diesem Vertrag soll meine Schwester den Thronfolger von Darghessa heiraten und ich den Thronfolger von Aravenna. Dadurch werden alle drei Provinzen durch Blutsbande verbunden.« Isimela lachte triumphierend. »Mein Leben lang fühlte ich mich durch diesen Vertrag ungerecht behandelt. Ich habe mich geärgert, dass Kia Sephila das schöne Darghessa bekommen soll und ich dieses Provinznest Aravenna, voll von Versagern und dazu den lahmen Prinzen Koryelan als Gemahl. Ich kann es kaum fassen! Jetzt bekomme ich Silvrin! Denn schließlich ist *er* jetzt der neue Fürst und damit ist *er* mein neuer Verlobter! Ich bin ein Glückskind!«

Areshva zuckte zusammen. Beinahe hätte sie das Gleichgewicht verloren. Unwillkürlich starrte sie zum Fenster der Kutsche hin.

Isimela ist mit Silvrin verlobt?

Sie hätte beinahe laut aufgeschrien, konnte sich das aber gerade noch verkneifen.

O nein!

Abrupt trieb sie ihr Pferd an und preschte vorwärts, jagte den Rappen durch Schlamm und Pfützen, dass es um sie herum nur so spritzte.

Verdammt, verdammt, verdammt!

Das durfte nicht sein! Es zerstörte alle Hoffnungen, die sie sich ausgemalt hatte, genauer gesagt für sich und Silvrin.

Wenn sie ihn verteidigte, wenn sie für ihn kämpfte, könnte sich die Situation zu ihren Gunsten entwickeln, das hatte sie gedacht.

Seit Kalamachai war der Gedanke an ihn äußerst lebendig geworden. Und diesmal war das nicht nur so eine angenehme Fantasie wie über ein fernes Traumbild. Nein, eine Sehnsucht war in ihr entflammt, die sie vorher nicht gekannt hatte, ein brennendes, verzehrendes Verlangen, das sie nicht mehr losließ.

Und jetzt sollte sie ihn verlieren – ausgerechnet an Prinzessin Isimela, an dieses verzogene, völlig nutzlose, egoistische, dummdreiste Frauenzimmer, das Areshva bis in den Grund ihrer Seele verachtete?

Sollte ihn einer jämmerlichen goldhaarigen Prinzessin überlassen, die ihn überhaupt nicht verdiente?

Wenn sie allerdings genauer darüber nachdachte – hatte sie sich dieses Verhängnis nicht selbst eingebrockt? Sie hatte Prinzessin Isimela doch zu ihm in die Gefängnisgrotte geschickt. Sie hatte ihr persönlich befohlen, Silvrin zu befreien. Wie hatte sie so kurzsichtig sein können und nicht eingesehen, dass Isimela sich selbstverständlich in ihn verlieben musste!

Von Silvrin gar nicht zu reden.

Bei Agga. Sie hatte ihm eine Prinzessin auf den Hals geschickt, die so wunderschön war wie die Sonne, sodass er blind hätte sein müssen, um ihr nicht zu Füßen zu fallen. Wahrscheinlich hatte Isimela deshalb seine Befreiung vergeigt. Statt zu fliehen, hatten die beiden ihre Zeit damit verschwendet, in Liebesschwüren zu schwelgen!

Bitte.

Nicht.

Sie setzten ihren Weg fort, aber Areshva sah kaum den Pfad vor sich. Ein dumpfer Neid schwelte in ihr. War es schon zu spät? Bedeutete das, sie hatte Silvrin endgültig und für alle Zeiten verloren?

Kurz nachdem sie die Grenzen der Provinz Aravenna überschritten hatten, gabelte sich der breite

Weg. Links ging es weiter zur Hauptstadt, die jetzt so nah war, dass die Reiter bereits am Horizont die Stadtmauer sehen konnten, rechts dagegen führte der Weg in Richtung Pallanthia.

Kurz vor der Kreuzung sahen sie einen kleinen Trupp Soldaten hinter sich auftauchen, der zügig an sie heranritt und sie bald erreichen musste. Da die Männer die blauen aravennischen Uniformen trugen, also Freunde waren, gerieten die Prinzessin und mit ihr auch ihr Gefolge in helles Entzücken, schon als sie die Soldaten von Weitem hertraben sahen.

Isimela ließ die Kutsche anhalten, stellte sich in den Regen, winkte mit ihren langen goldenen Handschuhen und rief mit einer ganz entzückend süßen Stimme den Soldaten zu:

»Meine Herren, bleibt stehen, bitte!«

Diese Aufforderung musste sie nicht wiederholen. Auch wenn die Reiter nicht erkannt haben sollten, welche Hoheit ihnen den Weg verstellte, war die Prinzessin hübsch genug, um wie ein Leuchtturm auf sie zu wirken. Außerdem wurden sie nicht jeden Tag von einer Reiterin angehalten, die goldene Seidenhandschuhe trug.

»Ich bin Prinzessin Isimela von Pallanthia!«, erklärte sie hoheitsvoll und lächelte die Soldaten auf eine Weise an, wie Areshva das nie hätte nachmachen können. Es war eindrucksvoll zu sehen, dass dies seine Wirkung nicht verfehlte. »Und ich bitte um Euren Schutz und darum, dass Ihr mich und meine Dienerinnen nach Aravenna geleitet.«

Auch darum musste sie kein zweites Mal bitten. Sämtliche anwesenden Reiter waren sich sofort einig, dass ein solcher Wunsch unverzüglich erfüllt werden sollte.

Die Soldaten salutierten.

»Es wird uns eine Ehre sein!«, erwiderte ihr Anführer.
Isimela bestieg mit anmutiger Geste wieder die
Kutsche und herrschte Areshva im Befehlston an: »Du
kannst gehen! Die Göttin will dich nicht in Aravenna
sehen! Die Soldaten können mich von hier aus
begleiten. Geh, geh!«

Anschließend schloss sie die Tür ihres Gefährts und
ignorierte absichtlich, was sich vor ihren Augen
abspielte.

Areshva erstarrte wie zur Salzsäule. Isimelas schroffer
Tonfall hätte schon gereicht, aber sie war schließlich
eine Götterbotin und deswegen lag in allen ihren
Worten eine tiefere Bedeutung. Wollte die Göttin
Areshva zurückweisen? Oder bestrafen? Oder kündigte
sie ihr gar die Gefolgschaft? »Wie du befiehlst, Botin«,
sagte Areshva mit zusammengebissenen Zähnen.
»Wohin soll ich gehen?«

»Das ist mir egal, du sollst dich nur aus der Stadt
Aravenna raushalten. Weg! Weg mit dir!«

»Aber so geht das nicht«, erwiderte Areshva verwirrt
und zog die Augenbrauen hoch. »Hat die Göttin keine
Nachrichten für mich? Wenn sie einen Plan hat ... wie
lautet er?«

»Sei nicht so anspruchsvoll!«, rief Isimela
gebieterisch. »Nachrichten bekommst du schon noch
genügend. Aber jetzt will ich, dass du gehst!«

Das Treffen mit Silvrin

Die Soldaten umringten die Kutsche und setzten ihren Ritt fort. Sie waren bald aus Areshvas Gesichtsfeld entschwunden. Wie angewurzelt blieb die Zauberin stehen und wusste weder, was sie jetzt denken, noch, was sie machen sollte. Weiterreiten? Stehenbleiben? Umkehren?

Gerade, als sie zu einer Entscheidung gekommen war, hörte sie von fern das Trappeln einer großen Menge Reiter und hielt inne.

»Was ist?«, fragte Pirina. »Willst du auf sie warten?«

»Vielleicht ist das Silvrin«, mutmaßte Areshva. »Ich hab mich vorhin schon gewundert, woher die aravennischen Soldaten kamen, die uns von hinten überholten. Als ob sie hinter uns hergeritten wären. Vielleicht waren das Kundschafter? Die Vorhut einer größeren Armee? Seiner Armee, also?«

»Ich dachte, sie müssten vor uns sein?«, fragte Pirina. »Sie hatten doch Vorsprung.«

»Anscheinend nicht. Ich wundere mich, dass sie aus dieser Richtung kamen. Vom *Wilden Eber* bis nach

Aravenna reitet niemand über Kalamachai. Das wäre ein Umweg.«

Die ersten Reiter tauchten in der Ferne auf. Es waren aravennische, ihre blauen Uniformen leuchteten in der Sonne, während sie immer näher kamen.

Wie an einem langen Band, das kein Ende nahm, ritten die Soldaten den matschigen Weg entlang.

Ganz sicher führte Silvrin sie an!

Areshvas Herz fing an wie rasend zu klopfen. Einerseits freute sie sich, ihn zu treffen. Andererseits saß ihr Prinzessin Isimelas Verlobung noch in den Knochen. Irgendwelche Hoffnung konnte sie sich wohl nicht machen.

Jetzt erkannte sie Silvrin an der Spitze der Armee. Er sah nicht so stolz, so kämpferisch aus wie zuletzt. Seinen Umhang trug er seltsam ausgebeult um den Oberkörper geschlungen und hielt die Schultern schräg. Das sah ziemlich ungeschickt aus. Wieso hatte sie sich eingebildet, irgendwelche Götter könnten sich vor ihm fürchten? Er könnte die ganze Welt umkrempeln? Sie begann daran zu zweifeln, ob sie nicht zu viel in ihn hineingelesen hatte.

Er hatte jetzt auch sie erkannt und zügelte sein Pferd.

»Was tust du hier?« Er runzelte die Stirn. Seine Augen waren voller Misstrauen. Na klar, er hielt sie für eine Art Giftschlange, die ihm auflauerte. Er würde ihr nie vertrauen.

»Ich habe Prinzessin Isimela befreit und in deine Provinz gebracht«, erklärte Areshva. »Sie reitet mit deiner Vorhut.«

Er lachte schallend. So als hätte sie einen guten Spaß gemacht.

»Ach, wirklich?« Schlagartig wurde er wieder ernst. »Wozu hast du sie dann erst geraubt, hm? Und warum siehst du mich an, als hätte ich dich getreten? Du bist wohl enttäuscht, dass dein Vater es nicht geschafft hat, mich umzubringen?«

»Wie kannst du das von mir denken!« Wie seine Worte sie trafen. Wie sie schmerzten. Aber sie schluckte das miese Gefühl herunter, er konnte es ja nicht besser wissen. »Weißt du eigentlich, wer dich aus der Räuberburg befreit hat?«

»Das verrate ich dir nicht.«

Areshva verdrehte die Augen. Er dachte also, die Prinzessin wäre es gewesen. Es hatte für ihn ja auch so ausgesehen. Die Wahrheit konnte sie ihm jetzt kaum auftischen, weil sie sich in dieser Situation wie die dümmste Lüge anhören würde.

»Ich bin nicht deine Feindin. Was soll ich tun, damit du es begreifst?«

Er zog die Augenbrauen hoch und grinste ironisch.

»Bist du nicht? Warum hast du mich dann auf eurer Burg festgesetzt und mich von deinen Leuten foltern lassen?«

»Das habe gar nicht *ich* getan!«

»Natürlich nicht.« Er lachte laut und mit einem dumpfen Nachklang.

Areshva resignierte. Er würde ihr nie glauben, dass sie es aufrichtig meinte.

»Wechseln wir das Thema. Wohin bist du unterwegs?«

»Falls du dich erinnerst, komme ich aus Aravenna! Zufällig reite ich genau dorthin und es wäre nett, wenn du mir den Weg frei machen würdest.«

Sie schluckte schwer.

Nein, er war leider gar nicht hässlich. Auch nicht, wenn er so seltsam schief auf dem Sattel hockte, mit einer hängenden Schulter. Sein wundervoller muskulöser Körper wirkte selbst in dieser Haltung noch äußerst anziehend auf sie und von seinem kantigen Gesicht und den sanften ozeanblauen Augen konnte sie sich kaum losreißen – auch wenn sie gerade zornig in ihre Richtung blitzten.

Was richtig körperliche Schmerzen verursachte. So sehr wünschte sie sich, ihm näherzukommen, dass sie seine Ablehnung kaum aushielt.

Allerdings begann sie nun doch zu zweifeln, ob er tatsächlich geheime Waffen gegen die übermächtigen Götter der Dunkelheit haben könnte. Ganz ehrlich – das war ein schwachsinniger Gedanke. Nicht einmal eine atemberaubend mächtige Zauberin könnte allein die finsteren Götter bekämpfen – oder sie gar besiegen – und dann sollte das ausgerechnet einem Mann gelingen, der äußerst zweifelhafte magische Fähigkeiten hatte? Quatsch! Niemals!

Ober er die Lichtgötter überhaupt kannte?

Das musste sie ganz genau wissen.

»Kennst du eigentlich …« Sie stockte.

Dumpfe Beklemmung fiel ihr auf die Seele. Das hier sollte Agga auf keinen Fall hören. Sie könnte sich erheblichen Ärger einfangen. Aber sie musste fragen, das war existenziell wichtig. Hoffentlich war ihre verhasste Göttin Agga gerade anderweitig beschäftigt.

Sie senkte ihre Stimme und wisperte:»Lystrella?«

Sie hatte den Namen kaum ausgesprochen, als sie auch schon Gewittergrollen vernahm. Plötzlich donnerte die Erde und begann leise unter ihnen zu zittern. Der Himmel verdunkelte sich schlagartig und ein Blitz zischte auf sie nieder. Damit hatte Areshva gerechnet; die Götter konnten den Klang des feindlichen Namens überhaupt nicht ausstehen. Reaktionsschnell streckte sie ihre Hände aus und ließ einen Strom Feuerstrahlen hinausschießen. Diese traf den Blitz und lenkte ihn leicht aus der Bahn. Nur wenige Meter neben ihnen jagte er krachend in den Boden. Alle

Pferde im Umkreis stiegen auf, schnaubten und bockten vor Schreck.

Silvrin zuckte zusammen und blickte verunsichert erst nach oben, dann in alle Richtungen. Areshva sah ebenfalls hoch zu den Wolken, aber das unnatürliche Unwetter verzog sich so schnell, wie es gekommen war. Tief atmete sie durch. Das war noch mal glimpflich ausgegangen.

»Nie gehört«, erwiderte Silvrin mit einer Stimme, die vor Misstrauen loderte. »Sollte ich sie kennen? Und wieso wirft sie Blitze nach uns?«

Areshva hatte das Gefühl, als würde nun tatsächlich die ganze Welt unter ihren Füßen zusammenbrechen. *Nie gehört?*

Sie sah ihm an, dass er nicht log. Bei allen Göttern im Himmel, sie war hereingefallen. Er kannte die leuchtende Lystrella nicht! Demnach plante er keinen Umsturz. Wie sollte er auch? Er hatte doch gar keine Waffen gegen höhere Wesen.

Dieses Orakel mit den vier Todeszeichen war ganz ohne Bedeutung! Alles nur Einbildung von ihr! Zufall!

Er war ein Nichts und sie hatte mit der Hohepriesterin paktiert um dieses *Nichts*!

Sie hätte schreien mögen! Doch sie tat es nicht, es war ja nicht sein Fehler, dass sie sich so dumme und falsche Fantasien gemacht hatte.

»Gegenfrage«, konterte er, indem er sie mit halb zusammengekniffenen Augen musterte. »Warst du schon in Kalamachai?«

He, konnte er ihre Gedanken lesen? Ihre Stimmung hob sich sofort. Woher wusste er, dass sie dort gewesen war? Wie hatte er das erraten? Natürlich durfte sie ihren Besuch auf dem verrufenen Berg keinesfalls öffentlich machen, weil ihre Lehrmeisterin, die Priesterin Kirisha, das überhaupt nicht witzig finden würde. Aber es war doch nett, dass er ihr so etwas zutraute.

»Wieso sollte ich mich wohl dahin verirren?«, fragte sie vorsichtig.

»Stell dich nicht dumm. Du wolltest doch gegen die Hohepriesterin kämpfen. Ich hörte, wie du das sagtest, oben in Ygramor. Ich will wissen, wer gewonnen hat.«
Verdammt, ja. Das hätte ich nicht öffentlich herumposaunen sollen. Auch nicht bloß vor meinen Leuten. Kirisha darf das nicht erfahren, auf keinen Fall. Und deshalb darf auch Silvrin davon nicht Wind bekommen, weil er es womöglich herumerzählt und dann hört die Meisterin doch etwas läuten.

»Sehe ich aus, als wär ich verrückt?«, erwiderte Areshva so leichthin wie möglich.

»Dass du verrückt bist, weiß ich schon. Wer hat gewonnen? Du?« Mit Entsetzen sah er sie an, schüttelte dann aber den Kopf. »Aber wenn du gewonnen hättest, dann wäre sie tot, der Kontakt zu den Göttern wäre im ganzen Land abgebrochen, du wärest jetzt Hohepriesterin und alle würden jetzt von nichts anderem sprechen als von dir.«

»Vermutlich«, nickte Areshva gedankenvoll und fügte ironisch hinzu: »Da siehst du, was ich mir habe entgehen lassen.«

»Aber verloren hast du auch nicht, denn dann würdest du jetzt nicht vor mir stehen.«

Areshva zuckte die Achseln. Sie wollte ihr Pferd wenden, um davonzureiten, doch da sprengte der Fürst auf sie zu, beugte sich zu ihr und packte sie am Arm.

Er hatte ihre rechte Hand hochgehoben, noch ehe sie seine Absichten erkannt hatte. Sofort entriss sie sich ihm, aber der kurze Moment hatte genügt, ihm das Zeichen der schwarzen Spinne zu zeigen, das die Hohepriesterin ihr in die Handfläche eingebrannt hatte.

»Verdammt!«, brüllte er auf. Seine Augen verdunkelten sich, als ob ein Unwetter in seine Seele gefahren wäre. »Das ist ja noch schlimmer, als ich es mir vorgestellt habe. Du tötest sie nicht, du paktierst. Mit so einer! Bei allen Göttern, mir wird schlecht. Um was hast du paktiert? Um die Weltherrschaft? Ich will's lieber nicht wissen! Ist dir denn keine Teufelei zu schrecklich? Wie kannst du nachts schlafen mit dem Zeichen auf deiner Hand? Wie kannst du so leben?«

Er griff sich an die Stirn und sah für einen kurzen Augenblick grenzenlos verzweifelt aus.

Aber nicht lange, dann richtete er sich wieder auf.

»Geh! Du stehst uns im Weg!«, zischte er sie an und gab seiner Armee den Befehl zum Weiterreiten.

Schon setzten sich die Soldaten in Bewegung und Areshva gehorchte ihm, stellte ihr Pferd seitlich des Weges und sah wie in Trance dabei zu, wie die Armee an ihr vorbeiritt. Silvrins Worte schwangen in ihr nach und ließen etwas in ihrem Inneren jubilieren. Wieso war er so wütend darüber, dass sie mit der Hohepriesterin paktierte?

Ja! Das ist es!, dachte sie bei sich. Natürlich ärgert ihn das, denn die finstere Herrscherin ist seine größte Feindin! Seine und meine!

Dass sie mit ihr paktiert hatte, bedeutete in diesem Fall nicht das Schreckliche, das er denken musste. Das war doch bloß die einzige Möglichkeit gewesen, das Orakel von ihm abzuwenden.

Sie hatte sich also *nicht* in ihm getäuscht. Er musste die Götter des Lichts kennen. Ganz bestimmt hatte er Gründe, dass er das nicht offen sagte. Es war dumm von ihr gewesen, so unverblümt vor allen Leuten zu fragen. Er dachte und fühlte so, wie Lystrella auch denken und fühlen würde. Das hatte sie in seinem Blick gesehen und es war zu deutlich gewesen, als dass sie sich darin hätte täuschen können. Nein, es war *kein* Zufall, dass die Götter der Finsternis ihn töten wollten. Was würde er wohl dazu sagen, wenn sie käme und ihm vorschlüge, diese Götter gemeinsam zu stürzen? Schlagartig erlosch ihre Hochstimmung. Er würde *nie* mit ihr gehen. Bis an sein Lebensende würde er sie für eine bösartige Natter halten.

Sie dachte nach. Wieso kam Silvrin eigentlich ausgerechnet diesen Weg hier entlang? Denselben, den sie genommen hatte? Wenn er nichts weiter gewollt hätte als heim nach Aravenna, hätte er diesen Umweg nicht machen müssen. Auf dem gerade Weg wäre er viel früher angekommen.

Er ist mir nachgeritten, dachte Areshva unwillkürlich und lächelte. *Er hat sich vielleicht Sorgen um mich gemacht, weil er gehört hat, dass ich Kalamachai angreifen will.*

Oder? Seine Worte hatten nicht danach geklungen. Silvrin empfand nur Abscheu für sie. Dann war es wohl doch nur Zufall.

Und in diesem Augenblick ritt er also nach Aravenna, wohin auch Prinzessin Isimela in ihrer Kutsche reiste, seine Braut. Es brauchte nicht besonders viel Fantasie, sich auszumalen, was die Verlobten miteinander anfangen würden, wenn sie sich nach so langer Zeit wiedersahen, beide großen Gefahren entronnen.

Areshva überkam ein Gefühl wie ein Erdbeben, das ihren ganzen Körper erschütterte. Silvrin würde Areshva noch mehr hassen als jetzt und die Prinzessin noch mehr lieben. Sie erzitterte. Einen gewaltigen, zuckersüßen Moment lang wünschte sie sich, keine Zauberin zu sein, sondern Prinzessin von Pallanthia und Verlobte des Fürsten von Aravenna, die in seiner Heimatstadt auf ihn wartete.

»Sei nicht traurig wegen Silvrin, Areshva«, hörte sie wie aus weiter Ferne Pirinas Stimme neben sich. »Wir sind doch auf dem Weg, die Göttin zu finden. Nichts anderes ist wichtiger.«

»Sind wir?«, fragte Areshva sarkastisch. »Warum schickt man mich dann ins Nirgends? Warum sagt man mir nicht, wo der Weg ist?«

»Vielleicht will die Göttin dich bestrafen.«

Areshva stand starr. Langsam drehte sie sich zu Pirina um.

»Was willst du damit sagen? Dass ich in der Hölle schmoren sollte?«

»Natürlich nicht«, stammelte Pirina unglücklich. »Aber du hast Lystrella verlas...«

»Nimm den Namen nicht in den Mund!«, befahl Areshva erschrocken. »Ich habe keine Lust auf noch mehr Ärger.«

Sie starrte auf die schmutzig grauen Wassermassen, die der Fluss vorwärtstrieb.

»Darf ich vielleicht jetzt deine Schülerin sein?«, fragte Pirina schüchtern. »Ich meine, du brauchst doch jemanden, der dir hilft. Bei der Suche nach dieser Göttin, deren Namen du dich nicht traust zu sagen.«

Areshva strich sich die Haare aus der Stirn. Über ihre Augen legte sich Melancholie.

»Ich will dich nicht offiziell zu meiner Schülerin machen, denn das müsste ich vor meiner Göttin der Dunkelheit tun, schließlich diene ich ihr. Ich will aber nicht, dass du den finsteren Göttern Treue schwörst. Du solltest *ihre* Dienerin sein. Später einmal, sobald es wieder möglich ist, sie zu rufen. Dafür gebe ich dir einen Schülerinnenring. Versprichst du mir, dass du niemals einer dunklen Göttin dienst?«

»Ja, ganz bestimmt nicht!«

Areshva nickte. Sie zog einen Magiestab aus dem Gürtel, berührte damit ihren Kontaktring und teilte ihn so, dass zwei kleinere daraus entstanden, die jedoch beide schnell wieder auf ihre ursprüngliche Größe anwuchsen.

Tief errötend steckte Pirina ihren an den Finger. Ihr ganzes Gesicht strahlte auf.

»Mit dem Ring kannst du mich rufen«, sagte Areshva und erwiderte sanft das Lächeln des Mädchens. »Das kann manchmal recht praktisch sein.«

Pirina drehte den Ring hin und her und war sichtlich glücklich darüber, ihn von Areshva geschenkt bekommen zu haben. Sie hob den Blick und strahlte sie an.

»Wie macht man das: *dich rufen*?«

Bevor Areshva antworten konnte, leuchtete ihr eigener Ring grellrot auf.

»Die Hohepriesterin«, wisperte Areshva und berührte ihn. Schon zischte eine gewaltige, geisterhafte Feuersäule aus dem Ring, die Areshva um mehr als die doppelte Größe überragte.

»Zeit für den ersten Kampf!«, befahl die Erscheinung. »Reite zum Tempel von Aravenna und beeil dich ein bisschen!«

Triumphzug

Fürst Koryelan von Aravenna ging mit langsamen
Schritten durch den Saal. Er trug die über Generationen
vererbte blausilberne fürstliche Uniform seiner Provinz
mitsamt der brilliantenbesetzten Fürstenkrone. Nur sein
Feldherrenstab war neu, nach dem traditionellen Muster
kopiert, da der alte Stab von Feinden erbeutet worden
war, als Silvrin nach dem Duell bei den Schwarzen
Felsen in Gefangenschaft geriet.

Der Gedanke an Silvrin lag ihm wie ein Stein im
Magen. Er war in der Nähe gewesen, als sein Freund bei
der Schlacht um Darghessa nach dem Begrüßungskuss
der Prinzessin Kia Sephila ohnmächtig wurde. Er hätte
Silvrin retten können, ihn bergen. Aber nein! Alle waren
viel zu überrascht gewesen. Die gesamte Armee war in
Auflösung geraten, die Feinde hatten sie überrannt. Er
hatte einen groben Fehler gemacht und deswegen
Aravennas einzigen Hoffnungsträger verloren. Ganz
davon abgesehen, hatte Koryelan auf dem Weg nach
Darghessa auch erlebt, wie es sich anfühlt, einen echten
Freund zu haben, mit dem man alle seine Gedanken und
Probleme teilen kann.

Das war vorbei.

Obwohl der große Audienzsaal inzwischen gut gefüllt war mit militärischen Würdenträgern, Höflingen, Lakaien und Ratgebern, und auch immer mehr von ihnen dazukamen, fühlte sich Koryelan einsam. Nachdenklich und langsam ging er an allen vorbei, aber tatsächlich konnte er gar keinen klaren Gedanken fassen. Sein Kopf war absolut leer. Die Krone saß ihm viel zu schwer darauf. Ihm war, als ob ihr Gewicht ihn zu Boden drückte. Den Feldherrenstab mochte er auch nicht hochhalten, damit sie ihn nicht dafür verhöhnten. Er ließ ihn vielmehr mit dem Adler auf seiner Spitze abwärtssinken.

Die große Ebenholztür öffnete sich zu beiden Seiten. Herein kam der Fürst Ishtangar von Pallanthia mit einem vielköpfigen Gefolge. Der Herrscher selbst bot einen majestätischen Anblick. Mit seinem langen, schon ergrauenden Goldhaar sowie dem gepflegten goldgrauen Bart war er von imposanter Erscheinung: eine Persönlichkeit, die auch ohne die blitzende Uniform und den etwas überdimensionierten Helm Eindruck gemacht hätte. Koryelan hatte diesen alten Freund seines Vaters schon oft getroffen und war dennoch auch heute wieder gleichermaßen eingeschüchtert, zumal den Pallanthier, wie üblich, ein ganzer Schwarm von goldhaarigen Begleitern umschwirrte, die wie Engel aussahen. Alles Parva der edelsten Sorte.

Neben ihm ging sein Neffe, Prinz Osving, der Sohn des ermordeten Königs, den der Fürst an seinem Hof wie sein eigenes Kind aufgezogen hatte. Ein schmucker Jüngling, ebenso groß und stattlich wie alle Pallanthier, dessen einziger Schönheitsfehler eine ungewöhnlich spitze Nase und ein ebensolches Kinn waren. Koryelan seufzte.

Er wusste, dass die Pallanthier grundsätzlich bloß Reinrassige an den Hof ließen. Soviel er gehört hatte, wohnten auch in der Stadt praktisch keine Mischlinge, weil man solchen keine Bürgerrechte verlieh. So ein Gesetz gab es auch in Aravenna, aber bereits sein Großvater hatte damit geschlampt, dessen Durchsetzung gewissenhaft zu überwachen. Mit dem Ergebnis, dass die Provinz heute der reine Schmelztigel war. Koryelan störte sich sonst nicht daran, da die Parva zumindest immer noch dominierten und die meisten Mischlinge eher nach Parva als nach Elgo mit Pferdemähnen aussahen. Wenigstens waren schon seine Vorväter so schlau gewesen, die Skeff konsequent auszuschließen. Nicht auszudenken, in welchen Sumpf man ansonsten hätte sinken können.

Fürst Koryelan wandte sich eifrig seinem Gast zu, der auf der Schwelle stehen geblieben war, wie ein König, der eine Audienz gibt und auf den nächsten Bittsteller wartet. Koryelan versuchte erst gar nicht, den pallanthischen Fürsten zu etwas mehr Respekt zu nötigen. Er gab sich stattdessen Mühe, so viel Würde wie möglich in seine Schritte zu legen. Majestätisch ging er auf Ishtangar zu und erhob zur Begrüßung seinen Feldherrenstab, den er zuerst dem hohen Gast und danach dem Neffen entgegenhielt, woraufhin sich Prinz Osving vor ihm verneigte.

Das Gesicht des Fürsten Ishtangar blieb jedoch unbeweglich – wie aus Eis. Es war nicht klar, ob der den Stab nicht gesehen oder ihn nicht als Gruß verstanden hatte. Also verbeugte sich Koryelan höflich vor dem Älteren und sagte: »Ich freue mich sehr, dass …«

Die schmetternde Fanfare eines Trompetenchors von draußen übertönte seine Worte. Koryelan sah sich genötigt, abzubrechen und zu warten, bis die Musiker sich wieder beruhigt hatten, und setzte dann erneut zu einer förmlichen Begrüßung an.

Diesmal unterbrach ihn Fürst Ishtangar mit einer knappen Handbewegung.

»Für mich wolltet Ihr keinen Krieg führen, aber überlasst einem hergelaufenen Straßenköter Euren Thron samt Armee und lasst ihn sogar noch eine Schlacht gegen Darghessa schlagen. Koryelan, ich finde keine Worte.«

»Wollt Ihr mir Vorwürfe machen, Fürst Ishtangar?«, fragte Koryelan. »Ihr wart selbst Zeuge. Ich war in einer Zwangslage und Silvrin ging überhaupt nicht nach Darghessa, um dort Krieg zu führen, sondern um ein Duell an meiner Stelle zu kämpfen.«

»Es endete jedoch in einer Schlacht«, beharrte Fürst Ishtangar. »Eure Armee ist demnach sehr wohl fähig, Krieg zu führen.«

Wieder hörte man vom Hof her eine Trompete blasen. Weitere fielen ein. Es wurde so laut, dass niemand drinnen mehr ein Wort verstand. Koryelan befahl einem seiner Höflinge, diesen Musikern Schweigen zu gebieten. Unglaublich, was die sich leisteten.

»Seid Ihr deshalb hergekommen?«, fragte er den hohen Gast aus Pallanthia. »Um mir Vorwürfe zu machen?«

»Nein!«, herrschte Fürst Ishtangar ihn an. »Meine Töchter, Prinzessin Kia Sephila und Prinzessin Isimela, befinden sich noch immer schändlicherweise in darghessanischer Gefangenschaft. Das dulde ich nicht. Ich ziehe in den Krieg gegen Darghessa, um sie zu befreien. Und ich will, dass Ihr mich dabei unterstützt. Kommt mir nicht mit Ausreden! Das seid Ihr mir schuldig!«

»Wie soll ich Euch denn unterstützen?«, rief Koryelan, der so etwas schon befürchtet hatte. »Meine Armee ist doch zerschlagen. Das erste Regiment ist bei

Darghessa zerrieben worden, Regimentsführer Kessinaj ist verschollen und unsere restlichen Truppen sind dezimiert. Wenn man bedenkt, dass uns vorher schon die Millesaner ein ganzes Regiment vernichtet haben, dann verdienen meine verbliebenen Soldaten kaum den Namen *Armee.*«

»Hier geht es um unsere Existenz!«, donnerte Ishtangar. »Um die Ehre und das Leben meiner Töchter, um ihre und unsere Zukunft!«

Zum dritten Mal erklangen durchdringende, schmetternde Trompetenfanfaren. Und diesmal folgte ihnen ein Kanonendonner von solcher Lautstärke, dass alle Scheiben des Audienzsaales zitterten. Ein weiterer Kanonenschuss zerriss den Himmel. Danach spielten die Trompeten völlig verrückt, sie tröteten um die Wette.

Koryelan wurde bleich.

»Was ist da draußen los? Ist das ein Angriff?«, fragte er etwas hektisch einen Leibwächter. Er musste brüllen, um das Schmettern der Bläser zu übertönen. »Geh nachschauen!«

Der Wächter verschwand. Der Kanonendonner war nun verstummt und die Trompeten wurden etwas leiser.

»Dummkopf!«, knurrte Fürst Ishtangar. »Ruft Eure Priesterin! Das geht am schnellsten, denn die hat in ihrer Kristallkugel schon längst gesehen, warum Eure Herolde verrücktspielen.«

Dabei wies der Pallanthier auf Koryelans glänzenden Kontaktring. Den hatte der neu gekürte Fürst noch nie benutzt und gedachte auch nicht, das ohne Not zu ändern. Er hatte schon immer ein gründliches Misstrauen gegen Zauberinnen gehegt, denn er hatte Angst vor dem, was sie mit ihrer Magie anrichten konnten und sah sich mehr als Sklave und keinesfalls als Profiteur dieser schwarzen Künste. Mit der Priesterin

Coreana hatte er sich nur deshalb verbündet, weil davon seine Fürstenwürde abhing.

»Das wird nicht nötig sein. Wir bekommen die Antwort gleich«, erwiderte Koryelan daher, ohne einen Blick auf seinen Ring zu werfen.

Jetzt hörten sie einen Chor von Menschen schreien.

»Hurra! Hurra! Hurra!«

Und wieder die Trompeten.

Die Lautstärke erreichte ein solches Niveau, dass keinerlei Unterhaltung mehr möglich war.

Endlich kam der Leibwächter zurück, den Koryelan ausgeschickt hatte.

Er rannte mitten durch das pallanthische Aufgebot, prallte sogar versehentlich gegen den Fürsten, winkte aufgeregt mit der Hand und schrie laut, um den Krach zu übertönen: »Silvrin ist zurück! Er kommt her, mit der ganzen Armee!«

Koryelan fiel glatt der Feldherrenstab aus den Fingern und er bemerkte es nicht einmal, weil um ihn herum ohrenbetäubendes Geschrei losbrach.

»Silvrin! Silvrin!«

Von überallher wiederholten sie diesen Namen. Zuerst andächtig. Dann immer mehr begeistert.

Regimentsführer Lemetrong war der Erste, der die Fassung wiederfand. Er bückte sich nach dem Feldherrenstab und reichte ihn Koryelan, der dastand wie paralysiert.

»Ist er noch am Leben?«, fragte er hastig. »Ist er nicht gefallen?«

»Das sag ich doch!«, schrie der Bote. »Nicht bloß am Leben, er kommt mit einer ganzen Armee!«

Koryelan erwachte aus seiner Erstarrung. Es kam ihm sogar vor, als kehrte er zurück aus einem Albtraum, der mehrere Wochen gedauert hatte.

»Das ist wundervoll!«, stieß er hervor. »Das ist die beste Nachricht, die ich je hörte! Jetzt geht es aufwärts mit uns!«

Die Pallanthier waren die Einzigen im Saal, die diese Begeisterung nicht teilten. Fürst Ishtangar winkte einmal abfällig durch die Menge, in einer gleichzeitig herrschaftlichen wie herabwürdigenden Bewegung, sodass alle gleich verstummten.

»Fürst Koryelan«, knurrte er. »Zufällig kenne ich diesen Silvrin. Ihr habt doch nicht vor, diesem Landstreicher die Gelegenheit zu geben, öffentlich zu sprechen oder ihn gar mit einer Funktion zu bekleiden?«

»Ich glaube nicht, dass Ihr ihn kennt, denn Ihr würdet sonst nicht so sprechen!«, rief Koryelan aufgeregt. Er winkte seine Garde nach vorn. »Ich muss ihn treffen. Holt eine Kutsche! Eine offene, achtspännig! Fahrt damit direkt vor den Haupteingang, ich komme herunter! Und schnell, eilt euch!«

Fürst Ishtangar konnte kaum fassen, was er sah. »Fürst Koryelan!«, donnerte er, mit so deutlichem Tadel in der Stimme, dass Koryelan zusammenfuhr. Aber der junge Regent von Aravenna war so beschwingt, so belebt, dass ihm schon egal war, was der Pallanthier von ihm denken würde.

»Ich würde an Eurer Stelle höflicher sein«, sagte Koryelan scharf. »Mit Silvrin könnt Ihr womöglich über einen Krieg gegen Darghessa diskutieren, denn er kann so etwas – wenn es stimmt, wenn er wirklich mit einer ganzen Armee zurückkommt.«

»Ich diskutiere nicht mit Vasallen«, spuckte Ishtangar aus. »Ich muss doch sehr bitten! Wollt Ihr den Lumpen wirklich wie einen König empfangen? Ihr diskreditiert Euch!«

Aber da war Koryelan schon an ihm vorbeigelaufen, gefolgt von Regimentsführer Lemetrong sowie sämtlichen aravennischen Gefolgsleuten, die im Saal gewesen waren.

Im Hof vor der Fürstenburg war solch ein Menschengewühl, dass Koryelan sich kaum einen Weg zu seiner Kutsche bahnen konnte und die acht Schimmel davor aufgeregt schnaubten und bockten. Jubel sondergleichen schwirrte durch die Luft. Die Trompeter auf dem Burgvorplatz bliesen schon wieder Fanfaren.

Die Kutsche rollte den Berg hinunter. Sie war offen, sodass Koryelan von hier einen guten Überblick haben würde. Natürlich nicht gleich hinter der Fürstenburg, die mitten im Wald lag. Weil es in der letzten Zeit so viel geregnet hatte, schwammen Pfützen auf den Wegen. In flottem Tempo ratterte der Wagen den Berg herunter, auf dem die Burg gelegen war, passierte die ersten ärmlichen Hütten und erreichte schließlich die Hauptstraße, die in die Stadt führte.

Bereits hier standen einige Menschen und jubelten ihnen zu. Sie rumpelten an der Mühle vorbei. Deren Windrad schnurrte in absonderlicher Geschwindigkeit. Ob das nur daran lag, dass die Arav Hochwasser führte, oder war das hier ein Fest sogar für die Natur?

Nun hatten sie die ersten Wohnhäuser der Stadt erreicht. Auch das waren kaum mehr als bescheidene Hütten, denn Aravenna war eine arme Provinz. Die Pferde flogen dahin wie Schwäne durch den Himmel. Um sie her toste Beifall. Hier war Volksfeststimmung, überall wimmelten Menschenmassen auf den Straßen.

Koryelan hörte sie rufen: »Wo ist er?« oder »Kommt er wirklich?«

Ihm war klar, dass diese Fragen nicht ihm galten. Immerhin erhielt er Beifall für seine Kutsche und die rassigen Schimmel, die sie zogen.

Nun tauchten erste zweistöckige Häuser auf, mit Verzierungen an Türen und Fenstern, denn jetzt näherte er sich der Stadtmitte. An der zunehmenden Lautstärke der Stimmen hörte er, dass er dem eigentlichen Ziel schnell näher kam. Plötzlich brandete ein orkanartiger Applaus auf, direkt vor ihm. Die Leute schrien und kreischten in völliger Hysterie: »Der Hexentöter!«, »Der Retter von Aravenna!«, »Es lebe Silvrin!«

Dort war er! Silvrin ritt gerade über eine Kreuzung, an der Spitze eines langen Zuges von Soldaten. Er war nicht zu übersehen, da ihm jemand einen Lorbeerkranz in das zerwühlte blonde Haar gewunden hatte und eine Schärpe um sein Pferd gelegt, das im Übrigen auch noch mit Blüten und Blumen übersät war. Silvrin lächelte auf etwas hilflose Weise so wie ein Junge aus dem Publikum, den der Jongleur auf die Bühne geholt hat.

Besonders schnell kam er nicht vorwärts, weil ihn von überall Menschen umringten, die jubelten, schrien, ihm zuwinkten und versuchten ihm noch mehr *Blumen* zuzuwerfen. Koryelan begriff, dass auch er kaum an ihn herankommen würde, jedenfalls nicht in der Kutsche, die in dem Gedrängel nicht weiter vorwärtsfahren konnte.

Er öffnete eine seitliche Tür und trat heraus. Wie in einem Traum tauchte ein Pferd vor ihm auf, ritt er seinem Freund entgegen, erkannte ihn Silvrin und im nächsten Augenblick lagen sie einander in den Armen. Dem folgte ein so tosender Applaus, dass die ganze Straße erbebte.

»Jetzt geht es bergauf mit Aravenna«, sagte Koryelan lachend, als die Leute sich so weit beruhigt hatten, dass Silvrin eine Chance hatte, seine Stimme zu hören.

Dann reichte er seine Krone und seinen Feldherrenstab an den lorbeerbekränzten Soldaten. Schließlich hatte Silvrin sich beides mehr als verdient, als er beherzt anstelle seines Freundes zum Duell gegen Areshva geritten war, das Koryelan ansonsten garantiert das Leben gekostet hätte.

Silvrin hatte diesen Kampf nicht nur gewonnen, sondern das aravennische Heer und die Provinz zu neuem Ruhm geführt. Auch wenn er bei der anschließenden Schlacht gegen Darghessa gescheitert war – für die Aravennaer, einschließlich Koryelan, war er ein Held und hatte das Potenzial, die Provinz Aravenna sicher durch unruhige Zeiten zu führen. Und auch durch den nächsten Krieg, den Koryelan schon voller Angst herannahen fühlte und den er auf keinen Fall persönlich anführen wollte.

Es folgte eine neue Welle begeisterten Applauses. Silvrin schüttelte den Kopf und gab die Krone und den Feldherrenstab zurück. Jetzt wurden die Menschen aufmerksam. Der Jubel erstarb.

»Das ist nicht mehr nötig, jetzt haben wir doch Frieden«, sagte Silvrin zu Koryelan. »Ich will mir nicht noch einmal anmaßen, dein Amt zu rauben. Du bist der Fürst von Aravenna und sollst es bleiben.«

Koryelan kam nicht dazu, auf diese Erklärung zu antworten. Das taten die Bürger an seiner Stelle. Sie fingen an zu stampfen und zu klatschen und schrien im Takt:

»Sil – vrin, Sil – vrin, Sil – vrin!«

Sie gaben erst Ruhe, als Koryelan seine Krone wieder an Silvrin zurückgegeben hatte, was wiederum mit lautem Klatschen bejubelt wurde.

»Du hörst es«, sagte der Prinz mit belegter Stimme, »sie wollen dich. Und du hast es verdient. Dein Name hat einen Klang bekommen. Von jetzt an wird man auch vor Aravenna Respekt haben, nur weil du es führst.«

»Das ist doch Unsinn«, bemerkte Silvrin, der noch immer aussah, als wüsste er nicht, was ihm geschah. Es war weiterhin so laut um sie herum, dass Koryelan sich anstrengen musste ihn zu verstehen. »Du hast keine Ahnung, wie viel Wert die Leute auf die Herkunft legen. Ich bin ja nicht mal reinrassig, falls dir das noch nicht aufgefallen ist.«

Silvrin hob ein wenig seine Hände, damit Koryelan auf die fellartige Behaarung seiner Arme aufmerksam werden sollte: eins der typischen Merkmale des Elgovolkes. Die war Koryelan in der Tat noch nicht aufgefallen.

Er winkte ab. Gar zu schön, dass Silvrin hier vor ihm stand und lebendig war.

»Das ist nur für die Pallanthier wichtig, nicht für uns«, sagte er strahlend.

»Eben das meine ich.« Silvrin drehte sich um und zeigte hinter sich. »Schau, wen ich unterwegs getroffen habe.«

Prinz Koryelan meinte, seinen Augen nicht zu trauen: Ein gutes Stück hinter seinem Freund saß doch tatsächlich die zarte Prinzessin Isimela von Pallanthia, in eine Soldatendecke gewickelt, mit einem Blumenkranz in den goldblonden Haaren, auf einem der Pferde, die mit Silvrin gekommen waren.

Die Prinzessin sah müde und erschöpft aus, aber sie lächelte wie eine Königin, genoss sichtlich die Aufmerksamkeit, die sie in Silvrins Gefolge auf sich zog, und winkte unablässig den Menschen zu.

»Prinzessin Isimela«, flüsterte Koryelan ganz und gar ergriffen, »hast du sie etwa befreit? Obwohl du doch selber in Gefahr warst?«

»Im Gegenteil, ich habe gar nicht …«, begann Silvrin, konnte sich aber nicht weiter erklären, denn in diesem Moment hatte auch Fürst Ishtangar von Pallanthia, der Koryelan in einer zweiten Kutsche gefolgt war, seine Tochter erkannt. Er verlor auf einmal all seine Würde, sprang aus dem Gefährt heraus und rannte ihr entgegen. Und als erst die Prinzessin ihren Vater sah, ließ sie sich vom Pferd gleiten, fiel dem pallanthischen Fürsten in die Arme und fing an zu weinen – vor lauter Erleichterung darüber, dass ihr Abenteuer ein gutes Ende gefunden hatte.

»Silvrin! Was für ein Held du bist!«, stotterte Koryelan, der seine Augen gar nicht von der Prinzessin wenden konnte. Ihr Vater führte sie jetzt zu seiner Kutsche, nahm ihr die lumpige Decke ab und hüllte sie in ein Seidenlaken, das auf dem Sitz gelegen hatte. Die beiden Freunde stiegen ebenfalls von ihren Pferden und gingen zu dem fürstlichen Achtspänner hin.

»Das bin ich gar nicht«, wehrte Silvrin ab. »Ich weiß nicht, warum die Leute so einen Aufstand um mich machen. Und diese Krone will ich nicht haben. Koryelan, jetzt nimm schon.« Er drückte seinem Freund die Fürstenkrone entgegen, der sich aber sträubte sie zu nehmen. »Koryelan, bedenke doch, du würdest nicht nur die Würde verlieren, sondern auch die Braut. Das kann ich dir nicht antun. Du würdest mich später dafür hassen, wenn du wieder zu Verstand gekommen bist!«

»*Die Braut?* Welche *Braut*, wie kommst du darauf?«

»Anscheinend gibt es so eine Allianz zwischen euch in Aravenna und den Pallanthiern, bei der …«

Silvrin und Koryelan hatten inzwischen die acht schnaubenden und tänzelnden Pferde vor dem Gespann des Prinzen erreicht und wollten einsteigen, doch da versperrte ihnen Fürst Ishtangar den Weg. Er warf Silvrin einen grimmigen Blick zu, etwa wie ein Löwe einer Hyäne, die Gefahr läuft, die Grenzen seines Revieres zu überschreiten.

»Meine Tochter sagt, dass sie Euch aus der Gefangenschaft befreit hätte«, erklärte Fürst Ishtangar hochmütig. »Wollt Ihr Euch nicht wenigstens bedanken?«

»Habe ich das nicht getan?«, fragte Silvrin verwundert. »Ich glaubte … aber gut. Es tut mir leid. Eure Tochter war sehr mutig, sie hat sich um meinetwillen in große Gefahr begeben und mir auch noch einige sehr wichtige Hinweise gegeben. Ich kann mich dafür gar nicht genug bedanken.«

»Warum feiern diese Hinterwäldler dann Euch?«, zischte Fürst Ishtangar voller Verachtung. »Was habt Ihr denn getan? Habt Euch behexen und einfangen lassen – und braucht die Hilfe eines schwachen, hilflosen Mädchens, das mehr Verstand hat als ein Mann, um aus der Gefangenschaft zu entfliehen! Man glaubt es kaum.«

»So eine zarte Prinzessin und so viel Mut!«, rief Koryelan bewundernd.

Fürst Ishtangar baute sich vor Silvrin auf, beide Hände in die Seiten gestemmt.

»Wo ist meine andere Tochter, Prinzessin Kia Sephila?«

»In Darghessa. Noch immer in Gefangenschaft bei dem verbrecherischen Fürsten Wukur.« Silvrin hielt den stechenden Blicken des Alten stand. »Ich hole sie da heraus. Bei meinem letzten Versuch ist es mir nicht gelungen, aber das passiert mir kein zweites Mal, das verspreche ich.«

Der Fürst von Pallanthia kam nicht dazu, Silvrin die nächste Beleidigung entgegenzuschleudern, denn jetzt tauchte Prinzessin Isimela auf. Sie stellte sich genau zwischen sie und himmelte Silvrin mit so eindeutigen, glänzenden Blicken an, dass der Alte kein Wort mehr herausbrachte, sondern nur wütend seine Tochter bei der Schulter packte und mit ihr zu seiner Kutsche zurückstapfte, in der Prinz Osving schon auf die beiden wartete.

Silvrin war indessen von dieser Szene so gefangen, dass ihm ein anderes Detail komplett entging, nämlich wie Koryelan die Gesichtszüge entglitten, als Isimelas Blicke sich auf Silvrin hefteten, während er ihr die ganze Zeit die Hand entgegengestreckt hatte. Sie hatte ihn einfach ignoriert.

***

Auf dem Rückweg zur Fürstenburg war glücklicherweise keine richtige Unterhaltung möglich, weil die Menschen noch immer die Straßen säumten, jubelten und schrien und diesmal auch Koryelan, als Silvrins Sitznachbar, einen gehörigen Blumenregen abbekam.

Der Prinz war wie betäubt. Von Prinzessin Isimela hatte er geträumt, seitdem er ein Knabe gewesen und Fürst Ishtangar sie ihm damals versprochen hatte. Und jetzt würde er sie verlieren. An seinen besten Freund! Und er konnte nichts dagegen sagen. Nicht einmal Isimela selbst würde sich über diese kleine Änderung der Pläne beschweren. Eher im Gegenteil. Aber war es jemals besser gewesen? Prinzessin Isimela hatte noch nie Interesse an Koryelan gezeigt, weshalb er trotz der immer auf Neue wiederholten Versprechungen ihres Vaters sowieso nicht wirklich an eine Heirat mit ihr geglaubt hatte.

Jedenfalls war Koryelan sich darüber im Klaren, dass es an diesem Abend ein Bankett geben musste und eine Willkommensfeier.

Kaum hatten sie die Fürstenburg erreicht, da begann er auch schon den Menüplan zu bestimmen und ein

Orchester einzuberufen. Er war froh, dass Silvrin sich gleich in die ihm bestimmten Gemächer zurückzog, weil er sich nach der langen Reise erfrischen und umziehen wollte.

Prinzessin Isimela verlangte ebenfalls nachdrücklich ein Bad. Das enthob den Prinzen zumindest der Pflicht, sich mit den beiden zu unterhalten, was ihm nur zusätzliche Qual bereitet hätte.

Als er gerade den Flur zu den Gemächern seines Hofzeremonienmeisters entlangging, holte Fürst Ishtangar ihn ein und zwang ihn dazu, stehen zu bleiben.

»Ihr werdet doch nicht diesem hergelaufenen Lumpen Euren Thron geben, oder?«, fragte Ishtangar mit beißender Stimme.

»Er hat mir das Leben gerettet«, erwiderte Koryelan zögernd. »Und die Leute lieben ihn, das habt Ihr selbst gesehen.«

»Dann seid Ihr damit zufrieden, auf alles zu verzichten?«

Koryelan atmete tief durch.

»Fürst Ishtangar, redet nicht so!«, erwiderte er. »Ihr habt selbst gehört, welche Stimmung hier herrscht. Wir lagen am Boden, aber Silvrin hat unserer Provinz wieder zu Ruhm verholfen. Er kann darüberhinaus auch für unsere zukünftige Sicherheit garantieren – und das wird nötig sein.«

»Und dafür verzichtet Ihr auch gern auf die Braut«, konterte der Fürst provozierend.

Ein Schatten fiel über das Gesicht des Prinzen.

»Ich hatte nicht den Eindruck, dass sie mit der Entwicklung unzufrieden wäre«, sagte er mit kummervollem Unterton in der Stimme. »Sie hat mich nicht eines einzigen Blickes gewürdigt.«

»Aber Ihr liebt sie.«

»Fürst Ishtangar …«

»Antwortet. Ehrlich.«

»Ich liebe sie«, flüsterte Koryelan. »Sie ist wunderbar. Sie ist fantastisch. Aber sie will lieber einen Helden. Und ich bin keiner. Dagegen kann ich nichts machen. So ist das eben in der Welt, man zahlt einen Preis für alles.«

»Dagegen könnt Ihr durchaus etwas unternehmen. Ich gebe meine Tochter keinem Knecht, dem Sohn eines notorischen Betrügers, der noch dazu ein Mischling ist. Er hat doch Elgo-Blut in seinen Adern. Habt Ihr seine Arme gesehen?« Angewidert funkelte der Pallanthier den jungen Prinzen an.

»Ihr werdet dazu gezwungen sein, Fürst Ishtangar«, murmelte Koryelan. »Oder wollt Ihr nicht, dass Silvrin Eure andere Tochter auch noch aus Darghessa befreit? Ich kann Euch vorhersagen, dass er dazu eine große und schwere Schlacht schlagen muss, dass er diese Schlacht gewinnt und danach noch viel größeren Ruhm erntet als jetzt und Isimela Euch darum anbetteln wird, die Hochzeit so schnell wie möglich auszurichten.«

»Falsch«, sagte Fürst Ishtangar und lächelte. »Silvrin wird in der Schlacht fallen. Den Ruhm erntet Ihr, wenn Ihr mit ihm zusammen hinreitet. Und dann wird Isimela auch Euren Wert erkennen.«

»Wieso sollte er fallen?«, rief Koryelan erschrocken.

»Weil meine Verbündete, die Priesterin Kirisha, das in einem Orakel vorhergesehen hat und sie ist in dieser Kunst eine Meisterin. Silvrin wird sterben, bevor der Herbst kommt.«

»Also schon im nächsten Mond?«, hauchte Koryelan, noch immer schockiert.

»Genau. Lasst Silvrin ruhig den Ruhm für Aravenna weiter aufpolieren, lasst ihn noch eine Schlacht gewinnen – aber meine Tochter gebe ich ihm nicht, die hebe ich für Euch auf. Sofern Ihr auch in Zukunft mein

Freund sein wollt und die Schlacht um Darghessa zu Ende führt, da Silvrin so weit vermutlich nicht mehr kommt.«

Koryelan fuhr sich mit der Hand durch die Haare. »Ich ertrage es nicht, wenn er Isimela heiratet – aber dafür kann ich doch nicht seinen Tod wünschen. Das wäre schrecklich. Eine Katastrophe!«

»Unsinn!« Ishtangar winkte ab. »Silvrin zerstört die Ordnung. Wir können nur froh sein, wenn der Spuk vorbei ist. Ich warte auf Eure Antwort. Seid Ihr mein Freund? Und mein Schwiegersohn?«

»Ja«, flüsterte Koryelan.

Eine haarsträubende Botschaft

Prinz Koryelan stand am Fenster des Regierungsgemaches mit einem aufgerollten Pergament in der Hand. Von unten herauf drangen Geigenspiel und Stimmengewirr an sein Ohr, wobei das Konzert der Streichinstrumente alles andere bei Weitem übertönte. Irritiert schlug er mit den Fingern gegen das Pergament.

Die Eingangstür öffnete sich einen Spalt breit.

»Kann ich hereinkommen oder bist du beschäftigt?«

Koryelan ließ das Dokument sinken und sah sich um. Silvrin stand in der Tür. Er hatte sich bereits für das Bankett umgezogen. Die goldenen Schnüre auf seinem Hemd hatten exakt dieselbe Farbe wie seine Haare und kontrastierten sehr hübsch mit dem Aravennablau seiner Uniform.

»Für dich habe ich immer Zeit. Komm rein.«

Silvrin schloss die Tür hinter sich und schritt langsam und zögerlich durch den Raum. Seine Blicke glitten über die hohen, kargen Wände, an denen ein einziges großes Gemälde prangte. Es zeigte den früheren Fürsten Elbin vor einem der zahlreichen Seen, die es in Aravenna gab.

»Dieses Bankett bereitet mir Kopfschmerzen«, sagte er leise. Als er den Prinzen erreicht hatte, blieb er sehen.

»Ich sollte nicht hingehen. Kannst du für mich eine Ausrede erfinden?«

»Bist du verrückt? Ganz Aravenna hungert nach dir.«

»Eben das ist das Problem. Die Leute haben riesige Erwartungen an mich. Und ich kann sie nicht erfüllen.« Koryelan lachte.

»Und wie du sie erfüllen kannst! Silvrin, heute Abend musst du nichts weiter tun als dazusitzen und ein bisschen in die Menge zu lachen. Ganz Aravenna hat um dich gezittert, heute sind alle froh, dich wieder unter sich zu sehen. Sie werden zu all deinen Worten applaudieren, ganz egal, was du sagst. Sie werden aus allen deinen Bewegungen göttliche Zeichen sehen und sie werden all unsere Probleme vergessen.«

Zu den Geigen, die von unten erklangen, gesellte sich nun ein fideles Cembalospiel, gefolgt von Flöten. Immer wieder drang Gelächter zu ihnen hoch.

»Du irrst dich. Ich bin nicht in Form.« Silvrin senkte den Blick. »Sie werden erkennen, dass ich eigentlich ihre Aufmerksamkeit gar nicht verdiene. Und das ertrage ich nicht. Also noch nicht gleich heute. Lass mir Zeit, einen anderen Weg zu finden, ihnen zu sagen ... dass meine gute Phase vorbei ist.«

»Silvrin!«

Koryelan ging seinem Freund entgegen und wollte ihn umarmen, aber Silvrin wich ihm aus.

»Nicht!«

»Was ist los mit dir? So kenne ich dich nicht. Ist etwas passiert? Oder hast du Bedenken, weil du dich als Fürst ja mit einer Zauberin verbünden musst? Das kann ich verstehen. Ich traue diesen Hexen auch nicht über den Weg. Du wirst zu diesem Bündnis gezwungen sein – allerdings hörte ich, deine Schwester würde gern deine Verbündete sein. Da hast du Glück! Sie wird sicher mehr auf deine Wünsche hören, als es eine Fremde täte.«

Silvrin sah sich misstrauisch im Raum um.

»Sind wir hier unbeobachtet?«

»Absolut. Du kannst frei reden.«

Silvrin fummelte mit der linken Hand nach seinem Magiestab und entzündete ihn.

»He, was machst du da?«

»Sichtschutz«, murmelte Silvrin. »Sonst sieht mich deine Priesterin in ihrer magischen Kugel und dann erfahren es alle.«

»*Erfahren was?*«

Silvrin ging an Koryelan vorbei und stellte sich ans Fenster. Draußen war alles dunkel. Schattenhaft sah er die nahen Bäume, denn die Fürstenburg war umgeben von Wald. Am Himmel leuchteten die Sterne und ließen die Blätter verheißungsvoll glitzern. Vom Bankettsaal eine Etage tiefer erklang eine rauschende, fröhliche Melodie.

Koryelan fragte sich, warum Silvrin sich so schwertat, ihm zu sagen, was sein Problem war. Vielleicht deshalb, weil es um eine Angelegenheit zwischen ihnen persönlich ging? Er musste schlucken. Da kam nur eines infrage.

Als er daran dachte, schlug ihm gleich das Herz bis zum Hals.

»Ist es wegen Prinzessin Isimela?«, fragte er stockend. »Machst du dir Sorgen, weil ihr Vater so gegen dich eingestellt ist?«

Silvrin winkte unwillig ab.

»Ach was!«

»Was ist es dann? Willst du mir davon erzählen?«

Silvrin starrte über die Baumwipfel hinaus. Koryelan legte ihm den Arm um die Schultern.

»Himmel, du denkst, du hättest Probleme, Silvrin, dabei bist du derjenige, die sie alle lösen kann. Weißt du, was hier passiert, seitdem ich wieder zurück in der Stadt bin? Fürst Ishtangar von Pallanthia bedrängt mich. Ich soll Darghessa angreifen und Prinzessin Kia Sephila befreien. Ihr Götter! Wie soll ich das denn schaffen, unsere Armee ist doch hoffnungslos dezimiert! Und das ist noch nicht alles. Man schickt mir auch noch Briefe, von denen ich Albträume bekomme! Diese Lumpen in Millesana sind schon meinem Vater ständig auf die Füße getreten.«

Koryelan holte das Pergament hervor, das er immer noch mit sich herumschleppte. Silvrin drehte sich um und musterte erst die Rolle, dann Koryelan.

»Zeig mir.«

»Bitte schön.«

Der Prinz reichte ihm die Rolle. Silvrin nahm sie mit der linken Hand, rollte sie immer nur so weit auseinander, wie das einhändig möglich war, und las:

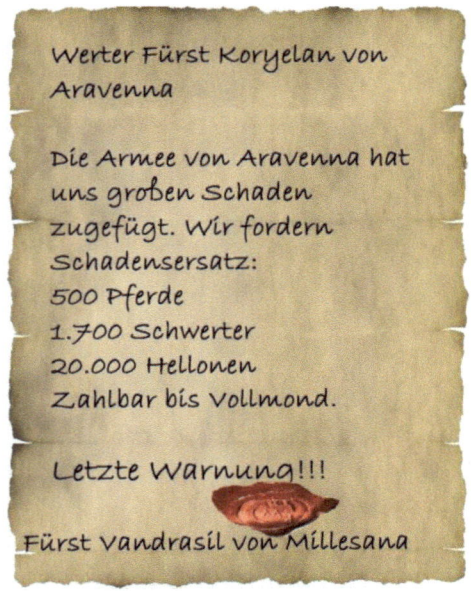

Werter Fürst Koryelan von Aravenna

Die Armee von Aravenna hat uns großen Schaden zugefügt. Wir fordern Schadensersatz:
500 Pferde
1.700 Schwerter
20.000 Hellonen
Zahlbar bis Vollmond.

Letzte Warnung!!!

Fürst Vandrasil von Millesana

Silvrins Augen begannen zu funkeln, je weiter er im Text kam. Immer wieder brach er ab, murmelte abwechselnd »diese Hunde« oder »na wartet bloß«, um dann bis zum Ende fortzufahren.

»Du kannst ja lesen«, sagte Koryelan verwundert.

Silvrin packte das Pergament so heftig mit der Hand, dass es knitterte. Dann warf er es auf den Boden.

»Hast du das im Tempel gelernt?«, fragte der Prinz.

»Unverschämt!«, fauchte Silvrin. Forschend musterte er seinen Freund. »Das ist wohl die Fortsetzung eurer alten Fehde mit dem Fürsten von Millesana? Warum sind sie denn so unversöhnlich? Sag die Wahrheit, Koryelan. Man führt doch nicht wiederholt Krieg wegen einer Mordanklage, die schon längst verjährt ist.«

Koryelan ballte die Fäuste.

»Auch wenn es zehn Jahre her ist, aber es geht immerhin um die Ermordung unseres Königs! Und um ein Mädchen, das gleichzeitig getötet wurde, eine Prinzessin aus Estedt. Mein Bruder Zekyelan war mit ihr verlobt. Auch Vandrasil, Fürst von Millesana, hatte um die Gunst des Mädchens geworben und war tief gekränkt, als sie ihn abwies. Silvrin, er tötete sie aus Eifersucht, und als der König ihn dabei überraschte, ging er auch auf diesen los! Zekyelan betrat den Raum kurz nach der Tat, und er traf den Millesaner mit Blut an seinem Schwert ... Quasi auf frischer Tat! Deshalb zeigte er Vandrasil öffentlich als Mörder an. Die meisten anderen Gäste glaubten jedoch, die Priesterin Ontelee, die seit diesem Tag als Hohepriesterin in Kalamachai residiert, sei die Mörderin des Königs, und sie hätte auch die Estedterin umgebracht, die im selben Raum war – um keine Zeugen zu haben. Vandrasil schwor öffentlich, er sei unschuldig, er habe den Raum erst betreten, als schon alle tot waren. Also sprach man ihn frei. Aber er hat gelogen, Silvrin. Mein Bruder hat ihn zu Recht des Mordes angeklagt! – Naja, aber das sind in der Tat alte Geschichten. Nun haben wir schon zwei Kriege gegen diese Millesaner verloren, ich will nie wieder gegen sie antreten. Darum habe ich, als wir die letzte Schlacht gegen sie verloren haben, nach dem Tod meines Vaters, ihren Boten Waffenstillstand angeboten.«

Silvrin runzelte die Augenbrauen.

»*Waffenstillstand?* Hältst du sie für unschuldig? Habt ihr diesen Krieg zu Unrecht geführt?«

»Nein, sie sind schuldig. Das sind schändliche Kreaturen, Bestien. Es ist nur …« Er zuckte die Achseln. »Wir haben keine Möglichkeit, uns dagegen zu wehren.«

»Haben wir nicht? Wie hast du auf dieses unverschämte Pergament reagiert …« Silvrin schwenkte es verärgert durch die Luft, »hast du schon geantwortet?«

Koryelan nickte resigniert.

»Ich hab ihnen alles geschickt, was sie gefordert haben.«

»Was?« Silvrin fuhr hoch.

»Du warst ja verschollen! Alle glaubten dich tot!« Koryelan rang die Hände. »Wir waren derartig geschwächt … was sollte ich tun? Ich konnte doch nicht riskieren, dass sie uns angreifen. Also haben wir einen Konvoi mit einer gewaltigen Schatzkiste und zwei Kutschen voller Waffen nach Millesana geschickt und auch noch die geforderten Pferde.«

Silvrin griff sich an den Kopf.

»Koryelan … du schickst den Männern, die möglicherweise den König, deine Schwägerin und deinen Bruder ermordet haben … eine Entschädigung in Form von kistenweise Hellonen und Waffen?«

»Ich wusste mir keinen anderen Rat. Was hättest du getan?«

»Ich hätte Vandrasil offen zur Rede gestellt und versucht herauszufinden, ob er diese Prinzessin wirklich geliebt hat, ob er eifersüchtig auf deinen Bruder war, ob er zu so einem Mord fähig wäre, ob er sich vielleicht in Widersprüche verwickelt. Ich würde keinen Krieg blind führen. So, wie du es dargestellt hast, gibt es durchaus die Möglichkeit, dass der hässliche Vandrasil gar kein Mörder ist.«

»Dann habe ich mich unglücklich ausgededrückt«, knurrte Koryelan. »Silvrin, in Millesana sind in der Vergangenheit schon oft Menschen ums Leben gekommen. Die Luft rings um den Fürsten war schon immer dünn und die Frauenzimmer ließ er zwangsweise zu sich hinaufschaffen. Das ist kein guter Mensch und seine Ausreden schrien schon damals zum Himmel. Er hatte das Schwert noch in der Hand, das Mädchen lag tot zu seinen Füßen, er starrte uns mit irren Blicken an, als wir hereinkamen. Ich weiß nicht, was für Beweise du eigentlich brauchst. Wenn ich nur wüsste, was wir jetzt tun sollen.«

Silvrin griff nach seinem Schwert, zog es zischend aus der Scheide und machte einen Ausfallschritt. Er schlug zwei, dreimal in die Luft.

Koryelan winkte ab.

»Du kannst Probleme vielleicht auf diese Weise lösen, aber nicht ich.«

»He!«, rief Silvrin drängend, der noch immer energisch, aber nicht besonders imposant gegen die Luft kämpfte. »Sieh mich an! Fällt dir nichts auf?«

»Du bist nicht so sicher wie sonst«, sagte Koryelan nach einer Weile. »Ich weiß nicht. Ist dein Siegeszauber erloschen? Ist das der Grund, warum du so niedergeschlagen bist?«

Silvrin holte Luft, um sein Problem zu erklären, brachte es dann aber nicht fertig. Sein Schwert fiel klirrend zu Boden und seine Miene verdunkelte sich derartig, dass Koryelan sofort bereute, was er gesagt hatte.

»Wenn es nur das wäre«, stieß Silvrin hervor.

In diesem Moment öffnete sich die Tür. Zwei Kammerdiener standen dort.

Von irgendwo unten ertönte ein lauter, hallender Gong.

»Das Bankett ist eröffnet«, sagte einer. »Man erwartet euch.«

Das Bankett

Der Festsaal war bereits voll besetzt, als Koryelan und Silvrin hereinkamen. Wie auf einen unhörbaren Befehl hin stand die ganze Gesellschaft auf. Hochrufe erklangen.

»Es lebe Silvrin!«

»Es lebe Aravenna!«

Am oberen Teil der Tischrunde saßen bereits Fürst Ishtangar, Prinz Osving sowie Prinzessin Isimela und die beiden Regimentsführer Lemetrong und Kessinaj.

Die Plätze in der Mitte waren für Silvrin und Koryelan freigehalten worden, wobei man absichtlich beide fürstlich dekoriert hatte, sodass das Publikum aus der Sitzordnung nicht entnehmen konnte, wem hier die Fürstenwürde zukommen sollte.

Es zeigte sich, dass Koryelan inzwischen gelernt hatte, wie man eine Rede hält. Da Silvrin heute so zurückhaltend war, blieb dem Prinzen ja nichts anders übrig, als die Gastgeberpflichten zu übernehmen. Nicht bloß das! Er musste auch noch Silvrins Melancholie überspielen, die doch völlig fehl am Platz war an einem solchen Tag und bei einem Fest, das ganz Aravenna in einen Freudentaumel versetzte.

Koryelan war selbst überrascht, wie locker er sich präsentieren konnte, wie leicht ihm die Worte von den Lippen kamen. Dieser Tag war so herrlich, denn Prinzessin Isimela saß an seiner anderen Seite. Sie sah aus wie eine Porzellanpuppe. Fein und süß und allerliebst. Und sie war sehr aufgeregt. Obwohl er genau erkannte, dass sie vor allem versuchte, an ihm vorbei zu Silvrin zu sehen, nützte es ihr nicht viel, weil er neu gekürte Fürst es überhaupt nicht bemerkte.

»Ich hatte mich so darauf gefreut, nach Aravenna zu kommen«, plapperte Prinzessin Isimela gerade. »Dabei hatte ich schon vergessen, dass dieses Nest kaum einen Besuch wert ist. Die ganze Stadt, soweit ich auf dem Weg hierher gesehen habe, ist eigentlich nichts weiter als eine Ansammlung von Baracken auf matschigen Wegen. Dazu noch die vielen schrecklichen baufälligen Brücken, weil man ja dauernd irgendwelche Fluss- oder Bachläufe überqueren muss.«

Sie erhob ihr Weinglas. Koryelan beeilte sich, seines an ihres heranzuführen, sodass sie genötigt war, mit ihm anzustoßen.

»Auf unser Wiedersehen!«, sagte er heiser. Sie nippte nachdenklich an dem Getränk.

»Und dieser sogenannte Palast erst!« Sie wies mit tragischer Geste auf die kargen Holzwände des Raumes, in dem sie sich befanden. »Der verdient nicht einmal den Namen. Hier gibt es ja gar nichts. Die Wände drinnen sind zwar hoch, aber gänzlich schmucklos. Und draußen sieht man nichts als Bäume. Dazu einen lächerlich kleinen Burghof, aber keinen Park um den Palast. Nicht mal den allerkleinsten Spazierpfad, von Blumen ganz zu schweigen. Wildnis, wohin man blickt. Und hier soll ich eines Tages wohnen? Hier den Rest meines Lebens verbringen?«

Prinz Koryelan lauschte all den Klagen, die Prinzessin Isimela vorzubringen hatte, mit angehaltenem Atem. Einen *Park* vermisste sie? Das war kein Problem. Er konnte ihr einen bauen. Er würde den ganzen Wald hier abholzen lassen. Er würde Maler bestellen, Harfenspieler, Wahrsagerinnen, Gaukler. Eine neue Zeit würde hier beginnen.

»Ja, ja.« Das war alles, was Prinzessin Isimela zu Koryelans Wortschwall zu sagen hatte.

Sie wandte sich schon wieder Silvrin zu, der jedoch ganz in sich versunken dasaß.

Koryelan versuchte ihre Aufmerksamkeit auf sich zu lenken.

»Erzählt mir doch, verehrte Prinzessin, wie Ihr Euch und Silvrin aus der Gefangenschaft befreit habt!«, forderte er sie ehrerbietig auf.

Damit hatte er endlich ein Thema gefunden, das ihr gefiel. Prinzessin Isimela begann sofort eine lebhafte Schilderung ihrer Entführung und ihrer demütigenden Zeit oben auf der Räuberburg. Sie berichtete detailliert, wie sie Silvrin gesehen hatte, als man ihn herbrachte. Wie sie mitansehen musste, als sie ihn auspeitschten – so lange, bis er bewusstlos wurde. Wie sie um ihn gezittert hatte. Welche Ängste sie erst ausgestanden hatte, als sie beschloss, ihn zu befreien. Todesangst! Sie hatte noch immer Albträume davon. Wie sie an den wilden Wölfen vorbei zu den Gefängnisgrotten schlich, wo Silvrin angekettet gewesen war. Koryelan konnte es nicht fassen, dass dieses zarte Wesen einen derartigen Mut hatte aufbringen können, den er womöglich nicht einmal selber gehabt hätte. Seine Bewunderung für das Mädchen wuchs ins Unermessliche. Jetzt erzählte sie von der bösen Hexe, Areshva. Was für ein abartiges, durchtriebenes Wesen diese Skeff doch hatte! Nicht nur Koryelan lauschte der Prinzessin ergriffen. Er merkte bald, dass sich auch seine direkten Tischnachbarn die Ohren platt drückten. Die Gäste weiter hinten fragten jeweils ihre Nachbarn, was Isimela gesagt habe. Immer wieder wurde sie von Schreckensschreien und Ausrufen unterbrochen, was ihren Eifer weiter anspornte.

Inzwischen waren sie beim Hauptgericht angelangt und Prinz Koryelan konnte seine Blicke überhaupt nicht mehr von der faszinierenden Prinzessin lassen. Seine Hände suchten immer wieder nach einem Vorwand, um die Grenzen zwischen ihrem und seinem Teller zu überwinden. Isimela schien das leider gar nicht zu bemerken. Kein Wunder, ihre Aufmerksamkeit war immer noch auf Silvrin gerichtet, der aber dasaß, als ob er träumte.

Isimela fing an zu erzählen, wie Silvrin sich für das Leben und die Freiheit seiner Männer eingesetzt, wie er seine Befreiung von der seiner Leute abhängig gemacht und später standhaft die Misshandlungen ertragen hatte, die die Räuber ihm an jenem Abend zufügten — jedenfalls so viel sie davon gesehen hatte. Und damit Koryelan sich nicht einbilden konnte, dass diese Worte an ihn gerichtet sein könnten, lehnte sie sich immer wieder weit in Silvrins Richtung und sprach ihn ein paarmal ganz direkt mit weicher Stimme an:

»Ihr seid ein Held!«

Silvrin wehrte ab.

»Zu viel der Ehre, Prinzessin Isimela. Ihr solltet es nicht übertreiben.«

Isimela kniff verdrossen die Lippen zusammen. Endlich nahm sie wieder Notiz von Koryelan.

»Was ist mit ihm?«, wisperte sie. »Hast du gesehen, er hat sein Ochsenfilet gar nicht angerührt. Bloß die Suppe.«

»Ich habe es gesehen.« Koryelan beugte sich so nah an ihr Ohr, dass eine ihrer Locken seine Stirn berührte. »Vielleicht wegen des grässlichen Orakels.«

Die leichte Missstimmung am oberen Ende der Tafel blieb von der Festgesellschaft unbemerkt. Silvrins Heldentaten auf der Räuberburg hatte inzwischen ein Gast dem nächsten weitergeflüstert und alle Blicke lagen auf ihm in grenzenlosem, ehrfürchtigem Staunen.

»Es lebe unser Fürst!«, rief jemand, stand auf und klatschte Beifall. Dem folgten alle übrigen Festgäste.

Mitten in diese Hochstimmung hinein trat ein Bote mit einer Pergamentrolle, die mit einem Feuerzeichen versiegelt war. Er umrundete die Festtische mit den vielen Blumenarrangements darauf und reichte dann die Rolle an Koryelan. Der Prinz erbleichte beim Anblick des Siegels, das er erkannte. Sein erster Impuls war, das Schreiben beiseitezulegen und es später zu lesen, um sich nicht das Fest zu verderben. Aber da hefteten sich schon die Augen der Prinzessin an ihn und ihm wurde klar, dass sie seine Angst vor dem Pergament als Feigheit werten würde. Pah! So schlimm konnte die Botschaft nicht sein. Er hatte alle Forderungen erfüllt. Sicherlich war das eine Danksagung.

Koryelan brach das Siegel und las.

Schon nach den ersten Worten begann es ihm vor den Augen zu flimmern. Hastig glitt er über die Schriftzeichen, bis sein Blick am verhassten Namenszug *Vandrasil* hängen blieb. Schnell rollte er das Pergament wieder zusammen.

»Was schreiben sie?«, wollte Silvrin wissen.

Sein Freund stand hinter ihm. Koryelan erhob sich. Seine Beine waren seltsam weich. Wie Watte.

»Angeblich stimmen unsere Zahlungen nicht. Es fehlen zehntausend Hellonen und vierhundert Pferde.«

»Sagt wer?« Silvrin ballte die Fäuste. Sein Gesicht war flammend rot angelaufen.

Koryelan hielt ihm wortlos die Rolle entgegen.

»Vandrasil von Millesana?«, fragte Silvrin nach.

»Genau.«

Silvrin riss ihm das Pergament aus der Hand, rollte es wieder auf und hielt es in die Flamme des siebenarmigen Kerzenleuchters auf dem Tisch, bis es entflammte. Er schwenkte es grimmig in der Luft herum, bis das Feuer so hoch flackerte, dass er es nicht mehr ohne Gefahr festhalten konnte. Da ließ er es auf den Boden fallen und trat darauf, bis es zu Asche zerfiel.

»Silvrin, was tust du denn!«

Koryelan versuchte ihn zurückzuhalten, aber Silvrin war zu aufgebracht.

»Holt den Boten her, der diese Unverschämtheit überbracht hat! Auf der Stelle! Ich habe eine Antwort für ihn.«

Jetzt kam Tumult auf. Koryelan versuchte Silvrins Befehl aufzuheben, aber er kam damit nicht durch. Zu oft und zu sehr hatten die Millesaner Aravenna gedemütigt. Es war genug. Mehr als genug.

Der ganze Saal johlte und klatschte Silvrin Beifall. Der alte Kessinaj ahnte Unheil. Er eilte zu dem jungen Regimentsführer und redete auf ihn ein. Das Verhängnis nahm aber bereits seinen Lauf.

Kurz darauf erschienen im Festsaal fünf muskelbepackte Krieger mit Flammenzeichen auf den Uniformen.

Die Tafel war in Form eines Hufeisens angerichtet, an dessen Biegung die Würdenträger saßen und die nach hinten in zwei Richtungen gerade weiterlief. Dazwischen standen einzelne frei stehende Tische. Die millesanischen Boten waren ganz hinten angekommen, zwischen den letzten Ausläufern des Hufeisens.

Silvrin stand langsam auf. Er hatte in der Nacht kaum geschlafen. Sein rechter Arm war ein einziger Schmerz, schon seit Wochen, eigentlich seit dem Tag, an dem Smorkyn ihm diesen Arm hatte verkrüppeln lassen. Das Bankett versetzte ihn in ein Wechselbad der Gefühle.

Er genoss die Verehrung der Menschen zu sehr, als dass er darauf so leicht hätte verzichten können, und er genoss das Gefühl, mächtig zu sein.

Er könnte etwas bewegen! Vielleicht hatte er Kraft genug dazu? Aber dieser Traum war bereits am Ende. Er hatte seine Stärke verloren. Falls er sie überhaupt jemals besessen hatte und nicht alles nur ein Trug gewesen war, mit dem ihn diese Zauberin genarrt hatte. Nur zu bald würden das seine Leute begreifen. Danach würden sie ihn fallen lassen. Er würde die Liebe der Menschen verlieren, er würde seinen Status verlieren, er würde wieder der Knecht werden, der er vorher gewesen war, oder gar noch tiefer sinken, denn er konnte mit der linken Hand allein ja nicht einmal halbwegs das Geschick aufbringen, das er früher gehabt hatte.

Und jetzt noch diese verwünschten Millesaner!

Der bloße Anblick dieser Kreaturen, die alle fünf aussahen wie verwilderte Riesen mit struppigen fellartigen Haaren und viel zu langen Gliedmaßen, brachte ihm das Blut zum Sieden. Die hatten in Aravenna schon genug Schaden angerichtet. Er würde nicht zulassen, dass sie hier noch mehr herum wilderten. Die Tischordnung war allerdings so gerichtet, dass er weit von diesen Berserkern entfernt saß und lange Wege um das Hufeisen herum hätte gehen müssen. Dazu war er jedoch schon viel zu wütend.

Er schwang sich über den Tisch, an dem er gesessen hatte. Dabei erwischte er eine Weinflasche sowie den siebenarmigen Kerzenleuchter, die allesamt zu Boden fielen, bemerkte es aber gar nicht. Dann ging er mit harten, schnellen Schritten den Millesanern entgegen, mitten durch die Reihen der Festgäste hindurch.

»Das ist also euer Unbesiegbarer«, griente einer der Krieger, als er nahe genug herangekommen war. Alle fünf lachten. Sie waren tatsächlich sehr groß, denn sie waren Elgo mit langen Beinen und buschigen Pferdemähnen. Einige überragten Silvrin gar um einen halben Kopf, obwohl der ja selbst auch nicht klein war. Nicht einmal die Waffen hatte man ihnen abgenommen. »So gefährlich sieht er gar nicht aus.«

»Das sind also die Kerle, die uns beraubt haben«, erwiderte Silvrin feindselig.

Er stellte sich den Millesanern gegenüber. In seinem Kopf arbeiteten die Gedanken auf Hochtouren. Er konnte bloß hoffen, dass er sie mit sicherem Auftreten und sorgfältig gewählten Worten beeindrucken könnte. Sie waren ja schließlich nur zu fünft, würden hoffentlich seine Antwort entgegennehmen und dann zivilisiert wieder abziehen. Und er hätte Zeit gewonnen.

»Wir können das ja ausfechten«, grinste der Wortführer, eine Art Gorilla mit mächtigen Schultern und dicken Armen.

Wieder lachten die feindlichen Krieger, boxten sich gegenseitig in die Seite und warfen Silvrin geringschätzige Blicke zu.

Ausfechten!

Genau das, was Silvrin am liebsten auch selbst getan hätte, was er aber nicht konnte, weil ihm ja schon die geringste Berührung am rechten Arm grausame Schmerzen verursachte. Instinktiv fuhr seine Hand zu seinem Schwert, das er neuerdings links trug. Er musste sich mächtig bremsen, um nicht auf der Stelle zu einem Angriff überzugehen. Verdammt! Verdammt! Wenn er bloß kämpfen könnte! Die Querulanten würden diese Sprache am besten verstehen. Aber wie sollte er das anstellen? Wie gewinnen? Das war nicht möglich. Er musste ausweichen.

»Wo ist Euer Anführer?«, fragte er von oben herab.

»Ich rede nicht mit Fußvolk.«

Die fünf lachten noch lauter als vorher.

»Wir sind auch nicht zum Reden gekommen«, johlte einer von ihnen und spuckte Silvrin vor die Füße.

Jetzt zuckte der halbe Saal zusammen. Dem Aravennaer stieg das Blut in die Stirn.

Der Regimentsführer Kessinaj, der Silvrins Verhängnis kannte, ahnte schon, was als Nächstes kommen würde. Er konnte Silvrin so schnell nicht nachlaufen, ohne dass er ebenfalls über den Tisch hätte springen müssen, was aber nur noch mehr Aufsehen erregen würde, und um das Hufeisen herum zu laufen, dazu hätte er viel zu lange gebraucht.

Also ging er zu Koryelan, packte ihn bei der Schulter und raunte ihm zu: »Silvrin darf nicht kämpfen. Auf keinen Fall! Verhindere das, wenn du nicht willst, dass er stirbt! Biete diesen widerlichen Ratten Unterkunft an! Sag, wir feiern gerade ein Fest. Sag, wir diskutieren die Angelegenheit morgen früh!«

»Wieso denn das?« Regimentsführer Lemetrong erschien auf Koryelans anderer Seite. »Bloß keine falsche Bescheidenheit! Lass Silvrin die Kerle doch zermatschen! Das haben sie verdient!«

Er formte die Hände zu einem Trichter und rief laut: »Nimm sie auseinander, Silvrin!«

Das Publikum johlte.

»Genau! Das lassen wir uns nicht gefallen!«

»Nieder mit Millesana!«

»Zeig es ihnen!«

Silvrins Schläfen begannen zu pochen.

»Macht Platz«, knurrte er. »Schiebt die Tische hier zur Seite.«

Da war es um Kessinajs Beherrschung geschehen. Das Bankett war ohnehin gerade gestorben. Er schwang sich ebenfalls über den Fürstentisch, rammte ihn in der Aufregung mit dem Fuß und riss ihn dabei um. Selbst landete er auf dem Fußboden inmitten eines Scherbenhaufens. Das war jedoch inzwischen völlig bedeutungslos geworden. Er rannte Silvrin hinterher.

»Silvrin!«, brüllte er schon, bevor er ihn erreicht hatte. »Bist du verrückt geworden? Hast du vergessen …?«

Prinzessin Isimela hatte zwar nicht begriffen, warum Kessinaj so eine Angst um Silvrin hatte, aber sie sah, dass er verzweifelt war und den Fürsten in Todesgefahr glaubte. Er musste einen Grund dafür haben.

Sofort griff diese Verzweiflung auf sie über.

»Neineineinein!«, schrie sie hysterisch, wusste jedoch nicht, wie sie Silvrin helfen konnte.

Der junge Fürst war längst in Fahrt und wollte keinen Kampf mehr vermeiden. Dies war sein Revier und er würde hier nicht wie ein Feigling stehen, schon gar nicht vor all seinen Leuten!

Er drängte Kessinaj zurück.

»Denkt an das Orakel«, raunte er dem Regimentsführer zu, während er die millesanischen Boten ins Visier nahm. »Ich kann davor sowieso nicht weglaufen. Das hier ist einfach fällig! Geh aus dem Weg.«

»Silvrin!«, versuchte Kessinaj es noch einmal, aber die Soldaten schoben bereits die mittleren Tische zur Seite und die Gäste, die daran gesessen hatten, brachten sich schleunigst hinter dem Hufeisen in Sicherheit. Allerdings blieben sie so stehen, dass sie diesen Kampf beobachten konnten – nicht ohne Gerangel um die beste Sicht.

»Wer von euch will kämpfen?«, fragte Silvrin lauernd, während er die fünf Gorillas musterte.

Der größte von ihnen trat vor. Er lachte. Die anderen vier fielen ein.

»Ihr bestimmt die Waffe und ich die Regeln für den Kampf!«, sagte Silvrin herausfordernd.

Wieder Gelächter.

»Solange die gerecht sind?«

»Keine Angst, ich bin kein Betrüger.«

»Koryelan!«, kreischte Prinzessin Isimela hysterisch vom oberen Teil der Tafelrunde her. »Verbiete das! O ihr Götter, das geht schief, tu was!«

Kessinaj erhob die Stimme.

»Silvrin, überstürz es nicht! Wir sind in einer Feier, die Herren können bis morgen warten.«

»Die Herren wollen sich eine Lektion abholen und die bekommen sie sofort. Welche Waffe wählt Ihr?«

»Das Schwert natürlich!« Wieder lachten sie alle fünf. »Das ist doch Eure Spezialität, hörten wir. Und welche Kampfregeln habt Ihr Euch ausgedacht?«

»Wir kämpfen mit dem einhändigen Kurzschwert und … mit der linken Hand«, sagte Silvrin. »Lasst Euch nicht einfallen diese Regel zu brechen, sonst habt Ihr sofort verloren.«

»Was?«

Jetzt waren die Herrschaften doch etwas verwundert, aber ehe sie sich erklären konnten, warum Silvrin solch eine Regel aufgestellt hatte, zog er schon sein Schwert. Mit links.

»Auf geht´s!«

Schwertduell

Er griff an. In der Zwischenzeit kam es ihm nicht mehr so ungewohnt vor, die Waffe links zu führen, denn er hatte sich darin bereits geübt. Darum konnte er seinem Gegner gleich ein paar Kostproben davon zeigen. Trotzdem fühlte er sich wie gefesselt, gezwungen zu Bewegungen, die ihm seltsam und falsch vorkamen. Der Millesaner verzog irritiert das Gesicht – an diese Art Frustration, nicht zeigen zu können, was man kann – war er nicht gewöhnt. Teilweise hätten ihre Zuschauer lachen mögen über die seltsamen Bewegungen, die sich die Gegner gegenseitig aufzwangen. Aber es lachte niemand.

Die Aravennaer merkten schnell, dass Silvrin diesmal nicht mit der phänomenalen Überlegenheit kämpfte, die sie von ihm erwartet hatten. Oh nein, es war keineswegs abzusehen, wer von beiden diesen Kampf gewinnen könnte.

Und da wurde es still im Saal. Sehr still. Nur das Klirren der Schwerter, das Rutschen und Schrappen der Schuhe auf dem Fußboden und der Atem der beiden Krieger war zu hören.

Regimentsführer Kessinaj wollte indessen Silvrin nicht verloren geben. Den Kampf konnte er nicht mehr unterbrechen, aber gab es nichts anderes, was er unternehmen könnte?

Er rannte wieder zurück zum oberen Teil der Tafel. Prinzessin Isimela stand da, in Tränen aufgelöst, und hielt sich an Koryelan fest, der ebenfalls wie gelähmt war und zu Silvrin hinüber starrte, als wäre er plötzlich versteinert.

Hastig stieg Kessinaj über den umgekippten Tisch und schüttelte den Prinzen bei der Schulter.

»Prinz Koryelan«, raunte er ihm zu, so leise, dass es niemand außer dem Angesprochenen hörte. »Er kann das nicht gewinnen. Auf der Räuberburg haben sie ihm den rechten Arm gebrochen. Der Arm ist nicht richtig verheilt und wird wohl auch nie wieder gesund.«

»O ihr Götter!« Prinz Koryelan schlug sich gegen die Stirn. »Warum sagt er das nicht? Warum kämpft er? Ist er verrückt? Diese Schurken finden das bestimmt sehr schnell heraus. Und dann mögen ihm die Götter gnädig sein.«

»Ihr habt doch einen Kontaktring.« Kessinaj tippte auf Koryelans schimmerndes Schmuckstück an dessen Finger. »Alarmiert Eure Priesterin! Sie ist die Einzige, die ihm helfen kann.«

Koryelan nickte mechanisch und rieb an seinem Ring.

Der Kampf kostete unterdessen die Festgesellschaft einige Nerven. Zwar war zu erkennen, dass Silvrin seinen linken Arm schon trainiert hatte, weshalb er bald im Wettstreit eine gewisse Oberhand bekam. Doch das war nicht überzeugend genug, um diese zu einem Sieg auszubauen. Immer wieder gelangen auch dem Gegner gefährliche Attacken, sodass die Festgäste anfingen, Blut und Wasser zu schwitzen. Getuschel kam auf. Während die Millesaner feixten oder sich sogar über Silvrins Gefuchtele lustig machten, begannen die Aravennaer zu spekulieren, ob das nur eine spezielle Taktik war. Dass er tatsächlich geschwächt sei, wollten die meisten nicht glauben.

Nein, er mache sich nur lustig über seine Gegner, das sei ein Trick, murmelten sie hier und dort. Allerdings kein sehr gelungener. Silvrin sah nicht aus wie ein Könner, der seinen Gegner hinters Licht führt.

Im Gegenteil war er angespannt, wie man ihn nie gesehen hatte, seine Lippen zu einem Strich zusammengepresst und seine Augenbrauen steil nach oben gerichtet. Aber er sammelte jetzt seine Kräfte und baute langsam seine Überlegenheit aus.

Seine Angriffe wurden härter. Er begann den Flammenkrieger zu jagen, über Tische und Bänke, um das Hufeisen herum, durch den ganzen Saal. Nicht immer hatte jedoch er dabei die Führung. Das konnte zwischendurch plötzlich wechseln, sobald ihm nur ein Schlag misslang oder nicht sicher war.

Jetzt waren die beiden Kontrahenten auf Höhe des Orchesters angelangt, das dastand wie Wachsfiguren, keiner der Musiker rührte einen Finger, alle standen sie dort mit schreckgeweiteten Augen.

»Spielt doch, spielt!«, schrie Silvrin die Trommler an. »Dies ist ein Fest!«

Diesem Befehl durfte sich niemand widersetzen. Die Geigen setzten an zu einem verzitterten Stakkato, das Cembalo wagte sich über ein paar grummelige tiefe Töne gar nicht hinaus und die Trommeln gerieten jedes Mal aus dem Takt, sobald Silvrins Gegner wieder einmal aus einer kniffligen Lage entkommen war. Die Flötenspieler gaben nur hier und da ein zaghaftes Fiepen von sich.

Endlich warf Silvrin den Millesaner zu Boden. Der Saal jubelte und tobte. Leider rollte sich der Gegner im letzten Moment zur Seite und kam außer Atem wieder hoch.

»Jetzt reicht mir das aber!«, stieß er hervor.

Ohne Silvrin aus den Augen zu lassen, wechselte er seine Haltung und nahm das Schwert in die rechte Hand.

Kessinaj sah das sofort.

»Betrug!«, brüllte er durch den Saal. »Das ist Betruuuug!«

Da drosch der Millesaner auch schon auf Silvrin ein. Diesmal waren das ganz andere Schläge. Richtige, machtvolle Granaten. Silvrin hatte dagegen nicht die Spur einer Chance. »Er kämpft mit rechts!«, schrien einzelne Gäste, die glaubten, Silvrin hätte das unfaire Spiel als Einziger nicht erkannt.

Der kämpfte nämlich noch immer mit links und hatte auch nicht die Möglichkeit, diese Taktik zu ändern.

»Du hast verloren«, keuchte Silvrin seinem Gegner ins Gesicht.

Er wehrte sich furios. Es nützte jedoch nichts, seine Gegenwehr war zu schwach. Er musste sich ducken, sogar zu Boden gehen. Er nutzte inzwischen herumstehende Stühle, um sie dem Gegner gegen das Schwert zu werfen, oder er warf ihm gar Tische vor die Füße, um ihn zu behindern – weil ihm das im Schwertkampf nicht mehr gelang.

Umsonst.

Silvrin geriet in atemberaubender Geschwindigkeit in solche Schwierigkeiten, dass der ganze Saal zu schreien anfing. Koryelans Gebrüll, der sich wild nach rechts und links umguckte und schließlich in Verzweiflung die Regimentsführer Kessinaj und Lemetrong anschrie: »Nun tut doch was, tut was!«, ging in der allgemeinen Weltuntergangsstimmung unter, niemand hörte ihn, nicht mal die beiden Angesprochenen.

»Das ist gegen die Regel!«, keuchte Silvrin, der gerade wieder einmal nur knapp einem Donnerschlag ausgewichen war. »Du hast verloren!«

»Nicht ich!«, erwiderte der Millesaner spöttisch. »Du wirst verlieren. Das siehst du doch, das sehen hier alle.«

Allerdings. Das sahen alle.

Silvrin musste rennen, er sprang über Tische und Bänke wie ein Hase. Genauer gesagt, wie ein umzingelter Hase, der unweigerlich in die Falle gehen muss.

Ein scharfer Schlag des Gegners, Silvrin konnte ihm nicht standhalten und flog zu Boden. Sein Feind stellte sich über ihn und trat ihm mit dem Fuß ins Gesicht. Es war, als hätte er damit ganz Aravenna gedemütigt. Sämtliche Zuschauer hielten den Atem an, einige stöhnten, Prinzessin Isimela fing an zu weinen. Silvrin drehte sich blitzschnell zur Seite und wich dem folgenden Schwerthieb aus.

»Wehrt Euch doch!«, schrie einer der Gäste in Silvrins Richtung. »Das Schwein hält sich nicht an Eure Regeln, dann haltet Ihr Euch auch nicht daran! Kämpft mit rechts! Zeigt ihm doch, wie das geht!«

Silvrin wollte aufstehen, doch er kam nicht weit. Der Millesaner trat ihm mit Wucht gegen den verletzten Arm. Er fiel nieder wie vom Blitz getroffen. Der Schmerz durchglühte ihn, als hätte ihn eine Klinge durchbohrt, er versuchte den Arm zu schonen, noch besser zu schützen. Deshalb landete er in verrenkter Stellung. Das tosende Pochen und Stechen raubte ihm fast die Besinnung, wie ein dicker Nebel wollte ihn eine Ohnmacht übermannen, doch er kämpfte dagegen an.

Über sich sah er das Schwert des Millesaners schweben.

»Halt!« Koryelan tauchte in dem Nebel auf, den Silvrin undeutlich über sich sah. Er war kreideweiß im

Gesicht. »Das ist nicht fair. Ihr verstoßt die ganze Zeit schon gegen die Regel.«

Ihr Götter, er war dabei zu verlieren, Silvrin wusste es. Er musste hochkommen, sich aufrichten ... aber jede winzigste Berührung brachte seinen Arm fast zum Explodieren.

»Na und?«, höhnte der Millesaner. »Das war kein richtiger Kampf. Wer hirnverbrannte Regeln aufstellt, muss sich nicht wundern, wenn man sie nicht einhalten kann.«

Er holte zum Schlag aus. Koryelan stellte sich über Silvrin und zog selbst sein Schwert.

»Fort mit Euch! Ihr betrügt uns!«

Totenstille antwortete ihm. Der Millesaner kniff die Augen zusammen.

»Verschwindet«, forderte der Eindringling Koryelan auf. »Dies ist ein Duell. Hier wird nicht gekniffen. Oder wollt Ihr damit sagen, dass Euer *Unbesiegbarer* eigentlich ein Schwächling ist?«

Mit sicherer Bewegung richtete er sein Schwert gegen den Prinzen, der daraufhin zusammenzuckte. Koryelan hüpfte reflexartig nach hinten. Schallendes Gelächter war von den Millesanern zu hören.

»Das sind noch dieselben Versager, die sie immer waren«, gluckste einer von ihnen.

Prinz Koryelan deckte Silvrin schon nicht mehr vollständig, denn er stand jetzt hinter ihm, senkte aber nicht sein Schwert. Dicke Schweißtropfen rannen von seiner Stirn.

Silvrin hatte es endlich geschafft, ganz ohne den rechten Arm zu bewegen sich wieder aufzurichten. Keuchend stand er auf und versuchte, die brüllenden Schmerzen zu ignorieren.

»Komm zu mir!«, wies Koryelan ihn an.

»Das ist hier keine Konferenz, das ist ein Kampf!«, schrie der Millesaner in Richtung des Prinzen. »Aus dem Weg!«

Nun stand Silvrin wieder fest auf den Beinen. »Koryelan«, sagte er und zwang ein Lächeln auf seine Lippen. »Du bist ein echter Freund. Jetzt geh aber, dieser Kampf ist noch nicht zu Ende!«

»Tu das nicht!«, bettelte Koryelan. Aber Silvrin wiederholte nur mit einer Kopfbewegung, dass der Prinz den Kampfplatz verlassen sollte.

Der Millesaner lächelte unheilvoll.

»Vollenden wir das.«

Er griff wieder an. Druckvoll und unerbittlich. Silvrin konnte ihm nicht standhalten. Er wich rückwärts. Der Anblick war für die Festgäste kaum zu ertragen. Silvrin kämpfte nicht mehr richtig, er versuchte nur noch, nicht verletzt zu werden.

Zack. Ein Hieb traf ihn quer über die Wange. Wie ein Echo schrie die Festgesellschaft auf.

Noch weiter rückwärts. Silvrin duckte sich jetzt. Er versuchte, den nächsten Hieben auszuweichen, sie ins Leere laufen zu lassen.

Da spürte er die Aura. Stark und durchdringend breitete sie sich aus, perlte zuerst wie Wassertropfen auf Silvrins Haut und durchdrang dann seinen Körper wie eine Ladung Stroms. Er wusste allerdings noch von früher, dass er der Einzige hier war, der diese Aura spüren konnte, denn es waren ja keine Zauberinnen im Saal. Was bedeutete das? Er kannte doch diese Art von Strahlen ganz genau!

War Areshva hier im Festsaal? Das musste es bedeuten! Zwar sah er sie nirgends, aber es war doch eindeutig ihre Art von Magie.

Er fühlte eine leichte Wärmestrahlung. Sie fuhr ihm in die linke Hand und von dort in den Arm. Er wartete auf mehr, zuletzt hatte sich ihr Zauber doch viel heftiger angefühlt. Mehr schickte sie ihm jedoch nicht.

Vermutlich war er bei ihr in Ungnade gefallen. Aber auch ein kleiner Zauber konnte ihm vielleicht reichen, schließlich kam er von einer Meisterin.

Sein Gegner drängte ihn gerade rückwärts gegen den nächstgelegenen Tisch. Von dort ging es nicht weiter nach hinten. Ein dreckiges Grinsen erschien auf der Fratze des Millesaners. Er hob sein Schwert.

Silvrin lächelte zurück.

»So«, sagte er laut, »und jetzt ist Schluss mit dem Vorspiel.«

Er packte sein Schwert fester. Schon fühlte er die Kraft darin, fühlte die Strahlung durch all seine Adern rinnen wie flüssiges Eisen.

Vergiss den Winkel nicht!, fuhr es ihm durch den Kopf.

Er drehte den Knauf leicht zur Seite. Da sauste auch schon das Schwert des Gegners auf ihn zu. Silvrin parierte gedankenschnell. Die Waffen krachten gegeneinander.

Ja, er konnte mithalten!

Die Erkenntnis beflügelte Silvrin so sehr, dass er selbst angriff, und das mit solch animalischer Wucht, dass der Millesaner in die Luft gehoben wurde und in voller Länge auf dem Boden landete. Er war natürlich sofort wieder auf den Beinen.

Ein Raunen ging durch den Saal. Es wurde lauter und frenetischer bei jedem einzelnen Schlag, den Silvrin tat. Denn obwohl der junge Fürst immer noch mit links kämpfte, war er jetzt wieder im Spiel.

Sein Gegner war überrumpelt, konnte sich auf die veränderte Lage nicht schnell genug einstellen. Er parierte ein paarmal einigermaßen, kam aber aus der Verteidigungslage nicht mehr heraus. Denn jetzt war Silvrin derjenige, der hier dirigierte.

Dann aber wurde die Aura in der Luft flatterig und verlöschte ganz. Gleichzeitig war auch in Silvrins Adern kein Eisen mehr. Nur noch gewöhnliches Blut. Der Zauber war weg. Warum machte sie das? Wollte sie ihn ärgern? Ihm ihre Macht zeigen? War das ein neues Spiel von ihr? Silvrin konnte den folgenden Schlag nicht abwehren, flog durch die Luft und krachte zu Boden. Heiße Wut wallte in ihm auf. Er konnte den Typen doch knacken und er würde ihn auch knacken, ob mit oder ohne die verdammten Zauber der verdrehten Hexe. Sie sollte sich gefälligst ein anderes Objekt für ihre Spielchen suchen. War er wirklich auf ihre Kraft angewiesen? Konnte er nicht eigene benutzen? Er trug zwei Magiestäbe bei sich. Bis jetzt hatte er sie nie effektiv zur Unterstützung von Schwertschlägen einsetzen können, aber wenn er Strahlung daraus in seine Arme fließen ließ, hätte das vielleicht einen ähnlichen Effekt wie Areshvas Aura. Das Problem war, dass er nur eine Hand benutzen konnte und in dieser schon das Schwert trug. Aber vielleicht bekam er es trotzdem hin.

Gedankenschnell führte er die linke Hand zu seinem Gürtel, und, während er das Schwert weiter auf seinen Gegner richtete, berührte er mit dem Handrücken seinen Stab. Tatsächlich sickerte ein Strom von Energie hinein. Sie war mit der Kraft der Zauberin nicht zu vergleichen, gab ihm aber einen kleinen Kick.

Schon war er wieder auf den Beinen und attackierte. Seine ersten Attacken drängten den Millesaner mehrere Schritte rückwärts. Doch viel zu schnell verlor er diesen Vorteil wieder. Er wehrte den nächsten Schlag nur ungenügend ab, ging in die Knie bei dem dritten …

Da! Die Aura war zurückgekehrt. Sie flutete ihn mit Macht. Er fand das Gleichgewicht wieder und stand auf. Jetzt hatte er die Chance, jetzt musste er sie nutzen.

Silvrin donnerte mit solchen Bomberschlägen auf den Millesaner ein, dass der Kerl blass wurde. Da! Er hatte ihn, in der Ecke.

Doch wieder riss der Zauber, und das auch noch mitten in einem Schlag. Silvrin kam aus dem Takt, prallte gegen eine Säule und hörte die gegnerische Schwertklinge knapp an seinem Ohr vorbeisausen. Der Gorilla hechtete auf ihn los und drängte ihn rückwärts. Wieder wirbelte dessen Schwert über Silvrin. Ein markerschütternder Schmerz traf seinen verletzten Arm. Ihm wurde schwarz vor Augen. Er merkte noch, wie er fiel. Dann nichts mehr.

Als er zu sich kam, lag er am Boden. Ein ohrenbetäubendes Geschrei umgab ihn. Er öffnete die Augen. Über ihm flackerten diffuse Lichter. Der Schreck ergriff ihn. Wahrscheinlich war er gleich tot. Wo steckte sein Gegner?

Über ihm drehte sich alles, er konnte nichts klar erkennen. Er blinzelte heftig, versuchte sich zu orientieren. Noch immer nur Wirbel. Etwas floss ihm ins Auge. Er wischte es heraus. Warm. Das war Blut. Vielleicht von dem Treffer auf der Wange vorhin? Der am Arm war allerdings viel schlimmer. Er verursachte bohrende, tiefe Schmerzen.

Er drehte sich um und rappelte sich mühsam auf. Endlich wurde das Bild vor seinen Augen klarer. Sein Gegner lag ebenfalls am Boden. Hatte er ihn denn getroffen? Nein! Nicht er. Vermutlich die Zauberin.

Wieso tauchte sie schon wieder hier auf? Wollte sie ihm helfen, so wie früher? Oh nein, damit war es vorbei!

Nachdem sie ihren Vater angewiesen hatte ihn zu verprügeln, oben auf der Räuberburg, danach sogar ihn zu töten oder wenigstens zu verkrüppeln, wusste er, woran er bei ihr war.

Sie strickte irgendwelche Ränke gegen ihn. Was plante sie jetzt? Warum war sie gekommen, warum hatte sie ihn unterstützt? Oder spielte sie nur mit ihm, wie die Katze mit der Maus, die sie gleich fressen wird? Er war nicht ihr Spielzeug und er besaß eigene Strahlung, er brauchte ihre Magie nicht.

Wieder strich er über den Magiestab an seinem Gürtel, den er von Vadinia bekommen hatte. Da sein Gegner sich noch immer nicht rührte, hatte er diesmal mehr Zeit. Die sprudelnde Wärme strömte in seine Finger; er versuchte sie festzuhalten. Das war nicht so einfach, wie zu flüssiger Brotteig drohte sie ihm gleich wieder zu entgleiten.

Kurz darauf standen die Kontrahenten einander wieder gegenüber. Silvrin hielt sich anfangs mithilfe seines Zaubers zufriedenstellend, trieb den Gegner mit einigen guten Attacken in die Enge. Doch er fühlte seinen Zauber schnell schwächer werden und sah, dass auch der Millesaner seine Unsicherheit spürte und anfing, siegessicher zu grinsen.

Seine Freunde ringsumher glotzten auf ihn mit Entsetzen in den Augen. Die Wunde auf seiner Wange musste fürchterlich aussehen. Er wich einem Hieb aus und versuchte dann, die Energie aus seinem Magiestab auf sein Schwert zu werfen. Sie fand jedoch keinen Halt.

In dem Moment fühlte er die mächtige Aura wieder. Wie eine Dusche aus Kraft strömte sie auf ihn ein und vollendete das, was sein schmaler Energiefaden nicht geschafft hatte: Sie verband seine Hand mit der Schwertklinge, als ob diese ebenfalls ein Körperteil von ihm wäre. Er fühlte sie wie seine Finger. Und in dem Moment wusste er ganz genau, wie er schlagen musste.

Ja! Jetzt! Silvrin griff an. Mit aller Kraft und voller Konzentration. Wieder krachten beide gegeneinander. Der Gegner zielte vor allem gegen seinen rechten Arm.

Er traf aber nicht mehr. Silvrin konnte seinen Schlägen einen fantastischen Drall geben. Endlich trieb er seinen Gegner in die Ecke. Der wusste schon nicht mehr, wo ihm der Kopf stand. Er hüpfte mal nach rechts, dann nach links und schließlich jagte Silvrin ihn rückwärts bis vor den Fürstentisch, wo er ihn Ishtangar zu Füßen warf.

»Wollt Ihr seinen Kopf?«, fragte Silvrin den Pallanthier ehrerbietig und in einem Tonfall, als fragte er, was der Fürst gern zum Nachtisch hätte – der im Übrigen noch nicht serviert worden war.

Der Millesaner versuchte hochzukommen, wagte es aber nicht. Er rutschte vor Silvrin auf die Knie.

»Ehrwürdiger Fürst!«, flehte er ihn an. »Das war doch bloß Spaß. Wir wollten nur testen …«

»Es hat nicht nach *Spaß* ausgesehen«, erwiderte Silvrin kurz angebunden und holte weit mit dem Schwert aus.

»Gnade! Habt Gnade mit einem verirrten Vagabunden!«, flehte der Gorilla.

Silvrin lächelte.

»Nun hört euch das an.«

»Töte ihn!«, hetzte der Regimentsführer Lemetrong. Kessinaj nickte Silvrin zu.

»Nur keine Skrupel, sie haben auch keine.«

»Aber sie haben Hellonen«, sinnierte Silvrin. »Wir lassen die Kerle freikaufen. Die Millesaner haben uns doch ordentlich beklaut. Wir fordern unsere Waffen, Pferde und Hellonen von ihnen wieder zurück. Komplett und mit Entschädigung. Bindet sie alle und führt sie ab!«

Quota

Donnernder Applaus ließ den Festsaal erzittern. Schon wurden die Eindringlinge gefesselt und abgeführt. Niemand scherte sich um ihren Protest, ihre Drohungen einer möglichen schrecklichen Rache. Die Gäste jubelten, fielen sich gegenseitig in die Arme, und vor allem Silvrin konnte sich der allgemeinen Begeisterung kaum erwehren. Es war praktisch keiner im Saal, der ihn nicht hätte umarmen wollen. Silvrin wehrte sich dagegen jedoch vehement, nicht einmal seinen Freund Koryelan wollte er an sich heranlassen.

»Fass mich nicht an!«, sagte er scherzend zu ihm und deutete auf seinen rechten Arm, den er steif und etwas abgewinkelt vom Körper hielt. »Der Arm explodiert mir schon bei der kleinsten Berührung.«

Zwei Tempelzauberinnen führten ihn in einen Nebenraum, bearbeiteten die Verletzung mit Kräutersalbe und verbanden ihn neu. Die Wunde an der Wange wuschen sie aus, pinselten und trockneten sie, bis es ihm endlich gelang, sie zu überzeugen, dass das absolut genug der Fürsorge war, und er zurück in den Saal drängte. Ihm dröhnte der Kopf. Das war alles so schnell gegangen. Er konnte es kaum fassen, dass er dieses kleine Manöver nicht nur überlebt, sondern sogar gewonnen hatte.

Die Geigen waren unterdessen wieder zum Leben erwacht und trillerten vor Lebensfreude mit den Flöten und den Cembalos um die Wette. Um sich herum sah er lachende Gesichter, sah, wie die Gäste miteinander anstießen, und alle jubelten ihm zu.

Er nahm aber eigentlich kaum einen dieser Menschen wahr. Seine Blicke forschten nach jemandem, den er nicht finden konnte. Areshva musste doch hier sein! Noch immer spürte er ihre Aura, auch wenn sie ungewöhnlich schwach war. Sie lag überall, er fühlte sie prickelnd auf seiner Haut. Wenn er nur wüsste, was sie hier wollte?

Diese sehr hübsche kleine Schlange, die kein Gewissen hatte und mit der Hohepriesterin paktierte, bei ihr musste er wachsam sein. Wo versteckte sie sich? Wollte sie sich nicht von ihm finden lassen? Seine Blicke huschten von Gesicht zu Gesicht, quer durch die Menschenmenge. Sie war nirgendwo zu entdecken.

Stattdessen erschien Prinzessin Isimela vor ihm. Ihre Augen leuchteten, gleichzeitig wirkte sie besorgt.

»Welche Angst ich um Euch ausgestanden habe! Oh, Ihr habt fantastisch gekämpft. Es gibt niemanden hier im Saal, der Euch nicht bewundert! Ähm, hört Ihr die Musik? Wenn Ihr nicht mit dem Ehrentanz beginnt, wird sich keiner auf die Tanzfläche wagen.«

Ehrentanz, es klang wie eine Aufforderung. Einen Moment lang erfüllte ihn die Fantasie, er könnte mit Areshva auf der Tanzfläche stehen und sie durch das gesamte Weltall wirbeln. Sie in seinen Armen halten, den Duft ihrer Haare einatmen, ihre Flügel berühren … ihre Aura direkt von ihrem auf seinen Körper fließen lassen.

Wie würde sich das anfühlen?, dachte er bei sich.

Die Frage war nicht zu beantworten. Er kannte sonst niemanden, der überhaupt eine derartig starke Aura besaß. Auch unter den geflügelten Skeff hatte er bislang keine Bekanntschaften gemacht. Ob ihre Flügel sich ebenso seidig anfühlten, wie sie aussahen?

Ruckartig kam er zur Besinnung. Himmel, was machte sie denn mit ihm? Er sollte nicht von ihr träumen. Es war nicht normal, dass sie sich vor ihm versteckte. Ein Akt der Feindseligkeit. Sie braute etwas gegen ihn zusammen. Oder täuschte er sich? Warum hatte sie ihm schon wieder neue Kraft gegeben, warum gewann er jeden Kampf in ihrer Gegenwart? Hier war überhaupt nichts normal.

Jemand schlug ihm kräftig auf die Schulter und drehte ihn herum.

»Junge, Junge!«, dröhnte Regimentsführer Lemetrong, breit lächelnd. »So sieht er also aus, der Weg zum Ruhm. Komm zu uns, wir wollen auf dich anstoßen.«

Kessinaj hatte Gläser mitgebracht und gab jedem eines.

»Bist du eigentlich ganz verrückt? Wie konntest du dich auf so ein Duell einlassen? Ich dachte, dein letztes Stündlein hätte geschlagen.«

»Ich sollte nicht so impulsiv reagieren«, erwiderte Silvrin. Er zuckte die Achseln und lächelte schief. »Beim nächsten Mal bin ich vorsichtiger.«

Silvrin warf einen Blick über die Schulter zur Fensterfront des Raumes. Irgendwo dort musste sie sein. Er begriff nicht, wieso er sie nicht finden konnte. Notgedrungen wandte er sich wieder der Festgesellschaft zu. Himmel, er war umringt von Freunden. Alle jubelten ihm zu, sie klatschten, lachten und sangen – aber er fühlte sich leer. Zurückgewiesen.

»Fürst Elbin hat drei Feldzüge gegen Millesana verloren und du erledigst sie mit der linken Hand«, sagte Lemetrong kopfschüttelnd.

»Noch ist das kein Sieg«, gab Kessinaj zu bedenken. »Wer weiß, ob die fünf Gorillas allein herkamen. Womöglich sind weitere Truppen aus Millesana mit ihnen geritten. Wir könnten vor einem neuen Krieg stehen. Wenn du erlaubst, werde ich die Feier kurz verlassen und mich am Tempel darüber informieren, ob es millesanische Truppenbewegungen gibt und falls ja, wo sie jetzt stehen.«

»Dafür willst du doch wohl nicht um Erlaubnis fragen?«, fragte Silvrin. »Informiere dich gründlich und erstatte mir sofort Bericht!«

»In Ordnung.« Kessinaj stellte sein Glas ab und verließ den Saal.

***

Sie gelangten zurück an den Banketttisch. Koryelan empfing Silvrin strahlend, fasste ihn bei der linken Hand und hob seinen zusammen mit Silvrins Arm in die Luft als Zeichen des Sieges.

Alle hoben die Gläser.

»Es lebe Silvrin, der Fürst von Aravenna!«, rief Koryelan voller Begeisterung in die Menge.

»Hoch! Hoch! Es lebe Silvrin!«, skandierten die Gäste.

»Du bist ein echter Freund«, raunte Silvrin Koryelan ins Ohr. »Der Kerl hätte mich abgestochen, wenn du mich nicht verteidigt hättest.«

»Bring mich nicht dazu, meine Taten mit deinen zu vergleichen, sonst machst du mich noch verlegen«, erwiderte Koryelan lächelnd.

Noch immer umtoste sie ein unbeschreiblicher Jubel.

Prinzessin Isimela drängte sich an Koryelan vorbei, strahlte Silvrin an und rief:»Es lebe Silvrin, mein Verlobter!«
Damit hängte sie sich an ihn und küsste ihn auf den Mund. Errötend ließ sie ihn wieder los. Silvrin war völlig konsterniert.

Alle lachten und klatschten. Fürst Ishtangar sprang von seinem Stuhl mit geröteter Stirn und zitternden Barthaaren.

»Isimela!«

»Hast du ihn nicht siegen sehen?«, rief Prinzessin Isimela. »Ist er nicht der größte Mann dieses Landes? Ich schäme mich dafür, wie du ihn behandelst!«

Rauschender Beifall kam auf. Jubel erklang im ganzen Saal. Prinzessin Isimela lächelte Silvrin zu. Ihr porzellanweißes Gesicht rötete sich schamhaft und die perfekten gelockten Goldhaare tanzten bei jeder Bewegung.

»Schenkt Ihr mir den Ehrentanz?«

Danach stand ihm überhaupt nicht der Sinn. Er hatte andere Gedanken im Kopf und vor allem ein ganz anderes Mädchen. Daher wies er auf seinen verletzten Arm.

»Die Wunde brennt wie Feuer, noch immer«, sagte er entschuldigend. »Tut mir leid, aber das wird nicht besonders gut gehen. Koryelan, übernimmst du den Ehrentanz für mich?«

»Nur zu gerne!«

Prinz Koryelan verbeugte sich vor der Prinzessin und bot ihr seine Hand. Silvrin sah ihnen dabei zu, wie sie auf die Tanzfläche gingen und sich unter das bunte Gewirbel weiterer Paare mischten. Seine Blicke glitten über die erhitzten Gesichter, über die leer gegessenen Gedecke und die Weingläser auf den Tischen, über hingebungsvoll fiedelnde Geiger und trillernde Flötisten.

Sie huschten über die hin und her eilenden Dienstboten und verloren sich im Dunkel der hinteren Ecken und Winkel. Warum fand er die Zauberin nicht? Konnte sie sich unsichtbar machen?

Wenigstens amüsierten sich die Festgäste. Eigentlich jubelten sie inzwischen über alles, was sie sahen. Eine fast schon ekstatische Stimmung war aufgekommen, in der viele im Takt der Melodien klatschten und ständig jemand mit ihm anstoßen wollte.

Silvrin setzte sich wieder auf seinen Platz. Und da kam er endlich darauf, wo er Areshva zu suchen hatte. Sie konnte doch fliegen! Also hockte sie womöglich irgendwo weit oben. Er hob den Blick und tatsächlich fand er sie. Fast direkt ihm gegenüber, bloß weit über seinem Kopf, saß sie auf dem Sims eines Mosaikfensters und blickte exakt in seine Richtung. Neben ihr saß noch ein jüngeres Mädchen, ebenfalls eine Skeff.

Er hielt den Atem an. Da steckte sie also! Wollte sie ihm nicht erklären, was in ihrem Kopf vorging? Wahrscheinlich hatte sie seinen Kampf von da oben ganz genüsslich beobachtet. Hätte er seinen Stab nicht selbst aktiviert, hätte sie ihn ebenso genüsslich verrecken lassen. Oder? Hätte sie?

Fürst Ishtangar von Pallanthia winkte von der anderen Seite der Tafel her.

»Knabe, komm zu mir!«, rief er ihm zu.

Silvrin unterdrückte eine unartige Bemerkung. Der Pallanthier strapazierte seine Nerven mächtig, schon die ganze Zeit. Wenn sie jedoch eine Schlacht zusammen schlagen sollten, wäre es besser, sie würden vorher ihren Streit beilegen. Und es kam ihm zu, den ersten Schritt zu tun. Schließlich konnte er dem Fürsten nicht verdenken, dass der wütend auf ihn war. Es war ihm immer noch im höchsten Grade peinlich, was auf jenem Frühlingsball damals in Pallanthia vorgefallen war.

Ein kleiner Hufschmied mitten unter all den Adligen und Höflingen – welch ein Fehltritt! Seine aufdringliche Flirterei mit Prinzessin Kia Sephila und, wesentlich schlimmer, die heißen Küsse, die er damals Isimela aufgezwungen hatte.

Wenn das doch nie passiert wäre!

Er schlenderte zum Tisch des Fürsten und blieb neben seinem Stuhl stehen.

»Ich bitte Euch um Verzeihung«, sagte er höflich und verbeugte sich vor dem Älteren. »Ich hätte Respekt zeigen müssen, damals in Pallanthia. Es tut mir sehr leid, dass ich mich so unreif aufgeführt habe.«

Fürst Ishtangar musterte verächtlich die fellartige Haut auf Silvrins Handrücken, die nur allzu deutlich verriet, dass er nicht reinrassig war. Er schaffte es nicht, seinen Abscheu zu verbergen. Gedankenverloren trommelte er mit den Fingern auf den Tisch. Zwischendurch blickte er immer wieder auf die Tanzfläche, wo Koryelan seine Tochter im Kreis herumwirbelte, und dann entspannte sich sein Gesichtsausdruck.

Silvrin folgte diesen Blicken.

»Ihr hättet lieber Koryelan als mich als Schwiegersohn, nicht wahr?«, bestätigte er lediglich, was er sah.

Ishtangar knurrte Unverständliches in seinen Bart. Schließlich räusperte er sich.

»Ich bin dabei, eine Armee zusammenzuziehen. Und ich werde gegen Darghessa ziehen. Ich befreie meine Tochter Kia Sephila aus diesem Räubernest. Koste es, was es wolle! Hrrrrm. Soviel ich gesehen habe, bist du mit einem recht großen Heer aus Ygramor zurückgekehrt.«

Silvrin grinste.

»Ja, das kann man sagen.«

Knabe. Ha!, dachte er. *Glaub nicht, dass ich es dir leichter machen werde, das zu sagen, was du nie sagen würdest, wenn du eine andere Wahl hättest!*

Es kam zu einer längeren Pause. Dann ergriff Fürst Ishtangar wieder das Wort.

»Würdest du unter meine Führung gehen, wenn ich Darghessa angreife?«

»Nein.«

Ishtangar fuhr auf.

»Soll das heißen, du weist ein Angebot von mir zurück?«

»Ohne unhöflich wirken zu wollen, aber ich halte es für besser, wenn ich diese Schlacht dirigiere«, erwiderte Silvrin. »Ihr habt noch nie vorher gekämpft. Ich habe mehr Erfahrung als Ihr.«

Fürst Ishtangar schlug so heftig mit der Faust auf den Tisch, dass sein Glas umkippte. »Der Grünschnabel wagt tatsächlich von Erfahrung zu sprechen. Wie viele Schlachten hast du denn gekämpft? Eine?«

Stolz sah Silvrin ihn an.

»Wollt Ihr mit mir zusammenarbeiten, dann müsst Ihr damit aufhören mich zu beleidigen. Ich kenne Darghessa. Ich weiß, was von diesem Hund zu erwarten ist, der sich dort zum Fürsten erhoben hat, und während meiner Gefangenschaft im darghessanischen Tempel habe ich auch die Priesterin kennengelernt.«

»Der *Hund* hat dich bei deinem letzten Versuch hereingelegt«, sagte der Parva von oben herab.

»Das gelingt ihm aber kein zweites Mal. Fürst Ishtangar, unsere beiden Regimentsführer arbeiten gerade einen Angriffsplan aus und ich habe vor mich daran zu beteiligen. Ich würde mich freuen, wenn Ihr Euch dazu entschließen könntet, mit dabei sein. Kessinaj und Lemetrong haben schon viele Schlachten gewonnen.«

Fürst Ishtangar schlug wütend auf den Tisch.

»Überlass mir das Denken! Und wage nicht, weiter darüber zu diskutieren! Soweit kommt es noch, dass ich mir von einem grünen Jungen sagen lassen soll, wo es langgeht!«

Silvrin nahm die Hände vom Tisch und trat einen Schritt zurück.

»Ich will mir keine weiteren Beleidigungen anhören. Fürst Ishtangar, Feinde haben wir genug; sollten wir nicht versuchen, Freundschaft zu schließen?«

Der Pallanthier schwieg finster.

Unwillkürlich blickte Silvrin wieder nach oben zu diesem Mosaikfenster. Die Zauberin hockte da immer noch. Leider konnte er ihr Gesicht kaum erkennen. Wahrscheinlich hatte sie nicht vor, sich ihm zu zeigen. Das hielt er nicht länger aus.

Ruckartig richtete er sich kerzengerade auf, formte die Hände zu einem Trichter und rief:»He, Areshva, warum kommst du nicht herunter?«

Freundin oder Feindin?

Tiefer Schrecken brach sich durch die Festgesellschaft im Saal. Außer Silvrin hatte kein Mensch geahnt, dass Areshva sie beobachtete. Alle anderen Gäste entdeckten sie erst jetzt.

Nervosität machte sich im Saal breit.

»Wo kommt *die* denn her?«, fragten zahlreiche Stimmen.

Koryelan wisperte entsetzt: »Silvrin, die kannst du doch nicht einladen.«

Innerhalb weniger Augenblicke befand sich die fürstliche Leibgarde in Alarmbereitschaft, rief Koryelan die Palastwache, bewegten sich Türen und patrouillierten Scharen von Soldaten in den Raum hinein.

Das Mädchen, das bei Areshva gesessen hatte, breitete ihre langen Fledermausflügel aus und segelte auf den Boden herab. Areshva konnte sich offenbar zum Fliegen nicht entschließen. Zu ihren Füßen tauchte eine solide schwebende Platte auf, auf die sie sich herauf stellte und die sie dann langsam bis zum Boden herunterfahren ließ.

Himmel, wie zart sie war! Wie schmal ihre Gestalt! Wie faszinierend ihre funkelnden Augen und die leise zitternden Flügel auf ihrem Rücken!

Sie trug ein ledernes Hemd und eine kurze, zerfledderte Hose, die ihre sonnengebräunten Unterschenkel sehen ließ. Die langen schwarzen Haare ringelten sich um ihre Schultern. Ihre Augen glitzerten wie Sterne am Firmament, ihm entgegen, und am Kinn hatte sie ein kleines Grübchen, das ihm früher nie aufgefallen war. Vielleicht, weil sie versonnen lächelte. Er konnte sich nicht erinnern, dass er sie je vorher hatte lächeln sehen. Sie sah zauberhaft aus. Wie eine Fee aus einem Märchen. Er hätte am liebsten ihre Hand genommen und sie herzlich willkommen geheißen. Aber das würde seine Leute erschrecken und ihr womöglich signalisieren, dass er leichte Beute für sie wäre. Nein. Er hatte genug Verstand übrig, um wachsam zu bleiben. Vorsichtig ging er ihr entgegen.

»Was hast du da oben gemacht?«, fragte er.

»Zugeschaut, wie du kämpfst«, erwiderte sie.

»Und … wie war ich?«

»Das fragst du noch? Miserabel! Wie üblich hast du deinen Magiestab bedient wie ein Anfänger. Ich möchte wissen, bei welcher Stümperin du in die Lehre gegangen bist.«

»Im Umgang mit Magiestäben bin ich tatsächlich ein Anfänger.«

»Wie? Hast du nicht als Kind schon damit experimentiert?«

»Nein. Bis vor Kurzem habe ich gar nicht gewusst, dass ich überhaupt aus solchen Stäben Magie herausholen kann.«

Areshvas Gesicht nahm einen verwunderten Ausdruck an. Sie holte Silvrins Magiestab aus seinem Gurt.

»Wenn du daran reibst, dürfen deine Finger sich nicht berühren. Sonst zerfällt die Energie. Du hast vielleicht das Gefühl, du müsstest sie festhalten, aber du musst nicht. Sie klebt an deiner Hand von allein und du kannst sie von dort aktivieren. Das ist gar nicht so schwer. Schau her!«

Sie begleitete ihre Worte mit raschen Gesten ihrer Hand. Alles um sie her flackerte und funkelte wie bei einem Feuerwerk. Silvrin war verblüfft, es klang tatsächlich einfach, da reichte sie den Stab auch schon an ihn.

»Jetzt du!«

Er zögerte. Sollte er das wirklich vor allen Leuten testen und sich möglicherweise vor ihr blamieren? Nein, das war keine gute Idee. Wollte sie ihn vor seinen Leute bloßstellen?

Koryelan eilte herbei, im Gesicht wieder diesen Ausdruck von Todesangst.

»Nicht jetzt, nicht hier, bei allen Göttern«, stammelte er und nötigte Silvrin, den Stab wieder einzustecken. »Wir sind doch in einer Feier, da solltest du keinen Kampf provozieren.«

Der Einwand war Silvrin nur recht. Er durfte die Zauberin nicht dirigieren lassen. Er selbst musste hier die Führung übernehmen, damit sie ihn nicht aufs Glatteis führte.

»Bist du hungrig?«, fragte er sie betont höflich.

In ihre Augen trat ein verblüffter Ausdruck und sie bewegte die Lippen, es kam aber kein Ton heraus. Dann nickte sie.

»Ja.«

Silvrin vergaß vor Überraschung fast zu atmen. Dass sie ihm folgen würde, hätte er nicht erwartet. Mit leichten Schritten ging sie neben ihm her, als wären sie Freunde. Es begann in seinen Ohren zu rauschen und zu summen. Was bedeutete das? Wollte sie sein Gast sein? Konnte er sie vielleicht auf seine Seite bringen? Seine Hand streifte versehentlich ihren Unterarm. Als hätte ihn ein Blitz getroffen, verstärkte sich diese Berührung in seinem Inneren, sie durchzuckte ihn ganz bis in sein tiefstes Mark.

Viel zu schnell erreichten sie die Banketttafel. Er bot ihr den Stuhl neben seinem eigenen an. Dort hatte zwar Kessinaj vorher gesessen, aber der war noch nicht wieder zurück. Sie setzte sich tatsächlich auf seinen Platz. Ihre Blicke folgten den Dienerinnen, die ihr von dem Bankettfestessen brachten. Koryelan war plötzlich hinter ihm und raunte ihm ins Ohr: »Sei wachsam!«

Die Gegenwart der Zauberin nahm Silvrin gefangen. Ihm wurde warm in allen Adern. So dicht hatte er sie nie neben sich gehabt und er wünschte, er könnte sie dort festhalten. An seiner Seite.

Besonders hungrig war sie anscheinend nicht, sie nippte bloß an einigen der Köstlichkeiten, die man ihr auf den Teller lud. Eine lange schwarze Haarsträhne ringelte sich über die frische, leicht gerötete Haut ihrer Wange. Das sah dermaßen hübsch aus, dass er sie am liebsten dorthin geküsst hätte. Natürlich bremste er sich. Das hätte er sich nicht mal getraut, wenn er allein mit ihr gewesen wäre. Augenblicklich lasteten die Blicke des gesamten Festsaales auf ihm und er erkannte nur zu genau, dass alle befremdet waren und Angst um ihn hatten, Angst davor, dass sie gleich anfangen würde um sich zu schlagen und ihn als Ersten zu treffen.

Er wusste, dass er vorsichtig sein musste. Areshva schmiedete Komplotte in dunklen Spelunken – das hatte er mit eigenen Augen beobachtet. Vielleicht strickte sie gerade an seinem Untergang?

Er sollte nicht versuchen, mit so einer anzubandeln, auch wenn er noch immer nachts von ihr träumte. Nicht bloß nachts …

Sie hatte gerade ein Stück dampfendes Fleisch auf ihre Gabel gespießt, da fragte sie: »Dein rechter Arm, was ist eigentlich damit passiert?«

»Schon vergessen? Das waren deine Leute«, antwortete er schroff.

»Ach …«

Areshva machte ein betretenes Gesicht. Ihre Gabel hing ziellos in der Luft.

Ich soll glauben, sie hätte das nicht gewusst, dachte er bei sich. *Als ob sie es nicht selbst befohlen hätte.*

»Und wie kommt es, dass du hier auftauchst?«, fragte er. »Du bist doch in die andere Richtung geritten, als wir uns vor Aravenna trafen?«

Sie nickte.

»Ich habe von jemandem den Hinweis bekommen, dass ich mich an Eurem Tempel umsehen soll. Also dachte ich mir, ich unterhalte mich mit Eurer verbündeten Priesterin.«

»Warum?«, wollte er wissen.

»Kann ich mich nicht mit Leuten unterhalten, ohne dass alle misstrauisch gegen mich werden?«

»Man weiß ja, wohin deine *Gespräche* normalerweise führen.«

»Dasselbe hat sie auch gesagt. Sie haben sich eingebildet, ich wollte ihren Tempel in die Luft jagen. Sie haben sogar die Kristallkugel gelöscht. Als ich die Kugel selbst wieder entzündet habe, sprang das letzte Bild wieder an, das sie gespiegelt hat. Das zeigte diesen

Saal hier, und dich. Da warst du gerade auf diesen Millesaner losgegangen. Da fingen sie alle am Tempel an zu schreien.«

»Und dann kamst du auf die Idee, mir beim Kämpfen zuzusehen?«

»Genau.«

»Wie kamst du denn so schnell vom Tempel bis hierher? Das ist doch ein weiter Weg.«

»Ich bin geflogen.«

Sie verzog das Gesicht. Als ob sie bereute, dass sie hergekommen war. Ihm fiel auf, dass sie ihre Flügel nie ruhig hielt. Der eine zuckte die ganze Zeit. Wahrscheinlich wollte sie am liebsten schnell wieder weg, nachdem sein Kampf sie so enttäuscht hatte. Erst jetzt führte sie ihren Bissen Fleisch überhaupt zum Mund.

»Danke dir dafür«, murmelte er leise.

Nun lächelte sie wieder. Ja, tatsächlich, sie sah ihm direkt in die Augen, mit einem so intensiven Blick, dass dieser ihn durchfuhr wie ein Blitzschlag. Sein ganzer Körper stand in Flammen.

Götter im Himmel, sie hat mich angelächelt! Gibt es dafür einen Grund? Wenn ich nur wüsste, was sie denkt!

Sie hatte feine, sehr schmale Hände. Gerade spießte sie ein neues Stück Fleisch auf. Anstatt zum Mund, fuhr sie jedoch wiederum mit dem Bissen ziellos über ihren Teller. Quer durch die Soße. Endlich hob sie die Gabel.

»Du dankst mir, wofür?«, fragte sie.

»Kannst du dir das nicht denken? Für den Zauber, den du mir gegeben hast.«

»Ah! Hast du was davon bemerkt? Ich dachte schon, das funktioniert heute überhaupt nicht.«

Ihre Gabel schwebte in der Luft. Sie guckte gar nicht hin. Weil sie nämlich damit beschäftigt war, *ihn* anzugucken. Das sah jedenfalls sehr danach aus. Die

Haare hingen ihr leider derartig in die Augen, dass er nicht völlig sicher sein konnte. Um ihre Mundwinkel schwebte ein absolut bezaubernd süßes Lächeln.

Galt das ihm?

Seine Knie waren auf einmal weich wie Butter. Blutleere im Gehirn. Gar nicht so leicht, das herunterzuspielen, damit sie es nicht merken sollte.

»Warum das, hattest *du* etwa Probleme, zu zaubern?«

Sie antwortete nicht. Das Lächeln verschwand nur ganz plötzlich von ihren Wangen. Silvrin begriff immer weniger, wie er sie einordnen sollte.

»Areshva, bin ich in irgendeins deiner Spiele geraten? Ich verstehe dich nicht. Erst rettest du mir das Leben. Dann versuchst du mich umzubringen. Du befiehlst sogar deinen Leuten mich zu verkrüppeln. Aber heute stehst du plötzlich wieder auf meiner Seite. Bis du es dir wieder anders überlegst? Was soll ich von dir denken? Was denkst du über mich? Bist du meine Feindin?«

»Wenn ich deine Feindin wäre, würdest du schon längst zwei Meter unter der Erde liegen. Silvrin, nicht ich bin dein Feind, sondern eine Macht, die viel stärker ist als ich.«

»Stärker als du? Wer könnte stärker sein?«

Sie lachte auf, als hätte er einen guten Witz gemacht, und strich sich die Haare aus dem Gesicht. Für einen kurzen Moment lang sah er ihre filigranen Züge und die funkelnden mysteriösen Augen ganz genau. Dann fiel die pechschwarze Mähne wieder darüber. Ihn drängte der Impuls, ihr die Haare selbst nach hinten zu streichen, nur damit er dieses wunderhübsche Gesicht noch einmal sehen könnte – und bitte schön etwas länger.

»Weißt du wirklich nicht, wer stärker ist als ich, Silvrin? Ich meine, viel Auswahl gibt es da ja nicht.«

»Woher soll ich wissen, in welchen Kreisen du dich bewegst?«

»Hier geht es gar nicht um mich. *Du* hast die Götter herausgefordert. Da musst du dich nicht wundern, wenn sie zurückschlagen.«

Silvrin lachte schallend.

»Ich? Die Götter? Du machst mir Spaß! Areshva, ich garantiere dir, dass ich in meinem ganzen Leben nie irgendeine Gottheit herausgefordert habe, ganz bestimmt nicht!«

»Wenn du das bis jetzt nicht getan hast, dann wirst du es demnächst tun. Das macht für die Götter keinen Unterschied.«

Silvrin stockte der Atem. Jetzt war sie verrückt geworden. Und sie starrte ihn auch noch an mit so intensiven Blicken, dass ihm alles Blut in Wallung geriet.

»Du kannst nicht wissen, was ich tun werde oder auch nicht. Ich bin kein Mensch, der vermessen genug wäre, sich mit höheren Mächten anzulegen.«

Er hob sein Glas.

»Bist du nicht?«

Sie griff ebenfalls nach ihrem Getränk. Das hätte sie fast verschüttet, weil sie nicht das Glas, sondern Silvrin anstarrte. Ihre Augen waren gar nicht so schwarz, wie er immer gedacht hatte, sie glänzten wie Sonnen. So viel er davon hinter den viel zu langen Haaren sehen konnte.

»Wieso hast du dich mit Wukur geschlagen, damals an der Brücke?«, wisperte sie. »Unsere Leute waren in der Überzahl. Er hatte bessere Waffen als du und er hatte auch noch einen gediegenen Kampfzauber auf seinem Schwert, was du hättest sehen müssen, du kannst doch Magie erkennen. Du hättest einen Kampf gegen ihn vermeiden müssen. Tust du aber nicht! Und wieso warst du wahnsinnig genug, im Duell gegen mich anzutreten? Welche Chance hattest du dir denn bei allen

Göttern bloß ausgerechnet? Das hättest du unter normalen Umständen gar nicht gewinnen können. Und sag mir nicht, dass du das nicht wusstest!«

»Ich bin zu dem Duell gekommen, weil ich dachte, ich könnte mit dir reden. Nicht um zu kämpfen.«

Kessinaj stand plötzlich direkt vor seinem Tisch. Silvrin hatte ihn gar nicht kommen sehen.

»Ich habe Neuigkeiten für dich, Silvrin«, sagte er in drängendem Tonfall.

Silvrin winkte ab.

»Später, später.«

Kessinaj warf einen warnenden Seitenblick auf Areshva, stützte sich dann mit beiden Händen auf Silvrins Tisch und raunte ihm ins Ohr: »Bei allen Göttern, was ist in dich gefahren? Koryelan sagt, *du* hättest diese Hexe eingeladen. Was muss sie denn noch veranstalten, damit du erkennst, dass sie dir gerade eine neue Falle bereitet? Muss sie dir erst die Hand abschneiden oder gleich den Hals?«

Das hatte er schnell geflüstert. Schon stellte er sich wieder aufrecht hin und sagte in militärischem Tonfall:

»Es gibt wichtige Neuigkeiten und ich muss dich bitten, mich sofort anzuhören.«

Silvrin fühlte sich wie aus einem Traum gerissen. Noch nie vorher hatte er so frei mit Areshva reden können. Endlich hatte er das Gefühl, er könnte ihr näher kommen. Jedes einzelne ihrer Worte warf ihn aus der Bahn. Er wollte mehr davon hören, sie verstehen – und er würde sich das von niemandem zerstören lassen, auch nicht von einem so aufrichtigen Freund wie dem Regimentsführer.

»Dann sag mir deine Neuigkeiten, immer raus damit!«, polterte er ungeduldig.

Kessinaj sah äußerst besorgt aus. Er schien Areshva für eine echte Dämonin zu halten. Immer wieder sah er misstrauisch zu ihr hin.

»Nicht hier. Silvrin, bitte komm mit mir. Es dauert auch nicht lange.«

Silvrin sah das Traumschloss langsam aber sicher in sich zusammenfallen, das er gerade dabei gewesen war aufzubauen. Es war durchaus möglich, dass Kessinaj recht hatte. Dass sie seine Widersacherin war. Aber wenn nicht? Wenn er sie doch erobern könnte! Gerade jetzt hätte er am liebsten nicht mit Kessinaj, sondern mit Areshva den Saal verlassen und sie an irgendeinen verschwiegenen Platz geführt, oder sogar in seine eigenen Gemächer, völlig gleich wohin – wenn sie nur mit ihm ginge!

Ob sie das wohl tun würde? Bedeuteten ihre Blicke, dass sie ihn nicht mehr hasste? Auf der anderen Seite: Wie sollte er sich das jemals verzeihen, wenn er durch seine unbeherrschte Leidenschaft nicht nur Unheil über sich selbst, sondern über die gesamte Festgesellschaft – oder sogar das ganze Volk von Aravenna brächte?

Silvrin nickte Kessinaj gequält zu und zwang sich aufzustehen. Er folgte seinem Freund ein paar Schritte, bis sie an der nächsten Wand standen, von wo Areshva sie wohl kaum mehr hören, er sie jedoch im Blick behalten konnte.

»Erzähl mir, was los ist, aber fasse dich kurz«, sagte Silvrin knapp.

Er linste zu Areshva hinüber. Ihre Blicke trafen aufeinander wie elektrische Felder. Beide drehten sich ruckartig voneinander weg, so als hätten sie sich gegenseitig bei etwas Verbotenem erwischt. Es begann ihm heftig im Magen zu flattern.

»Die Priesterin Coreana hat mir eine kurze Analyse von Geschehnissen der vergangenen Wochen vorgeführt und mir einige Ereignisse gezeigt, die sie in ihrer Kristallkugel gespeichert hatte. Stell dir vor, dass die Millesaner vor einem halben Mond mit einem großes Regiment Richtung Ygramor marschiert sind. Wir konnten nicht exakt rekonstruieren, was sie dort wollten, aber zu dem Zeitpunkt lagst du noch mit Wundfieber im *Wilden Eber*. Dieses Regiment lagerte gar nicht weit von uns entfernt und wir haben gute Gründe anzunehmen, dass sie kurz davor waren, unser Versteck aufzuspüren. Was dir dann geblüht hätte, brauche ich wohl nicht zu erläutern.«

»Und warum fanden sie mich nicht?«

Kessinaj kratzte sich am Kopf.

»Sie wurden von drei riesigen Monstern angegriffen. Die Bestien haben zahlreiche ihrer Truppen einfach zerfetzt, worauf das Regiment offenbar gänzlich kopflos die Flucht ergriffen hat.«

Silvrin fing prustend an zu lachen.

»Monster? Ich verstehe nicht …«

»Coreana hat mir das Vieh gezeigt. Eine Art Riesendrache, der sich dreigeteilt hat, würde ich sagen. Das muss irgendein ganz wilder Zauber gewesen sein, denn so ein Monster hat keiner von uns je vorher gesehen. Jedenfalls: Fürst Vandrasil suchte auf der Flucht Schutz in der Stadt Darghessa, erklärte dort, das Monster hätte es eigentlich auf Darghessa abgesehen und er hätte die Stadt vor Schaden bewahrt, indem er es angriff … und seitdem sind Vandrasil und Fürst Wukur von Darghessa beste Freunde.«

»Das klingt … nicht gut«, stieß Silvrin hervor und biss sich auf die Lippen. »Bedeutet das, sie werden sich gegen uns verbünden?«

Kessinaj nickte. »Sie haben es schon getan. Falls du planst, Darghessa anzugreifen, um Prinzessin Kia Sephila zu befreien, dann werden die Millesaner ihnen zur Hilfe kommen. Unter diesen Umständen sollten wir unsere Pläne ändern. Oder ganz aufgeben.«

»Warum? Auch wir haben Verbündete. Fürst Ishtangar von Pallanthia wird doch mit uns kämpfen.«

Der Regimentsführer packte mit einer Hand an den Knauf seines Schwertes und blickte Silvrin herausfordernd an.

»Ich ahnte, dass du das sagen würdest. Bildest du dir ein, es wäre eine einfache Rechnung, zwei Armeen kämpfen gegen zwei andere? Silvrin: Die Pallanthier sind unerfahrene Krieger und wir sind nicht viel weiter. In Darghessa regieren hingegen ausgefuchste Plünderer und Wegelagerer und das millesanische Heer hat auf seinen Feldzügen schon Blutspuren durch das halbe Land hinterlassen. Wir hätten enormes Risiko auf unserer Seite.«

»Dann brauchen wir einen guten Plan«, beharrte der junge Fürst. »Oder einen guten Diplomaten. Die Prinzessin zu rauben war Unrecht, das werde ich nicht tolerieren.«

Silvrin blickte aus den Augenwinkeln zu der Zauberin. Sie hatte sich ihrer jungen Begleiterin zugewandt, die eifrig auf sie einredete. Er konnte ihr Gesicht nicht sehen.

»War das alles?«

»Nicht ganz.« Kessinaj trat einen Schritt zur Seite und stellte sich exakt so, dass er Silvrin die Sicht auf die Zauberin verdeckte. »Hör mal, die fünf Gefangenen aus Millesana sollten wir nicht freikaufen lassen, wie du wolltest. Man würde uns das als Schwäche auslegen. Ich schlage vor, sie hinrichten zu lassen.«

»Nein«, widersprach ihm Silvrin, »dieses Lösegeld, das ich fordern werde, können wir gut gebrauchen. Abgesehen davon will ich niemanden töten.«

»Eine Hinrichtung wäre jedoch sehr effektvoll. Dieser Meinung ist auch Priesterin Coreana. Am besten möglichst bald. Dann haben wir gleich unsere Quota für diesen Mond erfüllt. Unsere Göttin bleibt uns gewogen, und wir reiten gestärkt in den Krieg gegen Darghessa.«

»*Quota?*«, fragte Silvrin alarmiert. »Was bedeutet das?«

»Die Anzahl der Seelen, die die Göttin in einem Mond von uns verlangt und gegen die sie unserer Priesterin Macht verleiht.«

Silvrin wurde blass. »Davon habe ich nie gehört.«

»Es hängt ja auch keine Priesterin ihre Quota an die große Glocke.«

»Ist das unterschiedlich?«

»Soviel ich weiß, ja.«

»Wie hoch ist unsere?«

»Keine Angst, wir haben die tiefste, die es gibt.«

»Und die wäre?«

»Fünf.«

Silvrin stieg das Blut in die Stirn. »Wir töten also fünf Menschen jeden Mond, einfach so, und das lediglich, um den Blutdurst unserer Göttin zu stillen?«

»Unsinn. Und sprich nicht so laut, die anderen werden dich noch hören. Natürlich wählen *wir* die Opfer aus: Verbrecher aus dem Gefängnis, Missetäter … solche, die es verdienen.«

Silvrin bekam eine Gänsehaut. »Das sind sechzig Hinrichtungen auf zwölf Monde. Kessinaj, so viele Kapitalverbrecher haben wir doch niemals in einem Jahr!«

»Deswegen wäre es gut, diesmal die fünf Millesaner auszusortieren«, erklärte Kessinaj ausweichend. »Dann müssen wir nicht gegen die eigenen Leute vorgehen.«

Silvrin griff sich fassungslos an die Stirn.

»Das ist ungeheuerlich, was du vorschlägst. Soll das heißen, wir sind nichts weiter als gemeine Mörder?«

Kessinaj legte ihm beide Hände auf die Schultern. »Jetzt bleib ruhig! Koryelan war am Anfang genauso bestürzt wie du, als er davon erfuhr. Aber wir haben keine andere Wahl. Wir sind auf die Macht der Göttin angewiesen. Wir können nicht darauf verzichten.« Er räusperte sich. »Deine Areshva wird übrigens eine ganz bombastische Quota haben. Sonst wäre sie nicht so unfassbar mächtig.«

»Sie ist nicht *meine* Areshva! Schweig, bevor ich durchdrehe!«

»Gut, gut!«

»Nichts ist *gut*!«

Silvrin hatte das Gefühl, als hätte sich die Welt in einem einzigen Augenblick in eine Hölle verwandelt. Seine geliebte Provinz, sein Aravenna, für das er kämpfen und zur Not auch sein Leben hatte einsetzen wollen – es war keine liebliche, freundliche Stadt, wie er geglaubt hatte, eher ein blutdurchtränktes Verlies, eine Henkersburg. Und er als ihr Fürst würde nicht der Beschützer, sondern der Mörder seiner Untertanen sein. Ihm schwindelte. Das war unerträglich. Die Erkenntnis zog ihm den Boden unter den Füßen weg. So konnte er nicht leben.

Silvrin stieß den Regimentsführer zur Seite und stellte sich so, dass ihn alle sehen konnten.

Dann brüllte er in die Menge: »Prinz Koryelan, Regimentsführer Lemetrong und Kessinaj zu mir! Ich berufe eine dringende Besprechung ein! Die Priesterinnen sollen ebenfalls kommen! Beide, Coreana und Vadinia! Jetzt, auf der Stelle!«

Krisenbesprechung

Silvrin stürmte aus dem Saal. Zuerst wollte er die Besprechung im Rittersaal abhalten, der in der Nähe lag, aber dies war ein sensibles Thema, bei dem er nicht belauscht werden wollte. Vor allem nicht von Areshva, die, wie ihm jetzt voller Grausen aufging, eine gruselige Quota haben musste. Und die ihn garantiert sabotieren würde, wenn sie wüsste, was er dachte.

Also rannte er sieben Treppen und die Wendeltreppe hinauf zum höchsten Zimmer im Nordturm. Dieser hatte Fenster zu allen Seiten und bot einen Blick über ganz Aravenna, er diente eigentlich der Bewachung der Stadt, die unter ihm in tiefstem nachtschwarzen Dunkel verschwand. Nur das Sausen von ein paar Fledermäusen um das Palastdach war zu hören. Es war auch drinnen recht schummrig, das Zimmer wurde nur schwach von einer Öllampe erleuchtet.

Silvrin musste nicht lange warten, bis Kessinaj, Lemetrong und Koryelan ihm nachkamen.

Der Prinz schloss die Tür hinter sich.

»Ich habe gerade erfahren, dass wir eine sogenannte Quota haben«, begann Silvrin, der noch immer viel zu erregt war, um seine Tonlage zu dämpfen.

Alle nickten.

»Die wird ab sofort abgeschafft.«

Silvrin ballte die Faust und hielt sie in die Luft.

»Auf keinen Fall!«, rief Lemetrong. »Du weißt gar nicht, wovon du redest.«

»Silvrin«, sagte Kessinaj bedächtig, »du hast das nicht erlebt, wie es ist, eine Schlacht zu verlieren. Wir können uns leider nicht leisten …«

»Still!«, brüllte Silvrin ihn an. »Wie könnt ihr so reden! Wie haltet ihr es aus, in einem Blutregime zu leben, ja, es sogar selbst zu gestalten? Nicht mit mir! Wenn ich euer Fürst sein soll oder wenn ich auch nur eine einzige Schlacht für euch schlagen soll, dann dulde ich hier keine Quota, und zwar nicht die allerkleinste!«

Es entbrannte eine hitzige Diskussion. Erst redeten sie sich nur die Köpfe heiß, dann fing Lemetrong an, Silvrin zu bedrängen und ihn einen Dummkopf zu schimpfen, der nichts begreift. Prinz Koryelan erinnerte an den Tod seines Bruders und den ersten verlorenen Krieg gegen Millesana. Damals hatten sie lediglich eine Quota von zwei gehabt, und vielleicht war das der Grund für die Niederlage.

Fürst Ishtangar von Pallanthia erschien nach einiger Zeit und nahm an der Diskussion teil, da er höchstwahrscheinlich auch Verbündeter im Krieg gegen Darghessa sein würde.

Silvrin redete wie gegen eine Wand. Zwar hatten alle Verständnis für seinen Zorn, doch niemand wollte seine Argumente akzeptieren.

Die Beratung endete damit, dass Silvrin das Turmzimmer wutentbrannt verließ. Er knallte die Tür dermaßen hart hinter sich zu, dass es im ganzen Treppenhaus widerhallte. Die Priesterin Vadinia kam in diesem Moment die letzten Treppenstufen hoch und blickte in sein wütendes hochrotes Gesicht.

»Jetzt komm doch zu Verstand, Brüderlein!«, sagte Vadinia erregt. »Quota null, hm? Willst du Krieg führen gegen die Götter?«

»Du bist auch gegen mich? Was ist das hier, lauter Verbrecher um mich herum?«, schrie Silvrin sie an.

Erst jetzt erreichten ihn ihre letzten Worte.

Krieg führen gegen die Götter.

Areshva hatte ihm genau das vorausgesagt. Gerade eben. Er blieb stocksteif stehen. Jäh ernüchtert. Und erschüttert. Woher hatte die Zauberin wissen können, was geschehen würde? *Krieg führen gegen die Götter* ... als sie das sagte, hatte es nach einer bösen Tat geklungen, nach etwas, das ihr Spaß machen würde. Aber sein Kampf würde sich gegen mörderische Machenschaften richten! Hatte sie das nicht vorhergesehen? Würde sie ihn wohl auch dabei unterstützen?

Unsinn. Das konnte sie nicht. Sie profitierte von der tödlichen Macht der herrschenden Götter am meisten.

Er versuchte sich zu beruhigen. Jetzt keine Panik. So weit gingen seine Pläne doch gar nicht.

»Ich habe gar gesagt, dass ich mich mit den Göttern anlegen wollte«, sagte er.

»Ah!« Vadinia atmete erleichtert auf. »Gut, dass du das erkennst. Ehrlich gesagt, wir waren schon ziemlich erschrocken, alle im Tempel.«

»Ich will lediglich die Quota abschaffen.«

Vadinia verdrehte die Augen.

»Das ist das Einzige, das du nicht tun darfst.«

»Dann wechselt die Göttin! Wählt eine, die keine Quota verlangt!«

»Silvrin, alle Göttinnen arbeiten mit Quota«, klärte ihn seine Schwester auf, »in allen Provinzen, im ganzen Land. Verstehst du das jetzt?«

»Das kann doch nicht sein! Es muss andere geben!
Früher, als ich noch ein Kind war, da gab es diese
Hinrichtungen nicht! Man führte auch keine Kriege!«
»*Früher.*« Vadinia zuckte die Achseln.
Es wurde still um sie herum.
»Hm? Warum so schweigsam auf einmal?« Silvrin sah
seine Schwester forschend an. »Es hat *andere* Götter
gegeben, habe ich recht?«
»Begib dich nicht aufs Glatteis, mein Bruder! *Früher*
ist Geschichte. Wenn du überleben willst und wenn du
willst, dass Aravenna überlebt, dann akzeptiere die
Quota. Es geht nicht anders.«
Die Tür zum Turmzimmer öffnete sich. Kessinaj,
Koryelan, Lemetrong sowie Fürst Ishtangar traten ins
Treppenhaus hinaus.
»Und wenn einer die Quota nicht erfüllt?«, fragte
Silvrin stirnrunzelnd.
»Der Zorn der Göttin kann fürchterlich sein. Sie
verschlingt deine Kinder, sie schändet deine Frau, sie
lässt dich bei lebendigem Leib von Maden auffressen.«
»Ich weiß nicht, worüber du dich aufregst«, knurrte
Lemetrong. »Diese Quota zu erfüllen wird für dich nicht
schwer, schließlich ziehst du in den Krieg. Du wirst viel
mehr Menschen töten als nur fünf.«
»Ich werde wohl kaum jeden Mond einen neuen
Krieg führen. Und ich will nicht gezwungen sein zu
töten.«
Silvrin ballte die Fäuste. Plötzlich begriff er, dass er
dem, wonach Areshva ihn gefragt hatte, auf der Spur
war. Die Götter verursachten die Kriege, hatte sie
gesagt. Sie glaubte, dass er gegen die höheren Mächte
kämpfen würde. Was hatte sie denn gemeint? Wirklich
das, was er gerade erlebte – oder schätzte sie ihn als
einen mordgierigen, machtlüsternen Emporkömmling
ein? Vielleicht hoffte sie auch nur, er würde sich mit der

aravennischen Provinzialgöttin anlegen. Möglicherweise war sie Areshva zu zahm und sie wollte sie austauschen gegen noch viel brutalere Götter.

Er wandte sich an Vadinia.

»Jetzt kläre mich mal auf, meine Schwester. Nach welchen Kriterien verhängen die Göttinnen die Quoten über die Provinzen?«

»Ich habe keine Ahnung, Silvrin. Ich weiß nicht, wie Götter denken.«

»Aber fünf kann nicht die niedrigste Quota sein. Es muss möglich sein, sie herunterzuhandeln.«

Vadinia winkte ab.

»Jetzt glaube es mir einfach, mein Bruder. Fünf ist die absolut tiefste Zahl, auf die sich die Gemäßigsten unter den Göttinnen einlassen. Wie du dir vorstellen kannst, haben wir lange überlegt, bevor wir unsere heutige Göttin erwählten. Alle anderen Götter des Landes beanspruchen deutlich höhere Quoten für die Macht, die sie verleihen.«

»Und welche ist die Blutrünstigste unter ihnen?«, wollte Silvrin wissen.

»Die Frage solltest du schon aus eigener Erfahrung selbst beantworten können: Gorrogon, die Todesgöttin. Unsere Bekannte Meriedyce von Darghessa betet zu ihr.«

»Nicht Agga?«, fragte Silvrin verblüfft.

»Agga ist die Bescheidenste unter allen Göttern des Landes«, warf Fürst Ishtangar ein. »Erlaubt, dass ich Euch korrigiere, Vadinia, aber sie ist wesentlich kompromissbereiter als Eure Herrin und verlangt als Einzige nicht ein einziges Todesopfer. Deshalb beten wir in Pallanthia zu ihr.«

»Aber«, Silvrin wäre fast in die Luft gesprungen, »Areshva betet ebenfalls zu ihr. Das kann nicht sein.«

»Areshva hat vermutlich Sondervereinbarungen mit ihr getroffen«, sagte Ishtangar kühl. »Normalerweise verlangt Agga jedoch in der Tat ... mehr oder weniger ... gar nichts.«

»Warum beten wir dann nicht zu ihr?«, fragte Silvrin wütend, während er sich an die aravennischen Priesterinnen wandte, auch Coreana war inzwischen die Treppen hinaufgekommen.

»Weil Agga zu schwach für uns ist«, erwiderte Vadinia zögernd. »Wir waren in Verhandlungen mit ihr. Aber sie kann nichts. Deshalb verlangt sie auch nichts. Sonst würde ja niemand zu ihr kommen.«

»*Sie kann nichts?*«, fauchte Silvrin. »Welches faule Argument ist das? Wie hätte sie denn sonst Areshva so stark aktiviert, verrätst du mir das?«

»Areshva ist eine Ausnahme. Sie braucht keine starke Göttin, weil sie selbst stark genug ist, nehme ich an. Unsere Entscheidung für Nethoula fiel, lange bevor Agga Areshva in eine Killermaschine verwandelte!«

Silvrin dachte nach.

Sein Gespräch mit Areshva kurz vor den Toren Aravennas fiel ihm ein. Sie hatte ihn nach einer gewissen Lystrella gefragt, deren Namen er nicht zuordnen konnte. Jetzt wurde ihm siedend heiß klar, dass es sich dabei ebenfalls um eine Göttin handelte – eine mit einer besonderen Bedeutung. Sonst hätte Areshva nicht so geheimnisvoll, ja, beinahe ängstlich nach ihr gefragt. Und erst der Blitz, der danach vom Himmel zischte ...

Er wandte sich an seine Schwester.

»Und wer ist Lystrella? Kennst du sie, Vadinia?«

Der Name schlug ein wie eine Bombe.

Coreana kreischte auf, verbarg den Kopf unter den Händen und warf sich auf den Boden, während Vadinia mit schnellen Schritten zur Seite rannte und dann in die hinterste Ecke des Treppenhauses hechtete, wo sie unter lautem Getöse hinfiel und bewegungslos liegen blieb.

Die drei Fürsten blickten sich zu Tode erschrocken um. Koryelan rechnete mit irgendeiner schrecklichen Gefahr von oben, weshalb er hektisch von einem Fenster zum nächsten schaute. Fürst Ishtangar stolperte rückwärts, während er starr auf dunkle huschende Wesen draußen zeigte. Aber das waren nur ein paar harmlose Fledermäuse.

Silvrin sprintete vorsichtshalber zu seiner Schwester und kauerte sich neben sie. Nur Kessinaj und Lemetrong schienen nicht daran zu glauben, dass ihnen ein Angriff drohte. Stoisch und mit leiser Verachtung in den Zügen standen sie neben dem Treppengeländer, ohne auch nur den Versuch einer Flucht zu unternehmen.

Der Himmel über ihnen begann zu donnern und zu tosen. Ein plötzlicher Sturm sauste um die Turmfenster und mit einem fürchterlichen Krachen schlug der Blitz ins Dach ein. Balken, Splitter und Geröll prasselten herunter und eine Stichflamme entzündete den obersten Treppenbalken.

Die Priesterin Vadinia reagierte geistesgegenwärtig und löschte das Feuer mit einer Bewegung ihrer Hand.

So schnell wie der Zorn des Himmels über sie hereingebrochen war, verstummte er auch wieder.

Langsam krochen alle aus ihren Verstecken.

Silvrin versuchte, sich aus dem spukhaften Unwetter und dem Verhalten der Priesterinnen ein Bild über die mysteriöse Lystrella zu machen, wurde sich aber schnell klar darüber, dass er das Rätsel nicht lösen konnte. Er wollte es jedoch unbedingt aufklären.

»Du hast meine Frage nicht beantwortet«, sprach er vorsichtig zu seiner Schwester. »Es scheint extrem wichtig zu sein. Darum bitte ich dich es zu versuchen.

Du kannst ja alle Aspekte meiden, die dir zu gefährlich erscheinen.«

»Ich habe einen guten Rat für dich«, zischte Vadinia. »Fische nicht in verbotenen Gewässern und denk ein bisschen mehr daran, dass wir hier über das Überleben unserer Provinz diskutieren!«

Das Überleben unserer Provinz. Wie dramatisch! Wie gewaltig war jene unbekannte Göttin? Sie musste eine Terroristin sein, neben der selbst das dreiköpfige Monster nur wie ein kleines Mäuschen aussehen würde? Dumpfe Resignation machte sich in ihm breit. Ja, was hatte er denn erwartet? Lystrella war vermutlich die ultimative Monstergöttin und nur deshalb interessierte sich Areshva für sie. Agga dürfte – nach allem, was er über sie gehört hatte – ihren Ansprüchen als Zauberin nicht mehr genügen.

Und wie sollte er sein Problem nun lösen?

»Ich wünsche eine Auflistung aller Göttinnen zu bekommen und welche Bedingungen sie von uns verlangen, und dann wird das neu verhandelt«, befahl Silvrin und starrte die Priesterinnen Vadinia und Coreana abwechselnd auffordernd an.

»Silvrin, das ist nicht dein Revier«, erklärte Vadinia vorsichtig, aber bestimmt. »Wir sind hier die Priesterinnen, wir diskutieren mit den Göttern. Es geht auch nicht anders, du kannst sie ja nicht hören oder sehen. Beruhige dich! Den anderen Landesfürsten geht es doch genauso wie dir, und auch wir Priesterinnen handeln nicht leichtfertig, sondern nach bestem Wissen und Gewissen!«

Silvrin stand minutenlang wie festgebannt. Dann warf er seinen Fürstenring auf den Boden.

»In Ordnung, ich habe verstanden. Ich bin nicht euer Fürst und werde es auch in Zukunft nicht sein.«

Damit drehte er sich um und rannte die Wendeltreppe wieder hinunter.

Die Regimentsführer trabten ihm hinterher.

»Silvrin, du kannst uns doch nicht verlassen!«, hörte er sie rufen, aber er beschleunigte seine Schritte.

Er musste mit Areshva sprechen. Sie hatte nicht solche Angst vor den höheren Mächten, vielleicht würde er Dinge von ihr erfahren können, die seine eigenen Leute ihm nicht zu sagen wagten. Bei der Gelegenheit würde er hoffentlich auch erkennen, wie finster ihre Absichten wirklich waren.

Plötzlich entsann er sich einer Kleinigkeit, die ihn stutzig machte. Areshva war genauso zusammengezuckt wie die aravennischen Zauberinnen, als sie den Namen *Lystrella* aussprach. Sie hatte Angst vor ihr.

Vor wem musste eine wie Areshva denn Angst haben?

Und warum fragte sie trotzdem nach ihr?

»Und der Kriegszug gegen Darghessa?«, polterte Fürst Ishtangar hinter ihm. »Soll denn meine Tochter ins Elend geraten?«

Silvrin hatte eben die unterste Stufe der Wendeltreppe erreicht, als er stehen blieb.

»Wollt ihr, dass ich den Krieg führe?«

Alle fingen gleichzeitig an zu reden, übertönten einander. Schließlich setzte Kessinaj sich durch und dröhnte mit lauter Stimme: »Wir müssen diesen Krieg gewinnen und wir gewinnen ihn nur, wenn du uns führst!«

Silvrin nickte langsam.

»Aber ich gehe unter keine Quota. Ihr werdet weder in Aravenna noch in Pallanthia irgendwen auf Quota töten, solange ich euch führe. Die Schuld könnt ihr gerne auf mich schieben. Ich soll ja den Herbst sowieso nicht erleben.«

Alle wurden blass.

Koryelan reichte den Ring an Silvrin zurück.

»Nimm ihn.«

»Nein!«, sträubte sich Silvrin dagegen. »An dem Ring klebt Blut. Das will ich nicht auf mir lasten haben. Ich werde mich weigern, Hinrichtungen durchzuführen und sie sogar eigenhändig verhindern, solltet ihr sie dennoch durchführen wollen.«

»Aber du musst ihn tragen und dich mit Vadinia verbünden«, warf Coreana ein. »Ohne Priesterinnenbündnis erzürnen wir die Götter und verlieren den Krieg.«

»Denk an das Orakel«, wies Vadinia sie zurecht. »Die Götter wollen Silvrin töten – mich jetzt mit ihm zu verbünden, das wäre auch für mich viel zu riskant. Vielleicht ist es besser, wenn wir abwarten.«

Silvrin warf ihr einen schiefen Blick zu. »Ganz meine Meinung. Jetzt entschuldigt mich, ich habe noch etwas Wichtiges zu klären.«

Damit wandte er sich von ihnen ab und verließ das Treppenhaus.

»Zögere das nicht zu lange hinaus, Silvrin!«, rief Kessinaj ihm nach. »Sonst können wir nicht gewinnen.«

Kurz darauf war Silvrin zurück im Festsaal, wo ihn begeisterter Applaus empfing. Er bahnte sich einen Weg durch die euphorische Menge und steuerte zielstrebig auf seinen Platz zu. Oder vielmehr nicht auf seinen, sondern auf den seiner Nachbarin. Er platzte fast vor Neugierde darüber, was die Zauberin wohl zum Thema Götter und Quota zu sagen hätte.

Areshva war nicht mehr da.

Die Leidenschaft in seinem Herzen zerfiel zu Asche. Ihn ergriff eine bodenlose Enttäuschung. Sie war einfach gegangen! Ohne ein Wort! Er wusste natürlich, welche Schlüsse er daraus ziehen musste. Am liebsten wäre er ihr hinterhergelaufen. Der Schmerz bohrte sich so tief in sein Herz, dass er es fast nicht aushielt. Jetzt war sie ihm so nah gewesen, oder er hatte sich zumindest eingebildet, sehr nah an ihr wahres Selbst herangekommen zu sein – und dann löste sich alles wieder in Luft auf wie ein leerer Spuk? Warum hatte sie ihn denn angelächelt, hatte das nichts zu bedeuten? Er konnte ihre Blicke noch auf sich spüren. Nur dass sie ihn jetzt nicht mehr wärmten, sondern eine Sehnsucht in ihm entfachten, die ihn in einen wilden, tosenden Unruhezustand versetzten.

Der Zorn der Göttin

Die langen hölzernen Flügel der Mühle wirbelten im
Sturm. In der Dunkelheit sahen sie aus wie riesige
Vögel, dachte Areshva, als sie näher heranritten. Sie
führte ihr Pferd in einen kleinen Unterstand mit einer
Tränke und trat dann vorsichtig zur Eingangstür unter
den wild rotierenden Mühlenschwingen. Das Schloss
klemmte und ließ sich nur widerspenstig und laut
knarrend öffnen.

Areshva trat ein. Sie entzündete mit einem ihrer
Magiestäbe ein kleines Licht. In schwachem Schein
erhellte es ein uraltes, bruchfälliges Zimmer. Es war
bereits so lange unbewohnt, dass an einer Wand ein
Ameisenvolk seinen Hügel errichtet hatte. Millionen
dieser Insekten wimmelten darin und krochen auf ihren
Straßen in den Raum und die durchlöcherte Treppe
hinauf. Der in der Mitte des Innenraumes befindliche
breite Mühlstein war ebenfalls von Ungeziefer befallen.
Eine stinkende Masse irgendeines Nahrungsmittels
breitete sich darauf aus. Was es einmal gewesen war,
konnte Areshva nicht mehr erkennen oder besser
erriechen.

»Igitt! Warum hat Prinzessin Isimela uns
hierhergeschickt?«, murrte Pirina, die auf Zehenspitzen

stakste, um keines der zahlreichen Tierchen auf dem Boden zu zertreten.

Areshva fühlte sich noch wie im Traum. Sie nahm den staubigen Raum und die halb zerfallenen Möbel darin gar nicht wahr. In Gedanken befand sie sich bei dem Bankett in jenem verzauberten Saal oben auf der Fürstenburg. Ihr war zumute, als säße sie immer noch neben Silvrin und fühlte die Wärme seiner Blicke durch ihre Haut dringen.

Oh, sie hätte die ganze Nacht so sitzen mögen! Ob sie ihn morgen wiedersehen konnte? Von dieser Mühle aus war es zur Burg nicht weit. Allerdings hatte Prinzessin Isimela ihr eingeschärft, sie sollte hier warten, weil die Göttin ihr eine Nachricht überbringen wollte.

Areshva hockte sich auf einen dickbeinigen, gepolsterten Sessel und versuchte vergebens, eine erträgliche Lage zu finden. Ihr linker Flügel schmerzte unbarmherzig. Dieser Flug vom aravennischen Tempel bis zum Palast hatte ihr den Rest gegeben. Es fühlte sich an, als wären ihre Schwingen eingerissen, und das in Hunderte Fasern. Sie hätte nicht fliegen dürfen. Aber zu Pferd wäre sie zu spät gekommen.

Pirina erkundete unterdessen alle Ecken und Winkel des dunklen Raumes sowie der Zimmer in der oberen Etage. Als sie müde wurde, holte sie ihre Decke hervor, suchte sich einen Platz auf einer alten Bank, rollte sich dort zusammen und war bald eingeschlafen.

Areshva blieb auf dem Sessel hocken. Sie fand keine Ruhe. Die Begegnung mit dem Fürsten hatte sie aufgewühlt. Wenn sie nur die Augen schloss, konnte sie ihn vor sich sehen.

Wenn sie doch nur bei ihm sein dürfte!

Ein lautes Rumpeln ließ Areshva zusammenzucken. Vor ihr plumpste ein struppiger geflügelter Hund mitten auf das Mühlrad und fauchte sie an. Erst als sie das spitze Maul und die lederartigen Flügel des Tieres genauer ins Visier nahm, wurde ihr klar, dass sie eine neue Version ihrer Göttin vor sich hatte. »Du miese kleine Ratte!«, brüllte Agga. »Du hast keine Ehrfurcht vor deiner Göttin! Keine Achtung vor unserem Traum, das Land zu regieren! Dieser hündische Pakt war deiner und meiner unwürdig. Welche Demütigung! Warum hast du mir das angetan? Weil du zu dieser Sonnenfratze zurückkehren willst, dieser weichlichen, verrotteten Versagerin?«

Der Hund stellte sich auf die Hinterbeine und streckte ihr die Krallen einer Pfote entgegen. Ein Blitz schleuderte daraus hervor, der sie blendete und vor ihren Augen riesige weiße Leere sehen ließ. Etwas Sandiges traf sie. Zu spät duckte sie sich weg, es hatte sie schon getroffen und brannte in den Augen.

Eine Druckwelle schleuderte sie gegen die Wand hinter sich. Dumpfer Schmerz schlug ihr auf den Kopf, den Rücken und die Schultern. Schwer atmend fand sie sich am Boden wieder. Dort blieb sie liegen, die Hände schützend über die Stirn gepresst. Himmel, so wütend hatte sie Agga noch nie erlebt.

»Bist du überrascht?«, murmelte Areshva. »Du wusstest doch, wie ich denke. Ich will keine Orgien von Todesopfern. Ich will nicht, dass sich alle unsere Flüsse rot färben von dem Blut, das in zahllosen Schlachten vergossen wird. Ich bin dir nur deshalb gefolgt, weil du mir eine bessere Welt versprochen hast. Du hattest nie vor, mir das zu gewähren, oder? Du hast mich belogen. Gib es zu!«

»Habe ich dir nicht meine Klasse bewiesen?«, schrie Agga. »Auch ich träume von einem Paradies, in dem sich die Kisten von allein mit Schätzen füllen. Ein Paradies, in dem meinetwegen ...« In ihre Stimme trat deutlicher Hohn und Verachtung, »... die Vulkane

Milch und Honig in den Himmel schleudern! Vor allem aber träume ich von einem Reich, in dem ich das Zepter schwinge und das gesamte winselnde Volk vor mir am Boden kniet, verdammt noch mal! Du Aas! Du räudige Hündin! Du hast meine kühnsten Hoffnungen zerstört! Ich sollte dich vernichten! Zertrampeln! Zerreißen!«

Wieder schleuderte sie einen Windstoß gegen Areshva, der sie durch die Luft wirbelte. Krachend landete sie auf dem Boden mit solcher Wucht, dass sie den Sturz nicht mit Händen und Knien abfangen konnte, sondern mit der Stirn auf den steinernen Untergrund knallte.

Über ihr rumpelte etwas und schlug ihr auf den Rücken. Mit Schrecken gewahrte sie, dass es auf ihrer Haut krabbelte und piekste.

Ameisen! Überall!

Sie sprang auf, das Stechen in ihren Knien und auf dem Rücken ignorierend, schüttelte und kratzte die Tiere ab und wich gleichzeitig nach hinten zurück, um Abstand zwischen sich und ihre Göttin zu bekommen.

»Dich vernichten wäre noch zu wenig, du Wanze! Du Missgeburt!«, kreischte Agga. Um ihre Krallen blitzte es. Areshva drückte sich eng gegen die Wand. Weiter zurück ging es leider nicht. Verdammt. Wenn sie die nächsten Augenblicke überleben wollte, musste sie wohl vor Agga kriechen … aber alles in ihr sträubte sich dagegen. Sie würde denselben Fehler nicht zweimal machen. Es war besser zu sterben, als wieder in dasselbe Elend gestoßen zu werden, in dem sie so lange gelebt hatte.

Wenn Silvrin nicht wäre!

Ihr Tod würde auch ihn ins Verderben reißen. Das war nicht zu ertragen. Also war sie gezwungen vor der verhassten Göttin niederzuknien und sie um Verzeihung zu bitten.

Los! Auf die Knie!
Aber warum fiel ihr das heute so schwer? Ihr wurde übel bei dem Gedanken und sie verachtete sich selbst. Das war unehrlich. Niedrig! Ihr brach der kalte Schweiß aus.

Ich bin eine Lügnerin. Dienerin einer Herrin, die ich hasse. Doch für Silvrins Leben musste sie ein Opfer bringen. Also zwang sie sich in die Knie.

Die Sonnengöttin hatte noch keine ausreichende Macht. Sie konnte Areshva nicht vor Aggas Rache beschützen.

Schließlich murmelte sie: »Agga … Großmächtige … Verzeih, dass ich mich so unwürdig betragen habe. Ich mache es wieder gut.«

»Du hast die Sache verbockt!«, höhnte Agga herrisch und so laut, dass ihre Stimme überall Staub aufwirbelte, der durch den Raum flog und Areshva zum Niesen brachte. »Das lässt sich nicht richten und deshalb verdienst du es zu sterben. Ich werde alle deine Organe mit Nadeln durchstechen. Ich werde dein Gesicht zerkratzen, deine Augen zerquetschen und alle deine Finger einzeln ausreißen. Und aus deinen Flügeln mache ich Brennholz!«

Areshvas Hände begannen zu zittern. Ein Zucken lief durch ihren Körper, das sie nicht kontrollieren konnte. Die Zähne schlugen ihr so sehr aufeinander, dass sie nicht reden konnte. Nicht nur aus Angst, sondern weil sie sich vor sich selbst ekelte. Sie begann sich für ihren Verrat zu hassen.

Sie war eine untreue Schlange. Sie sollte zertreten werden. Wie konnte sie nur, Agga anzurufen, wo ihr Herz doch nach Lystrella schrie! Agga würde garantiert wieder Opfer von ihr verlangen.

Nein. Sie würde keine Opfer mehr bringen, niemals!

Aber was würde dann aus Silvrin? Ob sie seine Kämpfe gewinnen konnte, nur mit ein paar oberläppischen Magiestäben bewaffnet? Das war mehr als nur unwahrscheinlich. Und er hatte noch ganze drei Kämpfe vor sich. Einer davon war vermutlich der Kriegszug gegen Darghessa. Da konnte sie ihn nicht ohne die Hilfe einer starken Göttin siegreich unterstützen.

Sie musste Agga irgendwie überlisten. Sie musste ihr weismachen, dass es Sinn machte, Areshva am Leben zu lassen und ihr außerdem noch Kräfte zu verleihen, so wie früher.

Bei allen guten Geistern, wie sollte sie das machen? Ihre Gedanken hüpften und sprangen, rotierten, überschlugen sich – und verhakten sich schließlich an einer neuen Idee.

»Agga, hörst du mich? Glaubst du, ich hätte tatsächlich vorgehabt, auf die Macht als Hohepriesterin zu verzichten?«, flüsterte Areshva. »Natürlich nicht! Das war lediglich ein kleiner Bluff von mir, weil ich diese Spinnenhexe ärgern und Pirinas Leben herausschlagen wollte.«

»Lügnerin!«, brüllte Agga sie an. »Mir schmierst du keinen Honig ums Maul, du liederliches Stück Dreck! Du hast der Hohepriesterin doch den Königsring versprochen. Der verleiht ihr grenzenlose Macht! Sobald du ihr diesen Ring in die Hand drückst, ist es aus mit all unseren Träumen!«

»Aber ich werde ihn der alten Schleimhexe nicht in die Hand drücken, verehrte Agga!«

»Natürlich nicht. Du weißt ja nicht, wo er ist. Aber damit rettest du dich nicht. Wenn du deinen Pakt nicht einlöst, stirbst du, hast du das vergessen?«

»Die Alte wird mir verraten, wo der Ring ist und auch, wie ich ihn aus dem magischen Schutz herausreißen kann, unter dem er steckt. Hast du gehört, was sie mir sagte? Niemand kann den Ring berühren, außer mir. Ich werde Zugriff auf den königlichen Ring bekommen. Und du glaubst doch wohl nicht, dass ich das Teil danach meiner größten Feindin schenke? Na, werte Agga? Du kennst mich. Du weißt, dass ich das nicht übers Herz bringe.«

Agga verwandelte sich langsam wieder zurück zu einer Flugmaus und sperrte ihr Mäulchen auf.

»Du wirst dazu gezwungen sein, weil du den Pakt einlösen musst.«

»Nur ein Dummkopf lässt sich zu so etwas zwingen. Ich bringe den Ring in meine Gewalt – also in unsere Gewalt, versteht sich. Und dann, meine großartige, heilige Agga, werde ich unsere gemeinsame Feindin austricksen. Ich werde ihr vorgaukeln, dass ich ihr den Königsring gebe, aber ich werde ihn ihr wieder abluchsen, bevor sie einmal geblinzelt hat, und ihn selbst behalten. Ich löse meinen Pakt ein – und werde Herrin der Welt. Und du, Mutter aller Göttinnen, wirst wie gewünscht Krongöttin werden.«

Agga sprang vom Mühlstein herunter und landete auf einem Haufen Unrat, dass es um sie herum nur so staubte. Sie kniff ihre Augen zusammen und legte den Kopf schief.

»Wenn du schon auf so ein betrügerisches Manöver aus bist, dann planst du höchstwahrscheinlich, mich ebenfalls hereinzulegen. Du wirst versuchen, mich abzuservieren und statt meiner deine verkrüppelte Lichttante zur Krongöttin machen. Gib es zu, Mistkäfer! Ich kenne dich!«

»Das würde ich versuchen, wenn ich könnte!«, rief Areshva verzweifelt und breitete die Arme aus. »Aber rechne dir doch selbst aus, wie es ablaufen wird! Ich muss vier Kämpfe gewinnen. Das schaffe ich nicht ohne deine Hilfe. Danach muss ich nach Kalamachai fliegen, die Blockade der Wächterhexen durchbrechen und die Oberhexe besiegen. Das gelingt mir ebenfalls nur mit deiner Protektion. Dann stehe ich aber schon oben in Kalamachai und bin nur noch einen Fingerbreit von der Macht entfernt. Man kann nicht mal eben zwischen Tür und Angel seine Göttin wechseln, wie du sehr genau weißt. Also bin ich gezwungen, bei dir zu bleiben. Und deshalb werde ich auch gezwungen sein, dich zur Krongöttin zu machen und niemanden anders. Wenn du mir jetzt vergibst. Und wenn du mir hilfst.«

Areshva schüttelte innerlich den Kopf über sich. *Wie ich mich für diese Rede hasse! Der Magen liegt mir schon quer. Und das Schlimmste: Leider ist das alles sehr, sehr realistisch. Wahrscheinlich wird es exakt so ablaufen und ich bekomme nicht einmal die Möglichkeit, Lystrella auch nur auf Wiedersehen zu sagen!*

Agga wedelte verzückt mit den Flügeln. Wolken von Staub umwirbelten Areshva, die mehrfach salvenartig hintereinander niesen musste.

»Krongöttin«, wisperte Agga, leise, als sagte sie das zu sich selbst. Sie plusterte ihre Flügel auf. »Heiß hier.«

»Verzeihst du mir?«, flüsterte Areshva, ebenso leise.

»Wenn du mir ein Opfer bringst? – Heute noch!«, trumpfte Agga auf.

»Nein!«, rief Areshva entsetzt. »Opfer hatten wir in der letzten Zeit bis zum Erbrechen! Kein Opfer. Im Gegenteil, ich will, dass unsere letzte Vereinbarung noch immer gilt. Dass du mir erlauben wirst, die Welt schöner zu machen.«

»Du bist *dreist*! Rasiermesserdreist! Ich könnte dich dafür zerschmettern! Keine Opfer und auch noch Sonderwünsche? Hältst du mich für eine Wattegöttin?«

»Das würde ich nie wagen«, erklärte Areshva demütig. »Aber ich finde den Handel fair. Du wirst

Krongöttin, ich bekomme meine schöne Welt. Wenn du nicht willst … wir können auch auf beides verzichten.«

Agga wischte mit eine Feder über den Staub und wirbelte ihn Areshva ins Gesicht, die sich schnell zur Seite drehen musste und von Neuem nieste. Dann lächelte sie vage.

»Hrrrm … Gut. Also gut. Auf ein neues Opfer verzichte ich jedoch nicht!«

»Doch!«

Agga fletschte die Zähne und fauchte.

»Nein! Das ist mein letztes Wort!«

Und sie verschwand mit einem lauten Ploppen.

Der Staub wirbelte um Areshva herum, nebelte sie ein, kitzelte ihr die Nase, und sie musste mehrfach hintereinander niesen. Sie kauerte sich in sich zusammen.

O Himmel. Was hatte sie Agga für dreiste Versprechungen gemacht? Sie wollte keineswegs Hohepriesterin werden! Da hockte sie jetzt in diesem Loch, hatte für einen Moment davon geträumt, sie wäre kurz vor dem Absprung und könnte endlich zurückkehren auf die richtige Seite, zu den Menschen und der Göttin, die sie liebte … und jetzt? Jetzt bewarf sie sich selbst mit Schlamm und wühlte sich tiefer in den Sumpf, aus dem sie so gerne herauswollte!

Lystrella, ach, du Herrliche, du Süße! Lystrella, kannst du nicht zu mir kommen, weil ich es zu dir nicht schaffe?

Ich muss sie rufen. Rufen und um Hilfe bitten. Vielleicht weiß sie einen Weg!

Sie konnte schon nicht mehr klar denken. Lystrella hatte keine Macht. Areshva müsste ihr erst mal Macht geben. Und das war nicht zu schaffen. Die Mächte der Finsternis würden sofort über sie herfallen. Ganz zu schweigen davon, dass Agga sich die Pest an den Hals ärgern würde und Areshva noch eine saftige Strafe bekäme.

Lystrella. Lystrella.

Wenn sie den Namen schon denken konnte, warum rief sie die Göttin nicht? Sie sollte sie rufen. Egal, was passieren würde. Sie wollte keine Betrügerin sein. Wenn sie doch wieder so unschuldig und lieb sein könnte wie Pirina!

Ach Lystrella!

Sie kämpfte mit sich Stunde um Stunde. Ihre Sehnsucht nach der verlorenen Göttin war so lange verschüttet gewesen. So viele Wochen und Monde hatte sie sich verboten, an sie zu denken. Aber seit gestern kam es ihr vor, als sei Lystrella in ihrem Kopf wiedergeboren, klein, süß und hilflos, und bettelte nun darum, auch in der äußeren Welt wiedergeboren zu werden.

Warte ein bisschen ab, hab etwas Geduld, weil ich zuerst Silvrin retten muss! Aber gleich danach hole ich dich, versprochen!

Die Botschaft

Die Nacht nahm schier kein Ende. Areshva presste sich gegen den dreckigen Fußboden, schrappte mit den Fingern über die ausgedellten Balken und verging fast vor Sehnsucht danach, ihre so lange verschwundene Göttin endlich zu rufen. Der Schmerz, sie wieder im Stich lassen zu müssen, verursachte ihr körperliche Pein und quälte sie derartig, dass sie keine Ruhe fand. Erst gegen Morgen verlor sie sich in einem oberflächlichen Schlaf voller konfuser Träume.

Das Knarren der Eingangstür weckte sie. Areshva erwachte von dem Rascheln und Wispern in ihrer Nähe. Schritte tapsten an ihr vorbei. Sie richtete sich auf, verwirrt und übernächtigt. Jemand hatte die Eingangstür geöffnet. In der Mitte des Zimmers stand Prinzessin Isimela, begleitet von zwei Damen. Durch die offene Tür fielen die Strahlen der Morgensonne in den Raum, die Isimelas feinen blonden Haare wie reines Gold erglänzen ließen. Mit ihrem Spitzenkleid und den diamantbesetzten Schnüren, die es verzierten, sowie einer goldenen Krone auf dem Kopf sah sie wie eine Königin aus einem Traumreich aus.

Areshva wurde sich nur zu gründlich bewusst, wie sehr sie gegen diese Schönheit abfallen musste, mit ihrem verheulten Gesicht, der verwilderten schwarzen Haarmähne, den abgerissenen Wildlederklamotten, dem zerknitterten Hemd und den unscheinbaren Magiestäben in ihrem Gürtel. Sie trug nicht einmal Schuhe, im Sommer ging sie barfuß. Kein Mann von Verstand würde sie anschauen, wenn diese Schönheitskönigin in der Nähe wäre. Hoffentlich hatte Silvrin den Rest der Nacht mit seinen Leuten diskutiert und war nicht wieder zu ihr heruntergekommen.

Allerdings war sie sich sicher, dass Isimela ihn bestimmt abgepasst hatte. Wie das Treffen zwischen ihnen wohl abgelaufen war? Ob er sie mit auf sein Zimmer genommen hatte? Bei der Vorstellung wurde sie so wütend, dass sie die Prinzessin am liebsten gewaltsam aus der Mühle herausgeschleudert hätte.

Hastig wischte sie sich zweimal kräftig über die Augen. Das fehlte noch, dass die Schickse sah, wie elendig sie sich fühlte.

»Wann kommt der Bote der Göttin?«, fragte sie kurz angebunden.

»Das bin ich, hast du das vergessen?«, erwiderte Prinzessin Isimela.

»Warum hast du mir deine Nachricht dann nicht gestern Abend überbracht? Warum wolltest du, dass ich so schnell von dem Bankett verschwinde? Die ganze Nacht in diesem Loch, besten Dank!«

Prinzessin Isimela gab keine Antwort. Sie ringelte eine ihrer Goldlocken mit ihrem Zeigefinger und schien sich erst mal überlegen zu müssen, wie sie ihre Nachricht verpacken sollte. Areshva durchfuhr der unselige Gedanke, dass Isimela den Rest des gestrigen Festes an der Seite des Fürsten verbracht und also massenhaft Zeit gehabt hatte, ihn ebenso wie ihre Haare um ihre gepuderten Finger zu wickeln. Wie glühende Kohlen brannte ihr diese Vorstellung im Herzen.

»Warst du in der Nacht auf seinem Zimmer?«

»Wie bitte?«

»Du hast mich verstanden.«

»Das gehört sich nicht für dich, mir so eine Frage zu stellen«, versuchte Isimela sie zu belehren. Dabei verriet sie sich, ohne dass Areshva weiter fragen musste. Diese atmete erleichtert auf.

»Also nicht! Brav.«

Wieder starrten sie einander an wie zwei Tigerinnen, die sich gleich anspringen werden. Prinzessin Isimela wollte einfach nicht heraus mit ihrem Anliegen.

»Was hat er auf dieser Konferenz besprochen?«, fragte Areshva gespannt.

»Woher soll ich das wissen?«

»Es ging um die Quota, soviel ich hörte.«

»Ich weiß es nicht. Silvrin war sehr wütend, als er zurückkam. All die anderen, die Fürsten, die Regimentsführer, die Priesterinnen … die sind ihm nachgetrippelt wie die Küken der Henne, haha, sogar mein Vater!« Prinzessin Isimela kicherte schamhaft. »Sie fressen ihm schon aus der Hand!«

In der Ferne krähte ein Hahn.

Die Zauberin ging im Raum auf und ab, unruhig und angespannt. Zuletzt hüpfte sie auf den Mühlstein, genau auf die Stelle, von der aus Agga sie in der Nacht traktiert hatte.

Prinzessin Isimela sah ihr angewidert zu.

»Übrigens, deine Lichtergöttin hat einen Auftrag für dich«, sagte sie schließlich.

Lystrella! Der Name klingelte in ihrem Kopf wie eine Turmglocke.

»Endlich!«, rief sie aufatmend. Sie sprang von dem Mühlstein wieder herunter. »Was ist es? Was wünscht sie von mir?«

»Silvrin ist in Lebensgefahr. Beringlida hat mir erzählt, dass ein Todesorakel über ihm hängt, und mein Vater hat das bekräftigt. Ich habe solche Angst um ihn. Stell dir vor, er soll viermal hintereinander von schrecklichen Gegnern angefallen werden, von denen jeder einzelne ihn umbringen kann!«

Areshva winkte ab.

»Das weiß ich schon.«

»Kannst du das abwenden? Irgendwie?«

»Kann ich.«

»Wirklich? Aber Beringlida hat gesagt, es wäre ganz unmöglich, ein Orakel zu verändern.«

»Das ist auch ganz unmöglich. Außer für mich, versteht sich. Und wenn du einen Beweis haben willst: Den ersten Gegner haben wir gestern schon erledigt, wie du mit eigenen Augen gesehen hast.«

»*Wir?* Wieso? Aha, verstehe, deshalb warst du in dem Saal.«

»*Deshalb.*«

Prinzessin Isimela klatschte in die Hände. »Das ist perfekt! Aber die anderen drei Gegner? Besiegst du die auch?«

»Sogar mit links.« Areshva nickte. »Silvrin ist leichtsinnig. Warum rennt er in einen Kampf, wo er keine Chance hat? Es war doch klar, dass sein Gegner nicht fair kämpfen würde. Silvrin würde sich auch ohne Orakel den Kopf einrennen.«

Prinzessin Isimela lächelte, aber nicht lange.

»Jetzt ernsthaft«, sagte sie und sah Areshva mit großen Augen an. »Ich dachte, du könntest ihm vielleicht ein Schutzamulett gegen alles Böse fertigen?«

»Ein Amulett ist gut. Eine Art Grundsicherung. Aber bei dem Orakel, das über ihm liegt, reicht das nicht aus.«

Prinzessin Isimela fuhr mit der Hand langsam und zögernd durch ihre langen, goldglänzenden Haare.

»Grundsicherung ist besser als nichts«, erklärte sie
schließlich. »Fertige das Amulett!«

»Gut. Ich bringe es ihm noch vor dem Frühstück.«

»Nein! Nicht du. Ich bringe es ihm selbst.«

»Nicht nötig!« Areshva fing an, mit schnellen
Schritten in dem kleinen Raum herumzulaufen. »Ich
mache ihm das Amulett.« Sie zeigte auf sich. »Also *bringe*
ich es ihm auch.«

»Auf *keinen* Fall!«, erwiderte Isimela im Befehlston,
als spräche sie zu einer Kammerzofe. »Das Einzige, was
du selber machen darfst, ist, seinen Arm zu heilen, denn
das schafft keine von unseren Kräuterhexen. Er muss
richtig Schmerzen darin haben. Beim Essen kann er
keinen Löffel damit festhalten und hält es auch nicht
aus, wenn man ihn umarmen will. Das kannst du doch
heilen, oder?«

Areshva schüttelte den Kopf.

»Nein. Das hätte ich schon längst kuriert, wenn ich
könnte. Aber die herrschenden Götter verfügen nicht
über Heilsprüche.«

»Gar nicht gut. Das behindert ihn sehr. Denk doch
nach, Areshva. Dir fällt etwas ein!«

»*Behindert ihn?*« Areshva holte einen Magiestab aus
ihrem Gürtel, mit dem sie ein bisschen hin und her
wedelte. »Wo denn? Er hat doch sogar diesen unseligen
Kampf gewonnen. Mit links. Was willst du mehr?« Sie
warf der Prinzessin einen sarkastischen Blick zu. »Und
dass du ihn nicht umarmen kannst, muss nicht
unbedingt ein Schaden sein.«

Prinzessin Isimela stemmte die Hände in die Seiten.

»Gut, dass du davon anfängst. Ich habe dir noch eine
sehr wichtige Botschaft mitzuteilen. Die Göttin der
Sonne will, dass Silvrin und ich heiraten. Das ist die
Grundbedingung für alles andere, das sie darauf
aufbauen wird. Verstanden?«

Areshva vergaß fast zu atmen und hatte für einen Moment das Gefühl, sie würde gleich in Ohnmacht fallen. Wie bitte – was? *Heiraten?* Sie stolperte rückwärts gegen die Wand und schloss die Augen.

O du heilige Göttin, nein! Alles, aber nicht das!

»Silvrin von Aravenna ist mir bestimmt«, fuhr Isimela energisch fort. »Du lässt ihn in Ruhe! Du kommst ihm nicht nahe, du fasst ihn nicht an, du blickst ihn nicht einmal an! Und vor allem redest du nicht mit ihm! Und wehe dir, wenn du ihm sagst, dass ich dir das alles verboten habe! Das ist ein Befehl der Göttin! Ist das klar?«

Areshva ballte die Fäuste und ließ sie dann resigniert wieder sinken. Isimelas Worte trafen sie mit ungeheurer Wucht. Wie ein Schlag direkt in die Magengrube. Nicht genug, dass Isimela ihr keine Chance bei Silvrin geben wollte, aber ihr noch zusätzlich das Wort und sogar selbst Blicke zu verbieten, das war niederschmetternd. Als ob sie zu einer Sklavin reduziert wurde, zu einem Wurm, der nur noch anderen zu Füßen herumkriechen darf! Als ob sie kein Leben mehr hätte. Also nichts, was dieses Wort verdiente. Denn was war ein Leben ohne ihn?

Es war tot und leer.

Denn er war alles für sie.

Sie erschauerte, als ihr das klarwurde.

»Hast du mich gehört, Areshva?«, keifte Prinzessin Isimela.

»Das kann nicht der Wille der Göttin sein«, stammelte die Zauberin mit gebrochener Stimme. »Das ist deine eigene Idee. Gib es zu! Du nutzt deine Position aus.«

»Ich bin die Botin der Göttin und aus mir spricht ihre Stimme. Wunderst du dich, dass die Göttin Silvrin liebt und ihm eine würdige Partnerin wünscht? Kannst du das nicht nachvollziehen?«

Areshva holte keuchend Luft. Schwer atmend ging sie auf und ab.

»Isimela, wenn ich ihm nicht beim Kämpfen helfe, dann stirbt er. Er hat noch drei gefährliche Feinde gegen sich.«

»Das Kämpfen hab ich dir ja nicht verboten.«

»Sei nicht naiv! Wie soll ich für ihn kämpfen, ohne dass er mich sieht? Ich kann mich nicht unsichtbar machen. Und soll ich schweigen, wenn er mich anspricht? So tun, als wäre ich plötzlich taub geworden?«

»Ja! Es ist nicht nötig, Konversation zu betreiben.«

»Aber wenn es nun um Leben um Tod ginge? Dürfte ich auch dann kein Wort zu ihm sagen?«

»Wenn es um sein Leben geht, machst du alles, was dazu notwendig ist, aber nichts darüber hinaus! Klar?«

»Verflucht!«, schrie Areshva. »Verflucht, verflucht!«

Langsam schritt sie auf Isimela zu, die sich erschrocken und mit weit aufgerissenen Augen gegen die an vielen Stellen löchrigen und abgebrochenen Bretter an der Wand des Raumes presste. Areshva hob drohend ihren Magiestab.

»Und wenn du lügst?«, zischte sie.

Nur das stoßweise Atmen der Prinzessin war zu hören.

»Die Göttin lügt nicht«, keuchte Isimela. »Gehorche ihr, und sie gibt dir eine Chance. Deine einzige Chance. Die Chance, auf die du schon seit vielen, vielen Monden wartest. Die darfst du nicht verpassen.«

Areshva setzte ihren Magiestab in Flammen und fuchtelte damit in der Luft herum. Plötzlich überkam sie die sehr intensive Versuchung, diese ganze Mühle einfach abzufackeln, und alle, die darin waren.

Lystrella war vermutlich ebenso rasend vor Wut wie Agga. Wie sehr hatte Areshva die Sonnengöttin enttäuscht. Sie hatte sie im Stich gelassen, hatte ihr nicht vertraut, hatte sie verraten. Wahrscheinlich verlangte sie deshalb so ein Opfer von ihrer Dienerin.

Sie will mir Silvrin nicht geben, weil ich ihn nicht verdient habe. Weil ich die flehentlichen Rufe der Lichtgöttin ignoriert und keinen Kontakt zu ihr aufgenommen habe, als sie mich rief. Deshalb habe ich keine andere Wahl. Beinahe hätte sie vor aller Augen geweint. Sie hatte keine andere Wahl, als sich den Wünschen der Göttin zu fügen, um ihr zu zeigen, dass sie wahrhaftig auf ihrer Seite stand und sich nichts sehnlicher wünschte, als wieder ihre Dienerin zu sein.

Was sollte sie machen? Sich dagegen auflehnen? Vielleicht hatte sie ja noch andere gute Gründe, ihr Silvrin zu verweigern. Vielleicht wollte sie ihr die schmerzvolle Erfahrung ersparen, dass Silvrin sie sowieso nicht ausstehen konnte. Dass er nur nett zu ihr war, weil er glaubte, sich für ihre Hilfe bedanken zu müssen.

Areshva drehte der Prinzessin den Rücken, ging zum lädierten Mühlstein, schleuderte ihren halb verbrauchten Magiestab in die hinterste Ecke des Raumes und stützte sich schwer auf die Steinplatte. Sie hatte plötzlich das Gefühl, als wäre sie am Ende der Welt angekommen und dabei uralt geworden.

»Schön«, sagte die Prinzessin, als sie sich wieder gefasst hatte. »Dann weißt du ja jetzt, was du zu tun hast. Du kannst verschwinden. In Aravenna ist jetzt alles ruhig. Wir brauchen dich hier nicht mehr. Ich lasse dich rufen, wenn er zum Kriegszug nach Darghessa aufbricht.«

Areshva hob den Kopf und fixierte die Frau, die ihr unverständliche Befehle gab.

»Nicht so schnell. Du kannst mich nicht einfach wegschicken. Nicht so! Wieso will die Göttin, dass er eine Ignorantin wie dich heiratet? Was soll das denn ihm und unserem Land bringen? Hm?«

»Das weiß ich nicht, aber die Göttin hat einen Plan.«

»Dann sag mir, was das für ein *Plan* ist.«

Inzwischen war die Prinzessin jedoch schon etwas mutiger geworden. Sie lachte.

»Warum ich? Rede mit der Göttin darüber.«

»*Rede mit der Göttin*, wie denn? Ich kann sie in meiner Lage nicht rufen, das wäre glatter Selbstmord!«

Die Rache der Agga möchte ich nicht erleben.

»Ist das mein Problem? Jedenfalls sollst du jetzt gehen. Da ist die Tür.«

Prinzessin Isimela und ihre Begleiterinnen verließen die Mühle.

Eine der Dienerinnen blieb jedoch hinter den anderen zurück und drehte sich noch einmal zu Areshva um. Gedankenverloren spielte sie mit einer kleinen Kette um ihren Hals. Daran baumelte ein kleiner schwarzer Anhänger in Form einer Spinne.

Areshvas Blicke bohrten sich in das glänzende Insekt.

»He!«, fauchte sie. »Da ist doch was faul. Bist du ...?«

»Ja, ich bin.« Die Spinnendienerin lachte. »Frisch eingeflogen von der Hohepriesterin aus Kalamachai. Auch ich habe eine Botschaft für dich. Es ist an der Zeit, den Königsring zu besorgen, und ich will dich darüber informieren, wo du ihn findest.«

»Sehr gut, wo ist er?«

»In Pallanthia.«

Areshva lachte.

»Unsinn, verehrte Spinnenfreundin! Meine Leute in Pallanthia haben den Ring nicht, sie suchen selbst nach ihm. Meinen neuesten Informationen nach befindet er sich in Estedt.«

»Du bist im Irrtum. Der Ring ruht am Finger des alten Königs, der in Pallanthia aufgebahrt liegt.«

»Da ruht er eben nicht! Der alte König, der ermordet wurde, trug zwar zu Lebzeiten den Ring an seinem Finger, aber er starb in Millesana. Als seine Leiche nach Pallanthia überführt wurde, war der Königsring verschwunden. Die Millesaner haben ihn gestohlen. Meine Lehrmeisterin Kirisha glaubte lange, er wäre irgendwo im Palast von Millesana versteckt.«

»Niemand hat diesen Ring nach dem Tod des Königs je berührt, weil das nicht ging«, verbesserte sie die Dienerin. »Er ziert immer noch den Finger seines verstorbenen Besitzers.«

»Ich habe das Mausoleum gesehen. Es befindet sich im Tempel von Pallanthia, wo ich in die Lehre gegangen bin. Ich habe auch die Leiche des Fürsten gesehen. Der Ring ist verschwunden!«, rief Areshva erregt. »Oder die Pallanthier sind alle blind. Unsichtbar kann er auch nicht sein, denn die Priesterin Kirisha hat nach Verdeckungszaubern gesucht. Der Ring kam niemals in Pallanthia an.«

»Langsam biegen wir auf die richtige Spur ein.« Die Fremde grinste. »Nicht nur der Ring, auch sein Besitzer kam damals nicht in Pallanthia an. Der Leichnam, den eure Leute nach Pallanthia überführt haben, wurde vertauscht. Anstelle des Fürsten transportierten sie jene kleine Estedter Prinzessin, die Verlobte des Fürstensohnes Zekyelan von Aravenna, die ebenfalls in Millesana ermordet wurde. Auf beiden lag ein Zauber, der ihr Aussehen vertauschte.«

»So einen Zauber kenne ich nicht, der das Aussehen eines Menschen auf einen anderen überträgt!«, wehrte Areshva entschieden ab.

»Den kennst du nicht, weil du ihn nicht nutzen könntest. Es handelt sich hierbei um einen Zauber, den nur eine Hohepriesterin anwenden kann. Unsere erhabene Hohepriesterin, meine Herrin, hat diesen Zauber auf die beiden Leichname gesetzt und absichtlich dafür gesorgt, dass sie vertauscht wurden. Denn sonst wäre der Körper des toten Königs in seine Heimat nach Pallanthia zurückgekehrt und eure Priesterin Kirisha und ihr Verbündeter Ishtangar hätten den Königsring an sich nehmen können, den er trug … und sie wäre zusammen mit der Lichtgöttin, zu der sie betete, neue Hohepriesterin geworden! - Welche eine Katastrophe wäre das für uns gewesen! Natürlich hatte meine Herrin, unsere erhabene Hohepriesterin, selbst den Wunsch, den Königsring an sich zu nehmen. Unglücklicherweise hatte der Tote ja den Lichtgöttern gedient, darum lag ein Lichtzauber auf seinem Ring und sie als Dienerin dunkler Götter konnte ihn deshalb nicht berühren. Sie verstand aber sofort, dass Kirisha von Pallanthia und ihr Verbündeter Ishtangar ihn berühren und anwenden könnten, denn diese beteten damals ja noch zu Lichtgöttern. Natürlich durfte sie deshalb auf keinen Fall erlauben, dass die Priesterin Kirisha den Ring in die Finger bekam, denn dadurch war ihre Macht bedroht. Deshalb vertauschte sie das Aussehen der Leichen. Aufgrund der Aufregung und des Chaos im Palast nach den Morden kam niemand auf die Idee, im Estedter Sarg nach dem Ring zu suchen. Dadurch gerieten der tote Pallanthier nach Estedt und die verstorbene Estedterin nach Pallanthia.«

»Demnach verstecken sie den Ring also heute in Estedt?« Areshva war verwundert. »Aber das müssen die Estedter in all den Jahren doch irgendwann erkannt haben!«

Die Botin nickte.

»Gewiss, sogar schon kurz nach der Ankunft in Estedt. Du kannst dir vorstellen, dass den Palast die allergrößte Aufregung heimgesucht hat. Aber, wie meine Herrin vorher wusste, konnten auch die Estedter den Ring nicht berühren, denn auch sie beten dunkle Götter an. Er blieb jahrelang in ihrem Besitz und wurde jahrelang von ihnen geheim gehalten. Natürlich hofften sie, den Zauber eines Tages brechen zu können, aber es gelang ihnen nicht. Bis zu dem Tag, an dem Kirisha von Pallanthia zu den Göttern der Finsternis konvertierte. Der Wechsel ihrer Zauberkraft löste den Zauber auf, der das Aussehen der Leiche verschleiert hatte. Dadurch erkannte die Priesterin von Pallanthia ihren Irrtum. Denn es lag plötzlich eine tote Estedter Prinzessin im Mausoleum, das dem ermordeten König zugedacht war.

Daraus schlussfolgerte sie, dass König Thyrangar sich nach Estedt verirrt hatte, und sie zahlte eine saftige Summe für den Austausch von zwei Leichen und deren heimlichen Transport durch die Wälder zurück an ihren Bestimmungsort. Seit einem Jahr ruht der Leichnam eures alten Königs wieder an seinem rechtmäßigen Platz, dem Mausoleum am Tempel von Pallanthia.«

»Und der Königsring?«

»Muss ich mich wiederholen? Er ziert schon seit zwanzig Jahren den Finger seines Besitzers.«

»Also ist er tatsächlich in Pallanthia? Aber dann hätte Kirisha den Ring an sich nehmen und benutzen können!«

»Nein! Das hat sie bereits erfolglos versucht. Es gibt niemanden mehr in Pallanthia, der den Ring berühren kann. Niemanden im ganzen Land. Denn es ist ein Lichtring.«

»Du sagtest vorhin, die Hohepriesterin hätte Angst davor gehabt, dass Kirisha ihn benutzen könnte.«

»Das war, als sie noch auf der anderen Seite stand. Inzwischen ist sie eine von uns.«

»Und du glaubst, der Ring würde mir erlauben, ihn zu berühren? Auch ich bete zu einer dunklen Göttin.«

»Ich bin sicher, dir fällt etwas ein, wie du dieses Problem umgehen kannst.«

Am Tempel von Pallanthia

In der Ferne kamen die Stadtmauer und die zwölf goldenen Türme des Schlosses von Pallanthia in Sicht. Sie leuchteten wie zwölf kleine Sonnen und ihr Glanz spiegelte sich noch auf den Dächern der Stadt, sodass es über allen Häusern glitzerte.

Heute konnte Pirina die Schönheit der ehemaligen Königsstadt jedoch nicht genießen. Sie hatte einen Kloß im Hals. Wenn sie doch nur eine Möglichkeit hätte, Areshva von dem abzuhalten, was sie plante. Den Königsring aus dem Tempel der Priesterin zu stehlen – das durfte sie nicht! Den gesamten Weg über grübelte sie schon darüber, wie sie ihr das ausreden könnte. Aber Areshva war unnahbar. Sie hockte blass und verkrampft auf ihrem Pferd, starrte in die Ferne und hörte nicht, was Pirina ihr sagte. Die Schülerin war ratlos. Sie versuchte, sich Rovianas heilige Worte ins Gedächtnis zu rufen, aber sie fielen ihr nicht mehr ein. Das Spital, der Tempel, alles war so weit fort. Sie war allein mit einer Herrin, die sie nicht verstand. Damals in Rheskali hatte sie am liebsten wegrennen wollen, weil sie sich fast zu Tode gefürchtet hatte. Sie hatte immer noch Angst, aber inzwischen auch Hoffnung. Areshva war immerhin dabei, sich mit ihrer bösen Göttin zu zerstreiten. Oh ja, auch wenn Pirina Aggas Beschimpfungen nicht hörte, aber sie verstand Areshvas Antworten. Ihre Meisterin weigerte sich immer noch standhaft, neue Opfer zu bringen. Das war ein gutes Zeichen. Hoffentlich hielt sie durch.

***

Die Stadttore standen weit offen. Pirina und Areshva schlossen sich einer Gruppe fahrender Händler an, die mit ihren Wagen gerade den Eingang in die Stadt passierten. Dahinter bogen sie gleich auf die Parkallee ab, die zum Tempel führte. Nach ein paar Straßenzügen gelangten sie in den Park, der die heilige Stätte umschloss. Es war noch zu erkennen, dass er einmal prachtvoll gewesen sein musste. Hohe Kastanienbäume säumten rechts und links den Weg. Zu den Seiten führten Efeubögen in kleine Kieswege. Rosengärten und Tulpenbeete schlossen sich an, in die jedoch Fäulnis eingedrungen war, sodass zahlreiche Blüten verwelkt waren. Ein ovaler, hoffnungslos versumpfter See präsentierte sich inmitten einer Kräuteranlage, in der viele Stängel am Boden lagen, so als wäre eine Horde Wildschweine darüber getrampelt. Areshva lenkte ihr Pferd auf einen seitlichen Pfad.

»Du gehst allein in den Tempel«, erklärte sie bestimmend zu Pirina. »Ich warte in dem kleinen Wäldchen da drüben auf dich. Es ist besser, wenn ich Kirisha nicht unter die Augen trete. Nicht dass meine alte Lehrmeisterin mich ausgerechnet dabei erwischt, wie ich ihr den Königsring unter der Nase wegklaue.«

»Aber was soll ich im Tempel machen?«, fragte Pirina erschrocken. »Was soll ich zu der Priesterin sagen, wenn sie mich fragt, was ich will?«

»Du gehst einen kleinen Seiteneingang rechts hinein und sagst, du hättest viel von den erlesenen Kunstwerken gehört, die im Tempel stehen, besonders von Zertá, und ob du seine Gemälde und Denkmäler besichtigen darfst. Wenn sie dich herumführen, nachdem du sieben oder acht Gegenstände gesehen hast, sagst du, du hättest ein Gerücht gehört, dass es noch besonders schöne Schnitzereien im Mausoleum geben soll, und ob es erlaubt ist, dass du sie bewunderst. Darüber wird sich keiner wundern. Es kommen ab und zu Kunstliebhaber und bestaunen das Mosaik in den Fenstern des Mausoleums oder die Malereien an der Decke.«

»Na gut.« Pirina nickte ergeben. »Und was willst du in der Zwischenzeit tun?«

»Nichts. Ich warte auf dich.«

»Wirklich?« Ein Strahl leuchtender Hoffnung durchströmte ihre Brust. »Willst du den Ring nicht mehr stehlen?«

»Doch.« Areshva blickte Pirina ernsthaft in die Augen.

Natürlich. Sie hätte es wissen müssen.

»Aber du schaffst es gar nicht!«, rief Pirina drängend. »Die Spinnenbotin sagte, niemand kann den Ring berühren. Wieso glaubte sie, dass du es kannst?«

»Dieses Schmuckstück ist ein alter Lichtring, er diente immer der Sonnengöttin. Was glaubst du, wen betrachtet er als seinen Feind?«

»Alle, die zu den Göttern der Dunkelheit beten?«

»Exakt.«

»Wie sollst du dann den Ring nehmen können? Er wird dich auch für eine Feindin halten.«

»Nicht ich«, erläuterte Areshva langsam. »Sondern du wirst ihn stehlen. Du bin unschuldig, du bist rein. Dir verweigert er sich nicht.«

»Nein!«, schrie Pirina auf. »Verlang das nicht! Ich kann nicht!«

»Wenn du dich weigerst, stirbt Silvrin. Und wenn er stirbt, ist alles verloren. Begreifst du nicht, er hat Waffen gegen die Götter der Dunkelheit, er kann sie besiegen.«

»Wie kannst du dir das einbilden? Er ist ein Mann, er kann nicht mal richtig zaubern! Wie soll er das machen?«

»Keine Ahnung. Aber er wird. Die Götter der Finsternis zittern vor ihm. Sie müssen einen Grund dafür haben. Bitte, Pirina, ich werde nie wieder Hässliches von dir verlangen, aber dies darfst du nicht verweigern.«

Pirna schluckte heftig. Eine hilflose Schwäche legte sich auf ihre Brust, Arme und Beine.

»Ich bin doch keine gemeine Diebin!«, protestierte sie. Aber ihre Stimme war ebenso kraftlos wie ihr Körper. »Müssen wir den Ring wirklich klauen? Können wir nicht fragen, ob die Priesterin ihn uns ... verkauft?«

Areshva lachte freudlos.

»Dummkopf. Die Meisterin wird ihn mir niemals freiwillig überlassen. Sie müsste doch denken, wenn ich den Ring unseren Feinden geben will, wäre das ... na ja ... Hochverrat.«

»Und das wäre es auch, Areshva«, erwiderte Pirina schaudernd. »Dass wir den Königsring haben, ist doch unser einziger Vorteil gegen die Bösen. Willst du wirklich so einen Vorteil in einen Nachteil verwandeln?«

»Ich muss!«, fauchte Areshva. »Silvrins Leben hängt davon ab und an ihm hängt die ganze Welt. Los jetzt! Benimm dich anständig, Pirina! Wenn du die Priesterin siehst, sei nicht so schüchtern und sieh sie nicht schuldbewusst an. Halt den Kopf hoch und tritt auf mit Würde. Du darfst auf keinen Fall Angst haben! Bist du bereit?«

»Aber du hast Angst«, erwiderte Pirina, die sah, wie Areshvas Hände zitterten.

»Hab ich nicht!«, fauchte Areshva und holte tief Luft. »Ich habe nur ewig nicht mit ihr gesprochen und in den letzten Monden hat sie mich zweimal verflucht.«

»Was du verdient hattest.«

Areshva wühlte ihre Hand in ihre Haare und starrte zum Tempel hin. »Ja«, gab sie leise zu.

»Areshva!«, bettelte Pirina, da sie spürte, wie sich Areshvas Stimmung änderte, wie die Nähe zu ihrer früheren Lehrmeisterin alte Erinnerungen und Sehnsüchte in ihr weckte. »Aber du liebst sie doch, nicht wahr?«

»Was hilft uns das?«

»Du musst sie nicht hintergehen und nichts stehlen. Du kannst einfach hingehen und Kirisha um Verzeihung bitten.«

»*Verzeihung?*« Areshva lachte resigniert. »Wie soll sie mir denn *verzeihen*. Ich bin nichts als ein mieser dreckiger kleiner Wurm, der in allem versagt hat, was irgendwann mal wichtig gewesen wäre. Und sie ist diejenige, die das am besten weiß.«

Sie seufzte tief.

»Los jetzt, Pirina. Den Ring findest du in dem Sarg im Mausoleum. Aber vergiss nicht, du erkundigst dich lediglich nach den Kunstwerken, damit sie nicht Verdacht schöpfen. Sei tapfer.«

Areshva streckte ihr die Hand entgegen, um sie abzuklatschen, so als wünschte sie ihr Glück zu einem großartigen Wettkampf. Pirina konnte nicht anders, als einzuschlagen. Dann wendete Areshva ihr Pferd und trabte zu einem nahen Birkenhain hin. Pirina stand geraume Zeit wie angewurzelt.

***

Der Parkweg führte auf verschlungenen Wegen durch einen von Unkraut überwachsenen Blumengarten. An seinem Ende erhob sich ein unförmiges schwarzes Gebäude mit doppelt geschwungenem Dach und Säulen vor dem Eingang. Eine hohe Treppe mit so vielen Stufen, dass Pirina sie nicht zählen konnte, führte hinauf. Auf den Stufen stand eine lange Schlange von Besuchern in Reih und Glied. Die vordersten Gäste befanden sich ganz oben, zwischen den vier steinernen Fledermausstatuen, an die sich Pirina noch mit einigem Schaudern erinnerte, denn die hatte sie vor langer Zeit schon einmal gesehen, als sie mit Dara hier gewesen war. Damals hatten sie sich brav in die Schlange eingereiht und stundenlang gewartet, bis die Tempeldienerinnen sie endlich hineingelassen hatten. Im Inneren des Gebäudes angekommen, hatte die Priesterin kaum mehr als drei Worte mit ihnen gewechselt und sie dann gleich wieder hinauskomplimentiert.

Pirina hatte nicht die Geduld, so lange zu warten. Gemäß Areshvas Rat drängte sie sich seitlich an der Schlange vorbei zu einem niedrigen und vor allem unverschlossenen Seiteneingang.

Drinnen war alles finster und Pirina brauchte eine Weile, bis sie sich an die Dunkelheit gewöhnt hatte. Eine dumpfe Musik dröhnte um sie herum, die sich anhörte wie eine Orgel, die nur mit Basstönen spielte. Sie öffnete eine weitere Tür, die in eine hohe Halle führte. In ihrer Mitte standen zahlreiche imposante Statuen der Göttin, die hier angebetet wurde. Rechts sah sie eine in der Form einer gewaltigen Fledermaus, grünlich strahlend. An den Seiten der Halle flackerten zahlreiche kleine Kerzen in einer langen Reihe. Eine Wendeltreppe führte nach oben, deren Konturen ebenfalls von Kerzen beleuchtet waren. Ganz hinten erkannte Pirina das schwarze Glimmern einer Kristallkugel, die höher war als ein Haus. Dunkle Energie wogte darin wie ein gefangenes Meer. Mehrere Gruppen von Tempeldamen redeten hier und dort mit Gästen oder schritten mit wehenden Umhängen durch die Halle. Eine von ihnen blieb geradewegs vor Pirina stehen.

»Herzlich willkommen im Tempel von Pallanthia«, grüßte sie freundlich. Dann erhob sie eine Hand. »Es ist allerdings nicht üblich, dass Gäste zur kleinen Tür hereinkommen. Diese ist den Schülerinnen vorbehalten.«

»Ich …ich bin ja auch von einer ehemaligen Schülerin hergeschickt worden«, stotterte Pirina verlegen.

Ups. Das hätte ich jetzt nicht sagen sollen.

»So?« Die Tempeldienerin hob die Augenbrauen. »Welche *Ehemalige*? Du sprichst nicht von der abtrünnigen Bisanell, oder von …«

Sie verstummte. In ihre Augen trat ein unstetes Flackern.

»Areshva«, flüsterte Pirina kaum hörbar.

»Wie bitte?« Die Dienerin holte schnaufend Luft. »Sagtest du tatsächlich … *Areshva*?«

»Sie traut sich nicht rein. Eigentlich wollte sie die ehrwürdige Priesterin Kirisha um Verzeihung bitten, aber …« Pirina sprach schnell und flehentlich. Die Worte purzelten einfach aus ihr heraus. Sie wusste selbst nicht, was in sie gefahren war.

Die Dienerin der Priesterin erhob eine Hand, als wollte sie Pirina zurechtweisen, ließ sie aber gleich darauf wieder sinken.

»Das muss ich Kirisha melden.«

»Nein, nein, verzeiht! Ich hätte das nicht sagen sollen. Eigentlich wollte ich …« Pirina musste ihren Fehler wiedergutmachen. Was war los mit ihr? Warum plapperte sie Geheimnisse aus wie ein dummes Kleinkind? »Also, ich wollte bitte eure Kunstwerke sehen. Hier sollen sehr schöne Bilder sein, hat mir jemand gesagt. Von einem berühmten Mann namens ...« Wieder stockte sie. Wie hieß er noch gleich? »Einem sehr bekannten ... Künstler.«

»Zertá?«

»Den meinte ich! *Zertá.*«

Die Tempeldienerin drehte sich um und winkte eine ihrer Kolleginnen herbei, eine Skeff mit langen Flügeln, die bis auf den Boden reichten.

»Tihaya, hier ist ein kleines Mädchen, das Kunstwerke betrachten möchte. Kannst du sie herumführen?«

Die Skeff näherte sich. Kaum hatte sie Pirina begrüßt, da verabschiedete sich die Dienerin und hastete die Wendeltreppe hinauf.

Jetzt läuft sie zur Priesterin Kirisha und erzählt ihr von Areshva, dachte Pirina mit Schaudern. *Wie wird sie wohl darauf reagieren? Ich hätte das nicht sagen dürfen. Vielleicht habe ich alles zerstört.*

Durch einen Mittelbogen der Kristallhalle gelangten Pirina und Tihaya zu einer überdimensionalen Säule mit einer Fledermausfigur an ihrem oberen Ende. Diese sah genauso aus wie jenes putzige Tierchen, das damals so einschmeichelnd zu ihr gesprochen und ihr erlaubt hatte Betten zu zaubern. Nur dass dieses hier um einiges größer war.

Tihaya rutschte vor der Statue auf die Knie und senkte den Kopf.

»Gegrüßt seist du, erhabene Agga, Herrin dieses Tempels! Geheiligt sei dein Name. Dein Reich komme. Dein Wille geschehe!«

War das wirklich nur ein steinernes Denkmal? Die Augen dieses enormen Fledertieres starrten sie an und blinzelten ihr zu. *Huldige mir,* schienen sie zu sagen. *Dies ist mein Tempel!* Auch wenn Pirina das Wesen wiedererkannte, aber jetzt wusste sie ja, dass es eine Göttin war und kein Haustier. Vor allem würde sie nie vergessen, zu welch schrecklichen Handlungen diese Göttin Areshva gebracht hatte.

Nein, sie würde der Statue nicht huldigen. Sie würde nicht ein einziges Wort mit ihr sprechen. Das waren keine freundlichen Augen. Sie strahlten eine so bittere Kälte aus, dass es Pirina fröstelte. Sie verstand selbst nicht, dass sie das nicht früher gesehen hatte.

»Die erhabene Agga schätzt es, von unseren Gästen begrüßt zu werden«, erklärte Tihaya nachdrücklich und ging demonstrativ vor der Fledermaus auf die Knie, wobei sie Pirina mit einer Geste aufforderte, dasselbe zu tun. Die Kleine wagte nicht, offen ihre Abneigung zu zeigen, und verbeugte sich ebenfalls. Glücklicherweise gab sich die Dienerin damit zufrieden.

Tihaya stand wieder auf und führte ihren Gast zu einer Reihe von Gemälden, die hintereinander an der steinernen Wand hingen. Jedes zeigte die Göttin in einer anderen Pose. Auf einem war die Fledermaus zu sehen, die riesig groß über dem Gebirge Kalamachai thronte. Das gesamte Bergmassiv hielt sie in einer einzigen Klaue und lächelte dabei betörend.

Wieso soll das ein schönes Bild sein?, wunderte sich Pirina, sagte das aber nicht laut. Sie fühlte sich bedroht von der erdrückenden Macht und den unheimlichen Krallen des Tieres. Tihaya erklärte ihr währenddessen, dass das Kunstwerk mit Pastellfarben gemalt sei, aus welchem Material die Leinwand bestand und welche Pinsel der Maler benutzt hatte. Als ob sich Pirina dafür interessierte. Sie war doch aus einem ganz anderen Grund gekommen.

Ihr Herz begann laut zu pochen. *Was mache ich hier?*, dachte sie schaudernd. *Ich hätte mich weigern sollen. Areshva hat in letzter Zeit nur noch seltsame Ideen, die ich ihr ausreden sollte. Wenn ich nur könnte!*

Die dumpfe Tempelmusik setzte einen Moment aus, als ob das Gotteshaus den Atem anhielte. Pirina blickte auf.

Die Eingangstore öffneten sich. Herein traten eine außergewöhnlich schöne goldhaarige Tempeldienerin und an ihrer Seite Areshva. Tihaya nahm davon gar keine Notiz. Sie war bereits an den Gemälden vorbeigegangen und führte Pirina zu einer Statue, die aus drei Fledermäusen übereinander bestand.

»Die Dreieinigkeit«, erläuterte sie begeistert. »Körper, Geist und Magie!«

Sie klärte Pirina umständlich darüber auf, dass die unterste Figur die Körperkraft symbolisiere, die auf ihrem Kopf die geistige Kraft und die oberste die magischen Fähigkeiten. Das hätte Pirina wohl auch ohne Erläuterung begreifen können, denn die Trägerstatue hatte einen muskelbepackten Körper, während die mittlere Fledermaus fast nur aus Kopf bestand und die höchste Figur dicke Magiestrahlen in den Händen hielt, die durch die beiden anderen hindurch sausten und nach oben noch bis zur Decke des Saales hinauf flammten.

Pirina hörte nur mit halbem Ohr zu. Sie lauschte hinter sich, um zu hören, ob Areshva sehr wütend darüber war, dass sie sich verplappert hatte.

Hinten bei der Kristallkugel kam Bewegung auf. Jemand löste sich aus der Gruppe und ging an Pirina vorbei auf Areshva zu. Es war eine hohe Gestalt mit hüftlangen hellen Haaren. Sie trug die grüne Schärpe der

Tempelpriesterin und das dazugehörige Stirnband. Ganz nah kam sie an ihre ehemalige Schülerin heran. »Areshva«, hörte Pirina sie steif und mit harter, fast schroffer Stimme sagen. »Lange her, dass wir uns zuletzt trafen.«

Areshva stand da wie zur Salzsäule erstarrt und war kreidebleich.

»Meisterin«, stammelte sie. »Eure … Haare …«

Die ehemals goldgelockten Haare der Parva-Priesterin waren dabei, sich in ein Eisgrau zu verfärben. Dabei war Kirisha von Pallanthia noch längst keine alte Frau.

»Meine Haare sind unwichtig«, reagierte Kirisha würdevoll. »Wichtig ist dagegen …nun, du weißt, was wichtig ist.«

Areshva senkte den Kopf. Dann verneigte sie sich. So etwas hatte Pirina sie noch nie vorher tun sehen. Ihr wurde kribbelig zumute.

Es war vielleicht doch nicht so schlecht, dass sie hier waren. Diese großartige Meisterin konnte ihnen vielleicht den richtigen Weg zeigen, endlich! Denn der, auf dem sie gingen, konnte doch nicht der Richtige sein. Nicht, wenn ein frevelhafter Pakt und ein Diebstahl darin enthalten waren. Kirishas schien etwas Ähnliches zu denken. Ihre Gesichtszüge wurden weicher, hoffnungsvoll.

»Sieh mich an«, sagte sie leise.

Areshva blickte auf. Ihre Augen flackerten. Ihre Hände fingerten unruhig am Saum ihres Hemdes herum.

»Gibt es einen Grund, dass du mich besuchst, meine Schülerin?«, fragte Kirisha.

Areshvas Augen wurden feucht. Sie blinzelte ein paarmal heftig.

»Ja«, stammelte sie schließlich.

Kirishas Lippen verbogen sich zu einem angedeuteten Lächeln. *Als ob ein Götterdenkmal zu lachen anfängt, das in Stein gehauen ist,* dachte Pirina.

»Ich habe einen Dominostein angehalten«, flüsterte Areshva. »Und jetzt bleibt die ganze Kette weiterer Steine stehen, die fallen sollten. Ich habe die Zukunft geändert. Alles. Ihr könnt alle Eure Orakel neu legen, weil sie nicht mehr stimmen.«

Die Priesterin stieß einen hohen, pfeifenden Laut aus.

»Sollte ich mich darüber ärgern?«

»Nein, im Gegenteil, es gibt endlich Hoffnung. Die Göttin hat mir ein Zeichen gesandt.«

Die Meisterin sah ihr tief in die Augen. Beide standen einander reglos gegenüber, so als wollten sie sich gegenseitig hypnotisieren.

Schließlich flüsterte die Priesterin mit heiserer Stimme:

»Heißt das, du kehrst zurück?«

Areshva stürzten die Tränen aus den Augen.

»Zurückkommen. Wenn ich das doch nur könnte! Ach, Kirisha, Ihr wisst nicht, wie sehr ich bereue, was geschah, all meine Fehler, meine Irrtümer, meine ... Verbrechen ...«

Kirisha fasste Areshva sanft an den Schultern und zog sie zu sich heran. Da fiel Areshva ihr um den Hals und klammerte sich an sie. Die Priesterin legte beide Arme um sie und hielt sie fest. Pirina hätte vor Rührung fast geweint.

Tihaya führte sie zu den beiden hin, die einander immer noch mit einer Heftigkeit umarmten, als müssten sie einander vor einem Klippensturz bewahren.

Es dauerte eine Weile, bis sie sich wieder gefasst hatten und sich losließen. Beide hatten nasse Gesichter.

»Wer ist das Mädchen?«, fragte sehr leise die Priesterin.

»Meine Schülerin, Pirina.« Areshva wischte sich schnell über die Augen. »Sie ist sehr gut. Ich wäre gar nicht hier ohne ihre Hilfe.« Sie zögerte einen Moment. Sichtlich räusperte sie sich und nickte dem Mädchen aufmunternd zu. »Pirina, du brauchst hier nicht zu stehen. Wir besprechen bloß Dinge, von denen du schon weißt. Sieh dich doch ein bisschen im Tempel um. Hier gibt es viele schöne Dinge zu sehen.«

Pirinas Herz verkrampfte sich. Sie wusste genau, was Areshva damit sagen wollte.

Geh den Ring holen. Ich spiele Kirisha solange etwas vor.

Das war ja fürchterlich! Areshva sah aus, als wäre sie tief im Innersten aufgewühlt, aber das war nur Theater. Eigentlich betrog sie gerade mal wieder ihre Lehrmeisterin.

Thaya führte das Mädchen zu den Schlafkammern. Pirina wurde darüber aufgeklärt, dass Areshvas alte Kammer ebenfalls in diesem Trakt lag. Unberührt seit achtzehn langen Monden.

Zu jedem anderen Zeitpunkt hätte Pirina das kleine steinerne Bett interessant gefunden, und auch die zahlreichen seltsamen ausgebrannten, ehemals magischen Artefakte, die jemand hier auf dem Fußboden gestapelt oder an die Decke gehängt hatte. Jetzt aber nahm sie kaum etwas davon wahr.

Sie beeilte sich, wieder in die Tempelhalle zu kommen, weil sie hören wollte, wie weit Areshva und Kirisha in ihrer Diskussion gekommen waren.

Nicht sehr weit.

Pirina sah Areshva und Kirisha einträchtig durch den Raum schreiten und hörte Kirishas frohlockende Stimme.

»Du hast also tatsächlich Kontakt zu unserer früheren Herrin? Ist das sehr schwer?«

Areshva schluckte.

»Ja.«

Sie blieben stehen.

»Wie oft hast du schon mit ihr gesprochen?«

Jetzt verstummte Areshva ganz, suchte nach Worten, rieb verlegen ihre Hände an den Oberschenkeln und murmelte schließlich: »Überhaupt nicht.«

»Wie bitte?« Kirishas Gesicht verhärtete sich. »Wie kannst du behaupten, du wärest auf dem Weg der Göttin, wenn du sie noch nicht einmal gesprochen hast?«

Tihaya führte Pirina weiter nach hinten in einen dunklen Gang, der von der Halle wegführte, sodass sie ihre Meisterin nicht mehr sehen konnte. Ihr wurde unheimlich zumute.

Dieser Ring ... wie sollte sie den eigentlich stehlen? Areshva hatte zwar ausdrücklich gesagt, dass sie keine Probleme haben würde. Das kam ihr allerdings nicht sehr plausibel vor.

»Im Augenblick bin ich noch auf meine Kampfkraft angewiesen!«, rief Areshva leidenschaftlich. »Erst wenn ich unsere Feinde besiegt habe, kann ich das versuchen.«

»Du sollst nicht kämpfen, Areshva! Die Göttin der Liebe und des Friedens verabscheut Gewalt!«, wies Kirisha sie zurecht. »Warum will das denn niemand mehr verstehen? Auch Ishtangar, mein Verbündeter, hat den Kopf verloren. Er schmiedet jetzt zusammen mit Silvrin, diesem nichtsnutzigen Verräter, Kriegspläne gegen Darghessa. Morden wollen sie, zerstören, eine ganze Provinz terrorisieren! Sie glauben, es gäbe keine andere Möglichkeit, Prinzessin Kia zu befreien. Du weißt nicht, welche Pein das über meine Seele wirft. Ishtangar, mein Partner, mein Freund, mein Geliebter

… er hat alle Ideale, die er früher mit mir teilte, vergessen! Er schändet unsere geliebte Göttin. Wie ich vor Kurzem herausfand, bringt er sogar schon seit einiger Zeit heimlich … ich wage es nicht auszusprechen … Opfer! Blutopfer! Er tötet für Agga, um sich ihrer Gunst zu versichern! Dabei sind wir beide eins. Wir sind Blutspartner. Er ist Fleisch von meinem Fleisch. Ich kann nicht aufhören ihn zu lieben. Er reißt mich über einen Dornenwald und ich bin gezwungen zu folgen. Ich verfluche den Tag, an dem diese Wahnsinnigen in Aravenna auf die Idee kamen, Silvrin zu ihrem Fürsten zu machen. Er ist der Dämon, der Ishtangar auf den Weg in die Schattenwelt …«

»Er ist nicht auf *dem Weg in die Schattenwelt*!«, fuhr Areshva sie an. »Er ist ein anständiger Mensch! Ihr hättet hören sollen, was er zu mir sagte.«

Davon unbeirrt sprach Krisha weiter: »Gewiss ist Ishtangar normalerweise anständig und weiß hübsch zu reden, wer sollte das wohl besser wissen als ich? Aber jetzt hört er plötzlich auf die Parolen von Silvrin. So wie drüben in Aravenna schon alles nach Silvrins Plänen läuft. Noch dazu verdreht der Junge allen Mädchen schwadronenweise die Köpfe, zuallererst gar unserer Prinzessin Isimela, die mich weichzuklopfen versucht, dass sie ihn heiraten will, und zwar am liebsten sofort!«

»Bei allen Göttern«, rief Areshva, »einer übereilten Heirat werdet Ihr hoffentlich nicht zustimmen?«

»Nein!«, zischte Kirisha wütend. »Isimela sollte doch den Prinzen Koryelan heiraten. Dem würde es nicht einfallen, seine Untertanen mit Mordwaffen auszurüsten und fremde Menschen anzugreifen.«

Pirina resignierte. Jetzt waren sie also beim Thema Silvrin angelangt. Logisch. Sie mussten dort landen, früher oder später. Wenn es nur nicht damit endete, dass sie sich wieder zerstritten.

»Wir haben noch einige herausragende Kunstwerke in dem berühmten Mausoleum«, lockte Tihaya neben ihr. »Möchtest du sie sehen?«

»Natürlich!« Pirina erschauerte. Das Mausoleum. Sie näherten sich ihrem Ziel. Plötzlich wünschte sie sich, es würden unterwegs Hindernisse auftauchen, wodurch es unerreichbar würde.

Thaya führte sie einen weiteren Gang entlang. Am Anfang wurde dieser noch ein wenig von blauer Strahlung erleuchtet, aber schon hinter der ersten Biegung erlosch diese. Sie sah kaum die Hand vor den Augen. Pirina tastete sich vorwärts, bis sie eine Kreuzung erreichte.

»Allerdings weiß ich aus einem alten Orakel, dass Silvrin bald sterben wird. Vielleicht kommt Ishtangar danach endlich wieder zur Vernunft«, hörte Pirina die Priesterin Kirisha aus weiter Ferne sagen.

»Ich habe dieses Orakel übrigens auch gesehen, Meisterin. Das habt Ihr verkehrt gedeutet.«

»Verkehrt gedeutet? Ich? Die berühmteste Seherin von ganz Damarynth? Wann habe ich jemals ein Orakel missverstanden, Areshva? Du weißt, dass ich ihre Deutung meisterhaft beherrsche.«

»So wie ich.«

»Willst du mich beleidigen?«, fragte die Priesterin herausfordernd.

»Natürlich nicht! Kirisha …Ihr unterschätzt Silvrin. Er wird berühmter werden als es je ein Mensch vor ihm war. Das ganze Land wird zu ihm aufsehen.«

»Falsch. Ihm bleibt für solch einen Aufstieg gar keine Zeit. Er hat nur noch wenige Tage zu leben. Du weißt doch, was ein Todesorakel beinhaltet?«

»Und was sind vier Todesorakel auf einen einzigen Menschen? Muss er gleich viermal getötet werden?«

»Das ist gleichgültig, Areshva. Er stirbt.«

»Das bestimme *ich*, wer in diesem Land stirbt und wer nicht!«

»Du bist keine Göttin. Du kannst darüber nicht bestimmen!«

»Ihr habt gar keine Ahnung, Kirisha, über was ich alles bestimmen kann!«

Pirina blieb bestürzt am Kreuzweg stehen. Die Diskussion zwischen Areshva und ihrer Lehrherrin lief aus dem Ruder. Bestimmt würde die Priesterin sie beide gleich hinauswerfen lassen. Sie musste sich beeilen, damit sie den Ring vorher fände. Oder nicht? Sollte sie sich absichtlich dumm anstellen? Sie könnte Areshvas unseligen Pläne einfach in Rauch aufgehen lassen.

Aber das wagte sie nicht. Wenn Silvrin etwas zustieße, nur weil sie jetzt nicht gehorchte, das würde Areshva ihr nie verzeihen. Sie musste es schaffen.

Im Dämmerlicht tauchte ein weiterer Flur auf. Tihaya ging voraus, öffnete eine vergitterte Tür auf der rechten Seite und ließ Pirina eintreten. Vor ihr erhob sich eine kleine kunstvolle Kapelle. Ihre Wände waren über und über mit Mosaikbildern ausgeschmückt. Diamantenreihen und Perlenkreise verzierten das Dach.

Das Mausoleum!

Der Königsring

Die Stimmen der beiden Zauberinnen wurden immer schriller, leider jedoch durch die Entfernung kaum noch zu verstehen.

»Du hast alles vergessen, was ich dir je erzählte!«, kreischte Kirisha gerade. »Wie willst du Silvrin vor dem Orakel schützen? Auf dem rechten Weg wird das nicht gehen. Du wirst gezwungen sein, zu diesem Zweck dunkle Gassen einzuschlagen und schreckliche Dinge zu tun, nicht wahr?«

»Und wenn ich finstere Wege gehen müsste, um einen Menschen zu retten, an dem mein Herz hängt – würdet Ihr mich dafür verurteilen?«

»Ja, das würde ich. Es gibt in dieser Frage keine Kompromisse. Du findest Lystrella nie, wenn du nicht auch wirklich und ehrlich ihren Weg gehst und nicht davon abkommst! Keine krummen Touren, ganz egal, zu welchem Zweck!«

Tihaya verschloss die Tür hinter ihr. Nun drang kein Geräusch von außen mehr zu ihnen herein.

Pirina lauschte angestrengt. Was taten sie jetzt? Aber es half nichts, sie durfte keine Zeit verlieren durch Grübeleien. Sie musste den Ring holen. Also in das Mausoleum hinein! Sie ging einmal um die schmuckbeladene Kapelle herum. Diese schien keinen Eingang zu haben. Oder vielleicht doch: Ganz hinten gab es etwas, das wie eine Tür aussah, allerdings keine Klinke besaß. Pirina sank das Herz. Also doch ein magischer Schutz. Klar, einen wertvollen Ring konnte man nicht einfach so herumliegen lassen. Sie probierte verschiedene Zauber aus, um die verflixte Tür zu öffnen, aber es wollte nicht gelingen.

»Prachtvoll, nicht wahr?«, raunte Tihaya ihr zu, die andächtig und mit gefalteten Händen die Mosaike und die funkelnden Diamanten auf dem Dach anstarrte.

»Öh, ja«, beeilte sich Pirina zu bestätigen. Dabei hatte sie gerade an anderes zu denken und interessierte sich nicht im Geringsten dafür, wie viel Mühe sich jemand mit der Ausgestaltung einer Grabstätte gegeben hatte.

Wieso ging diese Tür nicht auf? Wenn Feuerstrahlen nicht funktionierten, konnte sie vielleicht mit Windstrahlen …? Aber auch Wind brachte keine Resultate. Ob die Dienerin ihr wohl helfen konnte? Sie durfte natürlich keinen Verdacht erregen und musste unschuldig und artig klingen. So was konnte sie doch.

Da Tihaya noch immer in die Anbetung der Kapelle versunken war, waren ihr Pirinas schüchternen Einbruchsversuche entgangen.

»Wer liegt hier eigentlich begraben?«, piepste das Mädchen.

»König Thyrangar«, erklärte die Tempeldame. »Der ältere Bruder des jetzigen Fürsten Ishtangar, der leibliche Vater der Prinzessinnen Kia Sephila und Isimela sowie des Prinzen Osving. Er war der letzte König unseres Landes.«

»Aha! Und warum liegt er ausgerechnet hier? Warum nicht in Kalamachai?«

»Weil Pallanthia in früheren Zeiten die Residenz des Königs gewesen ist. Jahrhundertelang. Das hat sich erst geändert, als die jetzige Hohepriesterin ihren Sitz nach Kalamachai verlegte.«

Die Zauberin trat näher an die Tür und berührte ein hölzernes Kreuz an ihrer Seite, das ein knirschendes Geräusch von sich gab.

Die Tür ruckte in ihrer Verankerung und versank dann ganz langsam im Erdboden. Pirina wurde verlegen. Dies war keine große Kunst, das hätte sie selbst auch schaffen können. Sie traten ein.

Der Raum war von magischen Flammen erleuchtet. Hier gab es eine wuchtige Bahre, auf der sich ein Sarg befand. Er war von einer dichten Staubschicht bedeckt. Dutzende Spinnweben erstreckten sich von ihm bis zur Decke des Raumes.

»Es kommt wohl nicht oft einer hier herein, oder?«, fragte Pirina verwundert.

»Nein.«

Schweigend starrten sie die staubige Bahre an und da die Dienerin keine Anstalten machte, ihr mehr zu zeigen als diese vernachlässigte Kammer, zog Pirina ein kleines Tuch aus ihrer Hosentasche, um den Staub abzuwischen.

Au! Heftig zuckte sie zurück.

»Was war das?«, fragte sie erschrocken. »Irgendwas hat mich gezwickt.«

»Das ist die Magie des Sarges. Fass ihn nicht noch einmal an. Die Strahlung ist derartig stark, dass schon so manch eine Zauberin davon in Ohnmacht gefallen ist. Deshalb können wir ihn auch nicht sauber halten.«

Die Tempeldienerin wartete eine Weile ab.

»Genug gesehen? Dann komm.«

Sie drehte sich um und verließ das Mausoleum.

Natürlich hatte Pirina noch längst nicht *genug gesehen*. Allerdings wusste sie auch so schon, dass sie nicht in

Ohnmacht fallen würde. Areshva hatte ihr doch versichert, die Strahlung sei für sie nicht gefährlich.

Vorn am Deckel war ein kleiner Hebel. Den packte sie und zog daran. Ein heftiger Schlag sauste in ihren Körper. Sie fuhr zurück. *Au, au, au!* Beinahe hätte sie laut geschrien, aber das konnte sie sich gerade noch verkneifen. Sie durfte sich nicht verraten.

Wieso klappte das nicht? Areshva hatte behauptet, es sei einfach. Dass diese Magie nur gegen Feinde gerichtet wäre. Wieso glaubte Areshva, der Ring würde Pirina als Freundin erkennen? Wie konnte sie das der fremden Macht mitteilen?

»Hallo, Mädchen!«, rief die Tempeldienerin von draußen. »Was ist? Kommst du?«

»Ja, ja, gleich!« Fieberhaft dachte Pirina nach. Der Zauber auf dem Sarg war doch bestimmt von Kirisha. Und die Priesterin würde jeden mögen, der die heilige Lystrella anbetete.

»Lystrella!«, wisperte die Kleine. »Hilf mir, bitte!«

Draußen, irgendwo hoch über ihrem Kopf, krachte ein Donner nieder. Pirina zuckte zusammen und blickte auf. Hatte sie gerade eben die Götter der Finsternis provoziert, die nun auf sie zielten?

Kurz entschlossen berührte sie den Hebel ein zweites Mal. Sie zog daran einmal, dann stärker. Es knirschte in allen Fugen. Der Sargdeckel öffnete sich einen Spalt breit, fuhr langsam weiter hoch und schwang zuletzt nach oben. Davon erschrak sich Pirina so sehr, dass sie zurücksprang. Das Licht in dem Mausoleum fiel auf die Gestalt eines blonden Mannes mit angenehmen, hoheitsvollen Gesichtszügen, die deutlich an den Fürsten Ishtangar erinnerten. Er trug ein kunstvoll mit goldenen Schlaufen und Bändern verziertes grünes Kostüm und dazu einen prächtigen Federhut. Tiefer Frieden lag auf seinem Gesicht. Und an seiner rechten

Hand trug er einen Ring. Der *weiße Magie* ausstrahlte. Herrliche, süße, wunderbare Lichtstrahlung. Noch nie zuvor hatte Pirina solche gesehen.

Das war er! Der Königsring! Und immer noch ausgerichtet auf seine Göttin, obwohl diese längst verboten war!

Pirina wurde es heiß und kalt zumute. Mit dem Ring würde sie wahrscheinlich Lystrella rufen können *und* Kontakt bekommen. Nicht mal Areshva hatte gewusst, dass es so einfach sein könnte!

Oder vielleicht wusste sie es?

»He! Was machst du denn da so lange?«, rief ihre Begleiterin von draußen. Pirina hörte, wie sie näher heran schritt. Verflixt. Der Ring! Schnell! Sie beugte sich über den Körper des Toten und langte nach dem Schmuckstück. Sie ergriff es.

Von draußen ein Schaben, Schritte, ganz nah.

Hektisch zog sie ihre Hand zurück. Dabei rutschte ihr der Ring zwischen den Fingern weg, fiel mit einem leisen Klirren zu Boden und rollte bis an den Sockel des Sarges.

Die Tempeldienerin trat ein.

»Was zum …«

Ihr Mund blieb offen stehen. Sie stand vollkommen starr, erstaunt über den geöffneten Sargdeckel. Ihre Blicke wurden glücklicherweise von dem Leichnam absorbiert. Pirina schob ihren linken Fuß über den Ring, damit sie ihn nicht sähe. Er leuchtete jedoch derartig stark, dass Pirinas Schuhe plötzlich aussahen, als hätten sie einen Strahlenkranz.

»Seit achtzehn Monden hat sich der Deckel nicht mehr geöffnet. Ein Wunder ist geschehen«, wisperte die Tempeldame andächtig, die noch immer das friedvolle Angesicht des toten Königs anstarrte. Dabei berührte ihr schwarzer Umhang den Sarg.

Sie sprang abrupt rückwärts. Ihre Wangen wurden fahlbleich. Sie schwankte gefährlich und fiel in Ohnmacht.

Pirina bückte sich blitzschnell und hob den Ring auf. Seine Strahlung war hell wie die Sonne und erleuchtete ihre Haut, dort wo ihr Finger ihn berührte. Sie war sich plötzlich sehr sicher, dass sie damit die himmlische Lystrella anrufen konnte – wenn sie es wagte.

Und da packte sie den Ring ganz fest, warf sich auf die Knie und flüsterte: »Lystrella, ich heiße Pirina. Du kennst mich noch nicht, aber ich will gern deine Freundin sein. Kannst du mich hören?«

Sie lauschte auf eine Antwort – und hatte eigentlich keine Ahnung, auf was sie lauschen sollte oder wie die Götter ihren Dienerinnen mitteilten, was sie hörten oder nicht hörten und was sie wollten.

Ein krachender Donnerschlag erschütterte die Tempelhalle. Er war so heftig, dass der Boden zu Pirinas Füßen erzitterte. Agga hatte ihren Ruf also vernommen. Neben ihr stöhnte und ächzte die Tempeldienerin. Wahrscheinlich würde sie gleich wieder aufwachen.

Pirina musste sich beeilen. Sie wusste nicht, ob auch Lystrella sie gehört hatte oder nicht, aber es wäre ganz bestimmt wichtig, ihr noch ein Opfer zu geben, selbst auf die Gefahr hin, weitere Donnerschlägen ertragen zu müssen. Hm.

Sie geriet ins Grübeln. *Wie mache ich das bloß? Was für eine Art Opfer könnte der lichtglänzenden Lystrella gefallen und ihr Macht geben?*

Sie hielt den leuchtenden Ring so verkrampft fest, dass ihr die Finger wehtaten. Das sah aus, als ob ihre Hand von innen strahlte.

Weiß. Die schönste Farbe der Welt.

Da kam ihr ein Gedanke. Die helle Strahlung! Könnte nicht Lystrella etwas damit anfangen? Könnte sie ihr nicht davon schicken? Sie versuchte, die Strahlen anzufassen und zu bündeln, genauso wie sie es früher mit den anderen, dunklen, auch gemacht hatte.

Es ging sehr gut.

Dann richtete sie ihre Hand nach oben und warf die Magie so weit hoch, wie sie konnte. Es gab ein scharfes Geräusch, also ob sich Strahlung am Ring festsaugte, dann war sie verschwunden.

Der Königsring erlosch und blieb stumm und tot in Pirinas Hand liegen.

Sie erschrak. *Was habe ich getan? Ihn zerstört? Das ist bestimmt falsch gewesen. Mist!*

Sie hätte Areshva fragen müssen.

***

Kirisha und Areshva waren unterdessen in der Nähe der Fledermausstatue stehen geblieben.

Die Augen der Priesterin hatten ihren Glanz verloren.

»Areshva«, sagte sie langsam. »Du bist noch lange nicht wieder auf dem Weg. Du bist entsetzlich weit davon abgekommen.«

Areshva nickte kaum merklich.

»Ja«, sagte sie zerknirscht. »Ich weiß. Aber ich will zurück. Ich will nichts lieber als das, und das meine ich ganz ehrlich. Könnt Ihr nicht damit zufrieden sein – für den Anfang?«

Kirisha griff sich an die Stirn.

»Da ist eine Sache, die ich bisher nicht gewagt habe, dir zu sagen«, erklärte sie dann, wobei sich ihre Augenpartie ganz beträchtlich umwölkte. »Diese Vision, die ich am Anfang von dir hatte ... sie zeigte mir, dass du sowohl das Potenzial hast, unsere Welt zu retten, als auch … sie zu zerstören. In deiner Hand liegt es, wofür du dich entscheidest. Darum zittere ich bei allem, was ich von dir höre. Ach, wenn du dich doch dazu entscheiden könntest, keine krummen Wege mehr zu gehen!«

»Vertraue mir!«, sagte Areshva nachdrücklich und nickte, bevor ihr mit Schrecken einfiel, dass Pirina vermutlich gerade in dem Moment, als sie Kirisha versprach, keine krummen Touren mehr zu drehen, den Ring geklaut hatte. So wie sie ihr auftrug.

Ihr wurde eiskalt. Der Ring … wollte sie wirklich aufrichtig sein, dann müsste sie ihn sofort zurückgeben.

Da kam Pirina auch schon aus einem hinteren Gang des Tempels herausgelaufen und blieb mit erhitztem Gesicht direkt vor ihr stehen. Areshva holte tief Luft. In einem plötzlichen Entschluss streckte sie ihr die Hand entgegen.

»Gib mir den Ring, Pirina!«, sagte sie mit bebender Stimme.

Die Schülerin starrte sie an.

»W…was?«

»Den Königsring«, verbesserte Areshva. »Gib ihn mir! Das ist ein Befehl.«

Pirina fuhr in einer langsamen, sehr ängstlichen Bewegung, wobei sie Areshva unentwegt in die Augen sah, mit der Hand in die Tasche ihrer Wildlederhose und holte umständlich etwas heraus. Einen großen Eisenring mit zahlreichen Eingravierungen an den Seiten.

Das war er: der mächtigste Ring der Welt.

Den Augen Kirishas war das nicht verborgen geblieben.

»Areshva!«, schrie sie auf, schrill, in tödlichem Erschrecken. »Was ist das? Bestiehlst du mich? Wie eine niederträchtige Diebin?«

»Gib mir den Ring«, wiederholte Areshva, zu Pirina gewandt, nahm das Kleinod in ihre Hand und ging dann langsam und ehrerbietig vor Kirisha in die Knie, wobei sie der Priesterin ihre Beute entgegenstreckte. »Ich brauche diesen Ring«, flüsterte sie leise. »Ich brauche ihn unbedingt. Für unsere gemeinsame verehrte Göttin, ehrwürdige Kirisha. Ich habe einen heiligen Plan im Sinn.«

»Steh auf!«, fauchte Kirisha. Areshva gehorchte augenblicklich. Kirishas Augen schossen Blitze. »Ich hasse Lügen! Du wolltest den Ring stehlen, oder etwa nicht? Du bist nur deshalb zu mir in den Tempel gekommen, weil du mich beklauen wolltest!«

»Ja!«, keuchte Areshva. »Das ist wahr. Aber als ich Euch sah ... Eure Haare sah, fühlte ich mich elend und schuldig ... und habe begriffen, dass ich Euch nicht hintergehen darf. Kirisha, hört mich an! Ich habe viel Böses getan, aber damit ist jetzt Schluss. Ich werde keine Tempel mehr zerstören und keine Ringe mehr stehlen.«

»Dann gib ihn zurück! Jetzt! Sofort!«

Areshva schüttelte langsam den Kopf.

»Ich sagte doch, ich brauche den Ring. Das ist eine Sache um Leben und Tod ... bitte, Kirisha. Ich bitte darum, dass Ihr mir den Ring schenkt. Ich schwöre, ich werde ihn für eine große und gute Sache einsetzen.«

»Du wirst doch nie wieder auf den rechten Weg zurückfinden! Gib mir den Ring oder ich verfluche dich! Und du weißt, was das heißt: Ein dritter Fluch würde dich töten! Meine Geduld ist am Ende!«, schrie die Priesterin außer sich und streckte beide Hände gegen Areshva aus. »Ich weiß, ich darf nicht töten, aber wenn ich dich nur dadurch daran hindern kann, unsere gesamte Welt zu zerstören, dann werde ich es tun!«

»Gebt mir noch eine Chance!«, flehte Areshva. »Ich werde Euch nicht enttäuschen. Aber den Ring muss ich haben, unbedingt! Bitte, Kirisha!«

Die Priesterin sah ihre ehemalige Schülerin forschend an. Sie kannte Areshva von klein auf. Weshalb sie gut einschätzen konnte, dass ihr die Sache hier wirklich am Herzen lag. Sie könnte sich tatsächlich von den Dunklen entfernt haben … oder auf dem Weg sein. Eine leise Hoffnung trat in ihre Züge.

»Was ist das für ein Plan?«, wollte sie wissen.

Areshva biss sich auf die Lippen.

»Den muss ich leider geheim halten, weil der Feind mithört. Gebt mir den Ring! Vertraut mir bitte, Meisterin!«

»Du willst also jemandem zum König krönen. Sonst würdest du ja den Ring nicht brauchen.« Ihr Blick fiel auf einen Sonnenstrahl, der sich durch das bemalte Fenster rechter Hand brach. »Ich wäre damit einverstanden, wenn du mir versprichst, dass der neue König aus dem Geschlecht der alten Königsfamilie von Pallanthia kommen wird.«

Jetzt konnte sich Areshva nicht länger halten.

»Von Pallanthia!«, spottete sie. »Ehrwürdige Kirisha, bevor Ihr mich zu absurden Handlungen zwingt, überdenkt Eure Worte! Wer aus Eurem Pallanthia soll denn der neue König werden, auf den wir so große Hoffnungen setzen? Fürst Ishtangar selbst gilt vor den Lichtgöttern als Verräter, weil er mit Euch zusammen einen Tempel der finsteren Götter nahm. Er scheidet also aus. Eigene Kinder hat er nicht. Reden wir also von den eventuellen zukünftigen Söhnen seiner Nichten, der Prinzessinnen Kia Sephila und Isimela von Pallanthia? Von ungeborenen Kindern, die womöglich erst in fünfzehn oder zwanzig Jahren gekrönt werden? Oder vielleicht nie existieren?«

Die Priesterin starrte Areshva mit blitzenden Augen an, ließ die Hände sinken und sah plötzlich sehr resigniert aus.

»Es gefällt mir nicht, wie du redest, Areshva. Ich gebe zu, dass Ishtangars Nichten und deren Abkommen meine Favoriten wären. Aber auch sein Neffe Osving käme infrage, der wie seine Schwestern von Ishtangar und mir wie ein eigener Sohn erzogen wurde. Osving ist bereits aus dem Jünglingsalter heraus. Er ist zwar etwas scheu, aber würdig. Auf ihn setze ich große Hoffnungen.«

Areshva verzog das Gesicht.

»Ich erinnere mich an ihn. Ein netter Jüngling, aber ein König?«

Erneut trat Feuer in den Blick der Priesterin.

»Die pallanthischen Könige sind für unser Land immer vorteilhaft gewesen, alle aus dieser Familie haben eine gutherzige Gesinnung und denken moralisch bei allem, was sie tun. Gib den Pallanthiern die Macht zurück, und du wirst sicher sein, dass wir nicht mehr von Verbrechern regiert werden, so, wie es zu den alten Zeiten jahrhundertelang gewesen ist. Versprich mir das – und du bekommst deinen Ring!«

Areshva stand einen Moment lang starr da. Sie warf den Kopf hoch und blickte zur Decke. Fieberhaft jonglierte sie mit Ideen. *Bekomme ich das hin? Es könnte einen Weg geben!*

Mit erhobenem Haupt, Zustimmung nickend, streckte sie Kirisha die rechte Hand entgegen.

»Gut. Der Ring wird einen Pallanthier krönen. Das verspreche ich Euch.«

»Danke.«

Sie schüttelten einander die Hände, lachten einander zu, verlegen, dann zog Kirisha Areshva näher an sich heran und sie fielen sich um den Hals.

»Und unsere Rückkehr zu den Göttern des Lichts?«, wisperte Kirisha nach einer Weile. »Wirst du sie möglich machen?«

»Ich bin schon dabei. Und diesmal gelingt es mir.«

»Areshva! Ach, Areshva!«

Kirisha lächelte.

»Was ist eigentlich mit deinen Flügeln passiert? Du zuckst unablässig damit, besonders mit dem linken.«

»Die Verletzung hab ich schon seit dem Duell. Jede kleinste Berührung ist eine Qual und die Schmerzen werden immer heftiger. Zuletzt in Aravenna musste ich schnell vom Tempel zum Palast. Da hab ich noch mal versucht damit zu fliegen und sie mir dabei noch an einer neuen Stelle aufgerissen. Seitdem ist es zum Heulen.«

»Wir haben ein paar neue Heilerinnen in Pallanthia«, sagte Kirisha, noch immer lächelnd. »Und soviel ich hörte, haben sie zumindest gute Salben gegen Schmerzen. Geh doch zu ihnen, bevor du nach Darghessa aufbrichst.«

»*Heilerinnen?*«, wunderte sich Areshva. »In der Stadt? Seit wann tolerieren die Leute denn Zauberinnen in den Wohnsiedlungen?«

»Oh, das sind keine Zauberinnen. Deswegen sind ihre Heilerfolge auch nur beschränkt. Aber sie sammeln Heilpflanzen und Kräuter und ich unterstütze sie, weil sie Gutes tun und die Bevölkerung sie liebt. Sie haben ihren Laden in der Krämergasse, weißt du noch, wo das ist?«

»Natürlich weiß ich das.« Areshvas Augen blitzten auf. »Danke für den Hinweis. Ich werde sie aufsuchen.«

Ihre Blicke trafen auf die der Priesterin. Beide lächelten, kamen aufeinander zu und umarmten sich zum wiederholten Mal.

»Danke für alles«, wisperte Areshva. »Ihr werdet es nicht bereuen. Jetzt wird alles gut … ach, wie froh ich bin. Danke, Kirisha!«

»Du kannst dir gar nicht vorstellen, wie froh *ich* bin.« Kirishas Augen glänzten wie Sterne. »Die Zeitenwende steht kurz bevor.«

Die Priesterin und ihre ehemalige Schülerin warfen einander einen letzten Blick zu, dann nahm Areshva die kleine Pirina bei der Hand und lief nach draußen.

Im Kräuterladen

Pirna reckte den Kopf. Die Häuser in Pallanthia waren riesig hoch. An der breiten Hauptstraße entlang schmiegten sich überall Prachtbauten mit drei, manche sogar mit vier Stockwerken. Viele hatten aufwändige Verzierungen an Fenstern und Türen oder auf den Dächern, kleine Statuen, Kutschwagen, Gefäße, Pferde oder Adler mit ausgebreiteten Schwingen. An einigen waren sogar noch Reste von Goldfarbe zu sehen. Allerdings hatte diese Stadt ihre beste Zeit bereits hinter sich. Die meisten Bauten befanden sich in unterschiedlichen Stadien des Verfalls. Kaum eine der Verzierungen war unbeschädigt, und in der Mitte der Hauptstraße waren einige Gebäude schwarz verfärbt und zwei völlig ausgebrannt. Allerdings wurde Pirinas Aufmerksamkeit schon bald abgelenkt von all den vielen wundersamen kleinen Läden. Da stand ein Tisch mit Tüchern und Stoffen vor einem solchen, der nächste lockte mit Hüten, ein anderer verkaufte Kuh- und Ziegenmilch aus großen Fässern, es gab Waffen, Tonwaren und, als sie erst die Krämergasse erreichten, sogar eine kleine Bude, die allerfeinste Zuckerstangen feilbot. Pirina zerrte Areshva eifrig dorthin, und da sie sich unter dem bunten Angebot für keine entscheiden konnte, sammelte Areshva zehn Stück davon ein, gab ihr den ganzen Beutel und ging dann zügig weiter. Pirina kam es vor, als ob sie jahrelang keine Leckereien mehr geschleckt hätte. Sie holte gleich eine lange gelbe hervor und fing an zu lutschen.

Bis ihr aufging, dass sie diese Süßigkeiten ganz umsonst bekommen hatten. Der Verkäufer hatte sie zwar komisch angeguckt, aber kein Wort gesagt.

»Solltest du nicht dafür bezahlen?«, fragte Pirina, etwas undeutlich, da die Lutschstange beim Sprechen im Weg war.

Areshva suchte nach dem Kräuterladen, der laut Kirishas Auskunft in dieser Gasse sein sollte.

»Ich habe jetzt keine Zeit«, erwiderte sie kurz angebunden. »Und Geld auch nicht. Außerdem geben mir die Leute die Sachen auch so.«

Pirina drehte die Stange einmal im Mund herum und zog sie dann wieder heraus.

»Ja, weil sie Angst vor dir haben, aber eigentlich solltest du bezahlen. Sonst ist das Diebstahl!«

Areshva schnaubte.

»*Diebstahl*.«

Sie passierten eine Wäscherei.

»Genau«, erwiderte Pirina energisch. »Und das kannst du doch nicht machen, wenn du wirklich für die Sonnengöttin arbeiten willst.«

Die Tür zum nächsten Laden stand offen. Sie konnten einen Wald von Pflanzen sehen. Eine Duftmischung aus Fenchel, Pfefferminze und ätherischen Ölen schlug ihnen entgegen.

»Aha!« Areshva pfiff durch die Zähne. »Wir sind da.«

Sie traten ein.

Im Eingangsbereich waren die Gerüche so vielfältig, dass Pirina sie kaum einordnen konnte. Auch die genaue Ausdehnung des äußerst verwinkelten Raumes war unklar. Sie drängten sich zwischen Blumen, Kränzen, Sträuchern und Duftkerzen hindurch, an getrockneten Kräutern und unzähligen Fässern vorbei, bis sie eine provisorisch aussehende Theke erreichten. Dort verhandelte in der Ecke eine Kundin mit einer Verkäuferin um den Preis von einem Teebeutel. Eine zweite Händlerin kam durch eine Nebentür herein.

»Ich brauche etwas gegen Schmerzen!«, sagte Areshva im Befehlston zu ihr. »Das Beste, was Ihr habt.«

Die Heilerin nickte eifrig und fing an, verschiedene Salben aus den Regalen zu holen, zu erklären, welche Kräuter darin waren und wie sie wirkten. Areshva wählte eine Dose aus und zog sie zu sich.

»Kostet einen aravennischen Scheller.«

Pirina sah, dass Areshva das Gesicht verzog und schon eine Bemerkung zu dem Thema machen wollte. Sie trat ihr unauffällig mit dem Fuß gegen den Unterschenkel.

»Denk an die Göttin«, wisperte Pirina.

Die Dame hinten in der Ecke öffnete gerade ihre Börse. Sie legte drei Kupferscheller vor sich auf den Tresen.

Areshva lächelte überlegen.

»Einen? Das ist zu wenig. Sagen wir drei.«

»Ähm also …«, die Verkäuferin war verwirrt. »Ja. Gut. Drei.«

Areshva winkte der anderen Kundin.

»Ihr könnt mir die Münzen gleich zuschieben.«

Dabei zeigte sie auf sich. Die Dame warf ihr einen missbilligenden Blick zu, wurde aber blass, als Areshva ihrer Forderung mit einem stechenden Zauberstrahl Nachdruck verlieh, und gehorchte.

»Das war frech«, schimpfte die Händlerin. Sie zog die Salbe zurück. »So ein Benehmen können wir hier nicht tolerieren.«

Die zweite Kräuterkundige kam zu ihnen herüber. Offensichtlich, um Areshva eine Standpauke zu erteilen. Pirina erkannte sie augenblicklich. Das war doch Thessa, die frühere Vorsteherin des Aminarinnen-Ordens! Ihr Herz machte einen Sprung, sie wäre ihr beinah um den Hals gefallen. Allerdings versperrte ihr der Tresen den Weg dazu. Thessa erkannte auch Areshva auf der Stelle. Ihre Augen weiteten sich.

»Entschuldigt die bösen Worte«, sagte sie hastig zu der Magierin und verbeugte sich diensteifrig. Dann wandte sie sich an ihre Kollegin. »Gib ihr alles, was sie will, die Salbe, die Kupferscheller!«

»Bist du verrückt?«, protestierte diese, aber Thessa drängte sie zur Seite, legte die drei Scheller vor Areshva auf die Theke und drückte ihr auch die Salbe in die Hand.

Pirina strahlte: »Thessa!«

Die Angesprochene sah nicht aus, als ob sie sich freute, das Mädchen wiederzusehen.

»Oh hallo, Pirina. Wir dachten schon …«, sagte sie zur Begrüßung und rang sich ein Lächeln ab. »Soll ich einpacken?«, fragte sie und sah dabei Areshva an und nicht Pirina.

»Nicht nötig«, antwortete die Skeff. Zufrieden ließ sie die Münzen in ihre Tasche gleiten und nahm auch die Dose an sich. Ihre Blicke waren aber bereits von etwas anderem gefesselt.

Hinter einem Regal mit Gräsern, Knollen und Schwammgewächsen gab es ein weiteres, auf dem verschiedene lange, blühende Pflanzen standen.

»Was ist das dort?«, fragte sie und zeigte auf ein unscheinbares Rankgewächs in der Ecke.

»Melunder«, erklärte Thessa, deren Ton plötzlich angespannt wurde. »Gehört zu den Schattenpflanzen, sehr lichtempfindlich. Wir benutzen es gegen Fieber.«

»Und das?« Areshva näherte sich einem langstieligen Gewächs mit dünnen lila Blüten, von denen mehrere verfault aussahen. Aus diesen stiegen Schwaden schwarzen Rauches auf.

»Nicht anfassen!«, rief Thessa erschrocken. »Ringnesseln. Sie helfen gegen Wundbrand. Die Blüten sind hochwirksam. Beim Gießen ist jedoch Vorsicht geboten. Die verfaulten Stellen reagieren stark auf Wasser. Sie dürfen nicht nass werden, weil daraus sonst ein tödliches Gift entsteht. Wir benutzen nur den Blütenstaub.«

»Interessant«, sinnierte Areshva. »Gibt es auch Pflanzen, die stark reagieren auf Metall?«

»Ja. Sengwurz wäre dafür ein Beispiel. Sie ist im Rohzustand eine hervorragende Medizin, darf nur nicht mit Metall in Berührung kommen. Allerdings müsste das Metall schon sehr heiß sein, um die Wurzeln zu verderben. Eine giftig gewordene Wurzel solltet Ihr am besten gleich tief vergraben, weil sonst jede Berührung schon bei Raumtemperatur tödlich sein kann. Wenn Ihr das beachtet, ist Sengwurz ein sehr gutes Heilmittel bei Ausschlag.«

»Zeigt mir das.«

»Gewiss. Hier!« Thessa tippte mit dem Finger auf ein Glas, in dem vier dicke rötliche Wurzeln lagen.

Areshva begutachtete es interessiert.

»Ich nehme alle.«

»Es hilft aber wirklich nur gegen Ausschlag, nicht dass Ihr enttäuscht werdet.«

Die Zauberin warf ihr einen scharfen Blick zu.

»Gebt mir davon. Ich habe Wunden an meinem Flügel. Und ich nehme auch vier von diesen Ringelnesseln.«

»Areshva!« Pirina runzelte die Stirn. »Was hast du vor?«

Diese Frage stellte Thessa vorsichtshalber nicht, zumal Areshva auch keine Antwort darauf gab. Sie kippte die Wurzeln in einen Beutel. Dann knickte sie mit einer Zange einige der Blätter von den giftigen Nesseln ab, wickelte sie umständlich in ein Tuch und legte sie ebenfalls in den Beutel. Areshva steckte alles ein bis auf das Gefäß mit ihrer Salbe. In ihr Gesicht trat ein angespannter, ernsthafter Ausdruck.

»Verkauft ihr auch Baumsamen?«, flüsterte sie auf einmal mit leiser Stimme und in einem Tonfall, als spräche sie von den prachtvollsten Kronjuwelen aller Zeiten. »Bucheckern, Eicheln oder so?«

Thessa zuckte die Achseln.

»Nein. Danach hat mich noch nie jemand gefragt.«

Areshva sank in sich zusammen und hielt sich an der tönernen Dose in ihrer Hand fest, die sie grübelnd hin und her wendete.

»Schade«, sagte sie nachdenklich. »Diese Salbe hilft also gegen die Schmerzen. Wie wende ich sie an?«

»Sie wirkt am besten, wenn Ihr sie etwas einmassiert.«

»*Einmassiert?* Das halte ich nicht aus. Habt Ihr keine Tropfen?«

»Leider nein.« Thessa starrte wie hypnotisiert auf die zitternden Flügel der Zauberin.

Areshva zog die Stirn in Falten.

Dann fragte sie immer noch im Tonfall einer Gebieterin: »Könnt Ihr mir das einmassieren? Aber vorsichtig!«

Thessa machte ein Gesicht, als hätte Areshva sie gebeten einen Drachen zu füttern. Sie überspielte jedoch die aufsteigende Panik und nickte ihr zuvorkommend zu.

»Ja. Gewiss.«

Sie sah sich um. Im Kräuterladen war nirgends Platz für solch eine Behandlung, ohne die anderen Kunden zu stören. »Vielleicht im Nebenraum.«

Sie lotste Areshva und ihre Schülerin in eine kleine Krankenstube, wo es sechs Betten gab. Auf jedem lag ein Kranker, unter ihnen eine Frau mittleren Alters, die auf Thessas Bitte hin ein Bett frei machte.

Areshva legte sich auf den Bauch. Ihre Flügel waren derartig von verkrustetem Blut verklebt, dass sie sie nicht auseinanderfalten konnte. Deshalb kam Thessa zuerst nur an die obersten Flächen heran. Die schlimmsten Schmerzen hatte Areshva jedoch gerade in den darunterliegenden Schichten. Thessa salbte sie mit größter Vorsicht und versuchte ganz sachte die dünne Flügelhaut auseinanderzubekommen. Keine leichte Arbeit, denn ihre Patientin beschimpfte sie ununterbrochen, zuckte bei jeder kleinsten Berührung zusammen und wurde erst allmählich etwas ruhiger.

Pirina hockte sich auf das Krankenbett und beobachtete ihre alte Bekannte. Die gute, treue Thessa, die Vorsteherin bei den Aminarinnen gewesen war, früher, als Pirina noch dort lebte ... wie wohl sie sich auf einmal fühlte. Als ob sie nach Hause gekommen wäre.

He, Moment mal, wenn Thessa hier war, dann vielleicht auch andere alte Bekannte? Sie hörte Mädchenstimmen und ein hohes, trillerndes Lachen, das sie ganz genau kannte und das ihr Herz hüpfen ließ.

Ilayna! Götter im Himmel, das ist Ilayna!

Pirina sprang auf und folgte dem Klang der Stimmen. Hinten gab es eine Wendeltreppe, die sie hochstieg, bis sie zu einer Dachkammer mit lauter Schrägen kam, die von dicken Balken gehalten wurden – offenbar ein Lagerraum, denn da standen Kisten, Truhen, verstaubte Spiegel und übereinandergestapelte antike Möbel. Und dazwischen tobte eine Kissenschlacht. Ilayna und Frynna lagen beide kichernd auf dem Boden, jede in einer anderen Ecke. Ilayna packte ein großes gefleddertes Kissen, aus dem schon die Federn flogen, zog es hoch und wollte gerade werfen, als sie Pirina erblickte.

Das Kissen fiel ihr aus der Hand.

»Pirina?«, sagte sie ungläubig.

»Pirina!«, wiederholte Frynna wie ein Echo.

»Ja!«, schrie Pirina, rannte auf Ilayna zu und fiel ihr in die Arme.

Frynna sprang ihr von hinten auf den Rücken und brachte damit alle drei zu Fall. Sie jubelten, lachten, boxten sich und als Pirina erst die großen Zuckerstangen vorzeigte, die Areshva ihr »besorgt« hatte, war sofort Festtagsstimmung unter ihnen. Ach, sie war zu Hause! Wie herrlich das doch war!

»Wie kommt ihr denn hierher?«, fragte Pirina nach einer Weile.

»Wir mussten abhauen«, erzählte Frynna. »In Darghessa ist es jetzt richtig schrecklich. Da sind bloß noch Verbrecher. Sie haben uns bedroht und unsere Möbel zerschlagen.«

»Und du? Wo kommst du her?«, fragte Ilayna, andächtig schleckend. »Wir dachten, du wärst tot.«

»Das erratet ihr nie«, wisperte Pirina verschwörerisch. »Ich hab Amina gefunden. Die die ganze Welt retten wird. Also, sie heißt eigentlich Areshva. So eine habt ihr noch nie gesehen. Sie kann alles. Sie ist mächtig wie eine Göttin.«

Ein Geräusch ließ sie auffahren. Jemand kam die Treppe hoch. Jemand mit festen, energischen Schritten.

»Areshva?«, fragte Pirina eifrig.

Aber es war eine andere. Eine, die Pirina überhaupt nie mehr erwartet hätte.

»Mama!« Pirina sprang auf und flog in Daras weit geöffnete Arme. »Oh, das ist so schön! Ich hab dich so vermisst!«

»Ich dich auch, mein Kind.«

»Ich hab dich auf der Straße liegen sehen in Darghessa, damals«, stammelte Pirina. »Es hat ausgesehen, als ob … also ganz schrecklich.«

»Schwester Susu hat mir davon erzählt. Jemand hat mich niedergeschlagen und mich ausgeraubt. Auch den Mantel hat man mir geklaut. Die Person, die du gesehen hast, war nicht ich.«

Danach war alles wie im Traum. Dara führte Pirina, Ilayna und Frynna wieder nach unten in den Krankenraum, wo Areshva nach wie vor auf dem Bett lag; sie schlief fest. Kurz darauf saßen alle Bewohnerinnen des Hauses zusammen an dem großen runden Tisch in einem Kellerraum und aßen gemeinsam das Nachtmahl.

Thessa brach das Brot und gab es ihrer Nachbarin, und so ging es einmal durch die ganze Runde. So wie früher. Alle zusammen. Es war laut und fröhlich. Thessa und Dara und Nelia und all die anderen Erwachsenen unterhielten sich über den Krieg, über Handelsblockaden, Gesindel in den Gassen und solche Dinge, wie früher, während Ilayna und Frynna sich gegenseitig und Pirina unter dem Tisch auf die Füße oder gegen die Schienbeine traten und dabei ununterbrochen kicherten.

Allerdings war Pirina diesmal nicht so bei der Sache wie früher. Sie ertappte sich dabei, wie sie den Erwachsenen zuhörte, anstatt sich an Ilaynas albernen Ideen zu ergötzen. Denn jetzt redeten diese über den

Krieg. Dass Fürst Ishtangar gerade mit einem großen Truppenaufgebot gegen Darghessa ritt. Und dass alle in Pallanthia Angst hatten, wie das enden sollte, er würde dort bestimmt abgeschlachtet werden. Thessa sagte, so schlecht seien seine Chancen vielleicht nicht, weil Gerüchte gingen, dass die Armee von Aravenna helfen würde. Dazu hatte Susu im Tempel gehört, dass sich Fürst Ishtangar mit dem aravennischen Fürsten Silvrin gestritten hätte und deswegen die beiden Armeen auf jeweils anderen Wegen nach Darghessa ritten.

Ilayna zupfte sie am Ärmel.

»Komm, ich muss dir was zeigen!«

Sie polterte die Wendeltreppe hinauf und zog ihre Freundin mit sich, bis sie wieder den Dachboden erreicht hatten.

Da vergaß Pirina, wie erwachsen sie hatte sein wollen.

Ilayna folgend, rutschte sie auf dem Treppengeländer nach unten, und das immer und immer wieder.

Was für eine Gaudi!

Nach oben.

Sssscht! Nach unten.

Und wieder hoch!

Ssssscht! Runter!

Hoch!

Runter!

Dabei erhitzten sie sich alle drei. Auch Frynna hatte sich ihnen angeschlossen. Nach dem Spiel gab es noch Kräutersuppe und zuletzt gingen sie gemeinsam in das Schlafgemach nebenan, wo ein Strohlager neben dem anderen ausgebreitet war und Pirina eines bekam: genau zwischen ihrer Mutter und Ilayna. Das war wie im Märchen.

Und da Areshva oben in dem Krankenraum noch immer schlief wie abgeschossen, durfte das Märchen auch weitergehen.

»Ich bin so froh, dass du jetzt wieder bei uns bist«, war das Letzte, was Pirina hörte, bevor sie in einen tiefen süßen Schlummer fiel.

Hexenküche

Ein Albtraum ließ Pirina aus dem Schlaf schrecken. Es war stockdunkel. Sie hörte die anderen um sich herum atmen. Zu früheren Zeiten hätte sie das beruhigt und sie hätte wieder einschlafen können. Aber heute war irgendetwas nicht in Ordnung.

Pirina stand auf und tastete sich durch die Dunkelheit. Was war das? Warum war sie so erschrocken, so beklemmt? Die Tür stand einen Spalt offen. Sie huschte hindurch. Vorsichtig tastete sie sich zur Wendeltreppe hin. Jetzt spürte sie es noch stärker. Das war Areshvas Aura. Sie flackerte und drang tief und stechend durch Pirinas Körper hindurch. Areshva musste wach sein. Was führte sie im Schilde, jetzt, mitten in der Nacht?

Pirna stapfte die Treppe hinauf. Wie befürchtet, lag Areshva nicht mehr in dem Bett. Sie hockte stattdessen in einer Ecke im Gang zwischen Krankenraum und Kräuterladen. Den hatte sie erhellt mit einem grünlichen Licht, das ihr Gesicht seltsam fahl aussehen ließ. Und sie brutzelte etwas in einem Topf, den sie auf einer dicken magischen Flamme erhitzte. Die Suppe brodelte. Areshva zerkrümelte ein paar Kräuter und warf sie hinein. Die Oberfläche schäumte auf. Sie wurde dicker und ekliger, wie Schlamm. Ob das eine Kräutersuppe werden sollte? Der Dampf roch jedoch nicht appetitlich. Die Brühe wurde zusehends dunkler. Areshva schöpfte sie mit einer Kelle ab. Langsam wurde ihr Gebräu dadurch heller, denn immer mehr Schlamm schöpfte sie ab. Pirina verfolgte staunend, wie mit der Zeit eine wunderschön glänzende Flüssigkeit entstand.

»Sieht toll aus«, sagte Pirina bewundernd. »Was für eine Suppe wird das?«

»Sengwurz. Und jetzt pass mal auf!«

Areshva kramte die drei Kupferscheller aus ihrer Tasche, welche sie der Kundin abgenommen hatte, und ließ sie in die Flüssigkeit hineingleiten. Das Wasser in dem Topf begann heftig zu schäumen.

Sengwurz? Pirina versuchte sich zu erinnern, was Thessa gestern über diese Wurzeln gesagt hatte. Sie erinnerte sich allerdings nur noch an das Wort *giftig*. Ihr wurde mulmig zumute.

Mittlerweile leuchtete der Sud wie flüssiges Gold. Drei unförmige Gegenstände, die entfernt Fleischbällchen glichen, tanzten darin auf und ab. Je länger sie kochten, desto mehr lösten sich die Fasern von ihnen, bis sie wieder wie Münzen aussahen. Bloß ein Stück größer, als sie vorher gewesen waren. Und viel goldener.

»He!«, staunte Pirina. »Du machst nicht etwa *Goldmünzen* daraus?«

»Genau das.«

»Toll! Ich wusste gar nicht, dass du so gut mit Kräutern umgehen kannst!«

»Ich habe einfach die Informationen von deiner Kräuterheilerin benutzt und sie kombiniert mit einem alten magischen Gesetz.«

»Was für ein Gesetz?«

»Die Ausdrücke *Heilpflanzen* oder *Gift* sind irreführend. Eigentlich sind beides nur Bezeichnungen für magietragende Gewächse. Einige davon sind rein. Sie können so verwendet werden, wie sie sind. Andere haben sowohl schwarzmagische als auch lichtmagische Anteile in sich. Bei denen muss man die Methode kennen, mit der man diese Anteile herausholen und benutzen kann. Bei den Sengwurzeln braucht man dazu, wie du siehst, Hitze. Die veranlasst die Pflanze dazu, den gemeinsamen Magiestrang zu trennen.«

Jetzt sprudelten die drei Münzen immer wieder an die Oberfläche. Sie glänzten jedes Mal noch etwas schöner.

»Die sind wunderschön! Wozu brauchst du sie?«

»Ich gebe sie nachher an deine Leute zurück. Muss doch für meine Behandlung bezahlen.«

Pirina klatschte vor Freude in die Hände.

»Das ist fantastisch! Warum machst du nur drei? Du könntest zehn machen. Hundert! Alle meine Freunde könnten reich werden! Das muss ich gleich Ilayn …«

Sie sprang auf, aber Areshva hielt sie am Hemdsaum fest.

»Das wirst du niemandem erzählen, klar? Du bist schön still!«

»Aber …«

Neben Areshvas linkem Knie stand die Schüssel mit dem abgeschöpften Schaum, den Areshva aussortiert hatte. Pirina sah erst jetzt, dass auch dieses Gebräu auf einer kleinen Flamme kochte. Das war die ekelhafteste und dreckigste Soße, die sie je gesehen hatte.

Es schwamm jedoch auch etwas Metallisches darin, das ab und zu an die Oberfläche wirbelte.

»Was ist das?« Pirinas Herz begann heftig zu pochen.

»Nichts.«

»Du hast da auch etwas drin, oder?«, bohrte Pirina.

»Aber keine Münze. Etwas Kleineres.«

Wieder brodelte das Ding nach oben.

»Ein Stein?«

Nein. Es war rund. Pirina starrte in den blubbernden Schlamm.

Ein Ring.

»Der Königsring?«

Pirina schlug sich beide Hände vor den Mund.

»Was machst du damit?!«

»Ich erfülle nur mein Versprechen.«

»Welches *Versprechen*?«

»Dass diesen Ring nur ein Pallanthier tragen soll.«

»Aha.« Pirina schauderte. »Und wie soll das gehen?« Sie fror plötzlich. Eisige Kälte legte sich über ihren Körper.

»Geh schlafen«, sagte Areshva sanft. »Es ist noch sehr früh am Morgen.«

»Sag mir doch, was du da machst!«, bettelte Pirina.

Areshva ließ zwischen ihren Fingern eine Zange entstehen und holte die erste Goldmünze aus der Suppe. Sie war nicht bloß größer als vorher und golden, sie hatte auch ihre Prägung geändert. Vorne prangte eine Sonne und hinten ein Bild von Silvrin, das sein Gesicht zeigte mit dem klaren und offenen Blick, der so gewinnend wirkte. Areshva warf neblige Strahlen aus ihren Fingern auf die Münze, damit die Hitze daraus verschwand, und reichte sie dann an Pirina weiter. Das Geldstück war ordentlich schwer und Silvrins Bild außergewöhnlich hübsch – so, wie nur eine Verliebte ihren Liebsten wahrnehmen würde.

Während Pirina die Münze bewunderte, beobachtete sie aus den Augenwinkeln, wie ihre Meisterin weiter in dem Goldtopf rührte.

»Areshva«, begann sie, aber die Zauberin ließ sie den Gedanken nicht zu Ende führen.

»Sieh mal hier.« Sie holte das zweite Goldstück aus dem Wasser. Dieses zeigte ebenfalls eine Sonne auf ihrer Vorderseite. Auf der Rückseite war diesmal ein anderes Bild von Silvrin, auf dem er lächelte. Sie reichte das Kleinod an Pirina weiter. Während sie fortfuhr, die goldgelbe Suppe in dem Topf mit den Münzen umzurühren, fing die pechschwarze Brühe in dem zweiten Kessel immer scheußlicher an zu stinken.

»Ich glaube nicht, dass das hier Kirisha gefallen würde«, flüsterte das Mädchen.

»Oh doch. Und deiner Thessa auch. Wolltest du nicht, dass ich deine Freunde reich mache?«

Areshva holte die dritte Münze aus dem Goldtopf. Sie zeigte Silvrin mit ausgebreiteten Armen vor einer Volksmenge. Es sah aus, als ob er all diese Menschen beschützte. Die Suppe in dem Topf hörte auf zu leuchten. Jetzt war es nur noch gewöhnliches Wasser. Areshva nahm alle drei Münzen wieder an sich.

»Die Goldmünzen sind wunderschön, aber warum willst du mir nicht sagen, wozu du den schwarzen Topf brauchst?«, fragte Pirina verunsichert.

Aus dem Flur waren Geräusche zu hören. Areshva löschte die Flamme unter dem Goldtopf, nahm auch den Gifttopf vom Feuer und goss die grässliche Soße mitsamt dem Ring in ein tönernes Gefäß, das sie sorgfältig mit einem Korken verschloss. Danach verstaute sie beides in einem Beutel, den sie an ihren Gürtel band, und löschte das zweite Feuer. Die Töpfe stapelte sie übereinander in der Ecke hinter sich.

Dara erschien mit einer Fackel in der Hand.

»Pirina! Hier bist du!« Sie kam näher heran. Pirina stand auf. »Was machst du hier? Warum schläfst du nicht um diese …« Erst jetzt gewahrte sie die Zauberin hinter ihrer Tochter. »Oh.«

Areshva nickte ihr höflich zu.

»Ich wollte gerade gehen.« Sie öffnete ihre Hand und hielt ihr die drei goldenen Münzen entgegen, die in dem Schummerlicht verheißungsvoll glänzten. »Ich habe für meine Behandlung noch nicht bezahlt und mich auch nicht bedankt, das möchte ich jetzt nachholen. Nehmt das für eure Hilfe, aber benutzt die Münzen noch nicht jetzt, bewahrt sie auf. In einiger Zeit werden sie einen unermesslichen Wert erlangen. Wenn Fürst Silvrin von Aravenna erst unserem Land den Weg zurück zu den Lichtgöttern gewiesen hat, meine ich. Wartet mit dem Verkauf bis dahin.«

Dara starrte sie verblüfft an.

»Du willst schon gehen?«, fragte Pirina erschrocken. »Können wir nicht noch etwas bleiben? Sieh doch, das ist Dara, meine Mama. Ich hab sie so lange nicht gesehen.«

»Du kannst bleiben, so lange du willst. Aber ich bin hier fertig und außerdem hab ich´s eilig.«

Sie drehte sich um.

»Warte!«, rief Pirina schrill. »Ich …«

Sie blickte hin- und hergerissen von Dara zu Areshva und wieder zurück.

»Wir haben keine Zeit zu verlieren. Der nächste Kampf kann jederzeit beginnen. Du musst dich entscheiden, ob du Kind deiner Mutter oder meine Schülerin sein willst.«

Schon war sie zur Tür hinaus.

Pirina kamen die Tränen. Sie stand da noch immer wie angewurzelt.

Dara nahm sie in die Arme und hob sie hoch. Tröstend trocknete sie ihr die Tränen ab.

»Aus dieser Hexe wird man niemals schlau«, sagte sie leise. »Was für ein Benehmen! So geht man nicht mit einem kleinen Mädchen um. Dich mitten in der Nacht aus dem Bett zu reißen, du bist todmüde, armes Kleines.«

Pirina presste sich ganz eng an sie.

»Mama. Oh meine Mama.«

»Mein allerliebstes einziges Töchterchen.«

Pirina fing an zu weinen. Ihre Mutter war am Leben, sie wollte nichts lieber, als hierzubleiben, ewig und immer. Und sie hatte völlig recht: Areshva hatte kein Benehmen. Sie war gefühllos, sie war eine Verbrecherin. Götter im Himmel, was hatte sie mit diesem Ring vor? Wollte sie die ganze Welt verderben? Wer würde sie daran hindern können, wenn Pirina sie davonlaufen ließ? Wer würde sie daran erinnern, dass sie die Welt eigentlich retten sollte?

»Lass mich bitte los, Mama«, flüsterte Pirina und wischte sich die Tränen aus den Augen. Es half ja nichts. Es gab keine andere Möglichkeit. »Ich muss ihr nach«, sagte sie schluchzend. »Das geht sonst schief. Und das darf nicht schiefgehen. Ich komm aber zurück, sobald ich kann, Mama. Warte auf mich!«

Damit rannte sie aus dem Zimmer, heraus aus dem Laden, auf die Straße. Draußen dämmerte der neue Morgen heran. Areshva war nirgends zu sehen. Aber sie konnte ihr nicht entkommen, weil Pirina im Gegensatz zu ihr fliegen konnte. Sie breitete ihre Flügel aus und sah Sekunden später die Hausdächer der Stadt von oben.

Areshva war erst zwei Straßenzüge weit gekommen und sie führte sogar Pirinas Pferd mit sich. Ihr wurde gleich etwas wohler ums Herz. Sie hatte gewusst, dass Pirina ihr nachkommen würde.

Pirina flatterte nach unten direkt auf den Rücken ihres Pferdes. Schweigend ritten sie durch den noch im Halbdunkel liegenden Ort.

»Wohin willst du?«

Areshva schnaubte.

Klar, das war eine dumme Frage. Natürlich nach Darghessa. Sie musste ebenso wie Pirina davon gehört haben, dass Silvrin dorthin aufgebrochen war. Und ohne ihren Schutz konnte er die geplante Schlacht nicht überleben. Bald hatten sie das Stadtzentrum hinter sich gelassen. Sie passierten das Denkmal eines Königs mit langem, wehenden Umhang und einem Stab in der Hand. Seine Krone war zur Hälfte abgebrochen. Darauf saß ein Rabe, der gerade in dem Moment laut krächzte, als sie vorbeiritten. Dahinter begannen unscheinbarere Straßen mit ärmlichen Häusern und Hütten, die Pirina von oben gar nicht gesehen hatte.

»Was hast du mit dem Ring gemacht?«, bohrte Pirina. »Jetzt kannst du es doch sagen, niemand hört uns hier.«

»Ich habe ihn ein bisschen präpariert. Die Kräutermischung dürfte sich inzwischen darin ausgebreitet haben.«

»Und wozu das alles? Warum bewahrst du den Ring jetzt in dieser Büchse auf?«

»Ich habe die Flüssigkeit darin auf Eiseskälte abgekühlt. Die Wirkung des Ringes ist nämlich temperaturabhängig. Wenn du zugehört hättest, was mir eure Thessa sagte, wüsstest du das noch. Der Zauber entfaltet sich erst, wenn der Ring Körpertemperatur bekommt, also wenn du ihn mehrere Augenblicke getragen hast. Sodass derjenige, der sich den Ring ansteckt, gar nichts Böses ahnen wird.«

»Was denn *Böses*? Ist das ein Fluch, auf dem Ring?«

»Ein gewöhnlicher Fluch tötet nicht gleich beim ersten Mal, wie du weißt. Den müsste einer dreimal sprechen. Das wäre nicht effektiv genug für unsere Zwecke. Nein, dies ist ein Dämonenfluch.«

»*Dämonenfluch?*« Pirina stiegen die Haare zu Berge. »Das hört sich unheimlich an. Was bedeutet es?«

»Das wirst du dann schon sehen. Jedenfalls wird dieser Ring seinen Träger jetzt nicht mehr zum König machen, sondern ihn innerhalb von nur ein paar Augenblicken töten. Es sei denn, er wäre mit dem verstorbenen pallanthischen König Thyrangar blutsverwandt und dadurch immun gegen meinen Fluch.«

»Aber warum willst du den neuen König töten? Ich verstehe nicht.«

Areshva rollte mit den Augen.

»Weil derjenige, dem ich den Ring geben muss, kein Pallanthier sein wird! Unsere dreckige Hohepriesterin ist doch garantiert mit einem besonderen Bösewicht verbündet, und ich bin gezwungen, diesem Stück Dreck den Königsring zu schenken, um Silvrins Orakel zu löschen. Mein kleiner Fluch wird allerdings dafür sorgen, dass keiner unserer Feinde große Freude an dem Ring haben wird. Der Ring wird, wenn wir Glück haben, alle unsere schlimmsten Gegner umbringen. So lange, bis der richtige Kandidat auftaucht. Der immun ist gegen meinen Fluch. Also der Pallanthier, den Kirisha sich wünscht. Ich nehme an, das wird dieser unscheinbare Prinz Osving sein, da es ja keinen anderen Kandidaten gibt. Ist es nicht genial? Auf diese Weise werde ich mein Versprechen Kirisha gegenüber hundertprozentig einlösen und muss mich nicht weiter um den Ring sorgen, denn er kann gar nicht den Falschen in die Hände fallen. Na, was sagst du jetzt? Ist das genial?«

Pirina erbleichte.

»Das ist ... bestialisch! Womöglich könntest du mehrere Leute damit umbringen, oder? Das kannst du doch nicht machen!«

Areshva senkte den Kopf.

»Ich denke, wenn es den Ersten trifft, werden die anderen meinen Zauber schnell begreifen und die Finger davon lassen. Außerdem treffe ich den Verbündeten der Hohepriesterin und er ist selbst ein Mörder. Wenn ich die alten Geschichten richtig verstanden habe, hat er damals unseren König umgebracht und die anderen Leute auch, die mit ihm starben.«

»Bestialisch ist es trotzdem. Außerdem … wenn die Hohepriesterin merkt, dass du sie betrügen willst?«

»Das merkt sie nicht, weil der Ring ja erst giftig wird, wenn er warm genug geworden ist. Wenn ich ihn vorher genug abkühle, bevor ich die alte Hexe besuche, kann ich ihn sogar eine Weile auf dem Finger tragen, ohne dass mir etwas passiert. Ich wette mit dir, dass sie das beruhigt und dass ihre Gier größer sein wird als ihre Vernunft.«

»Und die Münzen? Wozu …?«

»Die Münzen brauchte ich, um Kirisha abzulenken. Die kriegt es raus, dass ich bei deinen Leuten mit ungewöhnlichem Zeug rumgebrutzelt habe, weil sie mir nachspüren wird. Wenn man ihr dann erzählt, ich hätte Gold herbeigezaubert, gibt sie sich damit hoffentlich zufrieden.«

Sie passierten einen Friedhof. Da buddelte jemand bei den Totensteinen. Als sie näher kamen, war deutlich zu sehen, dass sie ein frisches Grab aushoben.

Pirina fröstelte noch immer.

»Dieser Ring hatte noch helle Strahlung drin, als ich ihn aus dem Grab des Königs geholt habe, weißt du das? Darum konnte keine der Zauberinnen den Deckel öffnen. Weil sie ja alle zu den finsteren Göttern beten. Helle, weiße Strahlen! Und rate mal, was dann passiert ist? Ich hab die Sonnengöttin gerufen und ich habe ihr alle diese weißen Strahlen geopfert! Was sagst du jetzt?«

Areshva lachte ironisch. »Na klar.«

»Wirklich! Die Götter des Lichts waren ganz nah …
für einen Moment.«

Zwei Totengeister huschten über das Grab. Die
Arbeiter sprangen vor ihnen zur Seite.

»Und jetzt sind sie weit weg.« Pirinas Stimme wurde
leiser, bis sie ganz verklang.

Areshvas Kontaktring leuchtete auf. Sie seufzte.

»Das wird Kirisha sein. Sie traut mir nicht. Wir haben
uns gerade erst getrennt. Schon forscht sie nach, was ich
mache.«

»Tja …«, murmelte Pirna. »Sie hat wohl Grund
dazu.«

»Ich wünschte, es wär noch so wie früher«, sagte
Areshva leidenschaftlich. »Als ich noch zu Kirishas
Freunden gehörte, als ich in ihrem Tempel leben durfte,
von ihrem Vertrauen essen und von ihrer Liebe trinken
konnte. Wenn ich doch klüger gewesen wäre! Wenn ich
sie doch nie enttäuscht hätte! Wie anders stünde ich hier
jetzt!«

Sie atmete tief durch. Dann rieb sie an dem Ring und
wartete ab, bis die geisterhafte Silhouette der Priesterin
Kirisha herausgequollen war.

»Ich grüße Euch, ehrwürdige Meisterin.«

»Hast du schon Kontakt zur Sonnengöttin?«, fragte
die Pallanthierin hoffnungsvoll.

Areshva strich sich eine Haarsträhne aus der Stirn.

»Nein.«

»Hast du es wenigstens versucht?«

»Kirisha! Ich sagte doch, dass ich jetzt nicht die
Möglichkeit dazu habe. Ruft Ihr mich deswegen?«

Die durchsichtige Gestalt der Priesterin verschwamm
ein wenig, als ob sie sich auflösen wollte. Dann wurde
sie wieder klarer.

»Ich soll dir eine Nachricht überbringen von
Prinzessin Isimela«, sagte Kirisha steif. »Silvrin hat eine

Duellforderung bekommen und sie bittet darum, dass du ihm bei dem Kampf hilfst.«

»Ach du Schreck. Wo ist er?«

»In den Anhöhen zwischen Aravenna und Darghessa.«

»Das ist zu weit von hier. Ich komme nicht schnell genug hin. Wisst Ihr, ob er Magiestäbe dabeihat?«

»Ja. Zehn Stück.«

»Sehr gut. Ich hoffe, er hat inzwischen etwas damit geübt. Dann matscht er seinen Gegner damit hoffentlich auch ohne meine Hilfe.«

»Rede nicht so, das widert mich an! Im Übrigen wird das wohl eher er selber sein, der *gematscht* wird. Er trifft nämlich auf einen, der sich mit Magie besser auskennt als er und der auch bessere Magiestäbe hat. Davon abgesehen bin ich mir gar nicht sicher, ob du seinen Gegner tatsächlich töten willst.«

Areshva verzog die Mundwinkel. »Aber ich bin mir sicher.«

»Wirklich? Du hast nicht mal gefragt, wer sein Gegner sein wird.«

»Als ob mich das interessiert. Wer ist es?«

»Dein Vater.«

Magische Attacken

Silvrin und sein Freund Koryelan sowie die
Regimentsführer Lemetrong und Kessinaj ritten an der
Spitze ihrer Armee auf der breiten Hauptstraße entlang,
die von Aravenna über bergiges Gebiet Richtung
Darghessa führte. Sie waren bereits längere Zeit
unterwegs. Neben dem Weg strömte die Arav, die sich
aus den Bergen bis in die Hauptstadt Aravenna
schlängelte. Den Wegesrand säumten Apfel- und
Birnbäume, die Früchte trugen, auch wenn diese noch
nicht reif waren. Die Luft war deutlich kühler als in den
Tagen vorher und der raue Wind ließ sie fühlen, dass der
Herbst nahe war.

»Fürst Ishtangar von Pallanthia ist solch ein
Starrkopf«, knurrte Silvrin zwischen den Zähnen, der
inzwischen nicht mehr als Fürst angeredet werden
wollte, aber dennoch weiter als solcher betrachtet
wurde. »Es wäre besser gewesen, wir würden gemeinsam
reiten.«

Keiner kommentierte diese Bemerkung. Prinz
Koryelan hatte den Kopf eingezogen und blickte
angespannt nach vorn, so als könnte dort jederzeit
irgendein Ungeheuer auftauchen.

»Aber wenn er nicht unter meine Führung gehen will, ist das ja nicht mein Problem«, führte Silvrin seinen Gedanken zu Ende.

»Was wäre so schlecht daran gewesen, wenn wir unter seine Führung gegangen wären?«, fragte Regimentsführer Kessinaj von hinten. Silvrin warf ihm einen wütenden Blick zu.

»Damit wollte ich deine Qualitäten nicht infrage stellen«, ergänzte Kessinaj. »Die Hauptsache ist doch, dass wir gewinnen, egal wie. Und dazu muss man nicht etwa der größte Held, sondern lediglich ein geschickter Stratege sein, manchmal sogar besser im Hintergrund und nicht in vorderster Schusslinie.«

Diese Belehrung war nicht dazu angetan, Silvrins Laune zu verbessern. Das nächste Wegstück ritten sie in finsterem Schweigen. Der Weg führte langsam in die Höhe und der Fluss bog zur Seite ab, bis sie ihn aus den Augen verloren hatten. Zeichen dafür, dass sie sich der Bergkette näherten, die Aravenna von Darghessa trennte. Jetzt hatten sie den ersten Berg erreicht. Es ging nun konstant aufwärts. Der Weg wurde schmaler. Rechts erhob sich das Bergmassiv, links fiel eine Schlucht steil ab. Sie bogen um eine Ecke. Ein gewaltiger Fels war hier heruntergekracht. Er lag quer über dem Weg, zwischen Steinen und Geröll, und versperrte ihn. Ein Weiterritt war unmöglich.

Silvrin hielt sein Pferd an und erhob seine linke gesunde Hand.

»Anhalten!«

Kessinaj ritt an seine Seite.

»Seltsam. Warum hat die Vorhut uns das nicht gemeldet? Sie müssen hier doch vorbeigekommen sein.«

»Ist das eine Falle?«, hauchte Prinz Koryelan, der blass im Gesicht war, als ritte er zu einem Begräbnis.

Silvrin sah sich um. Alles war still. Der Fels musste heruntergefallen sein, nachdem seine Vorhut diesen Weg passiert hatte.

»Entfernt das Hindernis und untersucht die Gegend«, befahl er, stieg von seinem Pferd und ging an die Seite, um seinen Soldaten Platz zu machen, die auch sofort begannen, die Steine zu räumen.

Da hörte Silvrin etwas, das ihm das Blut zu Eis gefrieren ließ. Einen schrillen, bösartigen Ruf.

»Und dieser Tag wird dein letzter sein, du dreckiger Hurensohn!«

Diese Stimme hätte er unter Tausenden erkannt. Areshva. Die mysteriöse Zauberin. Er wirbelte herum. Wo war sie? Steckte sie hinter dem blockierten Weg? Ah! Dort! Sie stand nur ein paar Schritte neben ihm und sah ihn höhnisch an. Er griff nach einem der Magiestäbe, die er an seinem Gürtel trug. Langsam ging er auf sie zu.

Ganz abrupt wurde es still um ihn herum. Gerade eben hatte er noch seine Leute schimpfen und rufen hören, und das Geräusch der Steine, die über den Kies rutschten oder die Schlucht herunterkrachten. Das war jetzt alles weg. Als ob er plötzlich ertaubt wäre.

Er sah sich zu Kessinaj um, aber der war verschwunden. Seine gesamte Armee war wie ausradiert. Er stand hier allein. Und er befand sich auch nicht mehr dort, wo er vorher gestanden hatte. Nein, dies schien eine Art Talkessel zu sein, ein großer freier Platz, zu allen Seiten umgeben von Steilhängen.

Noch ehe er begriffen hatte, was mit ihm passiert war, sah er weit oben auf einem der Gebirgshänge den dicken Skeff stehen, gegen den er schon einmal gekämpft hatte, Areshvas Vater. Seinen Wanst umhüllte eine Lederweste. Er hatte seine Flügel weit ausgebreitet und sah deshalb aus wie ein fetter Drache. In seinem

Gürtel steckte ein solch gewaltiges Arsenal von Magiestäben, dass die Luft um ihn herum flimmerte und bemerkenswert laut elektrisch knisterte.

Dieses Bild löste sich ebenso schnell wieder auf, wie es erschienen war. Stattdessen tauchte an einer anderen Stelle ihm gegenüber Areshva auf.

Er hörte, wie sie genervt fauchte: »Mann, verpiss dich doch! Kann ich nicht mal hier meine Ruhe von dir haben?«

Dabei sah sie ihn an. Nicht wie sonst. Das waren tote Blicke, Blicke, die ihn nicht erkannten. Die gar nichts erkannten, weil sie nirgendwohin gerichtet waren.

Silvrin hatte sie schon einmal so gesehen, auf diesem Magiestab, den er ihrem Vater abgenommen hatte.

Ohrenbetäubender Lärm riss ihn aus diesen Überlegungen. Er hörte etwas knallen und sprang instinktiv zur Seite.

Areshva war verschwunden. Doch eine brennende Feuerkugel raste auf ihn zu. Er versuchte sie mit einem der Magiestäbe abzuwehren, die er von Vadinia bekommen hatte, aber sie war zu schnell. Er hechtete zur Seite und flog auf den Boden. Schon donnerte die nächste auf ihn zu. Er rollte sich weg, kam auf die Beine und flüchtete bergabwärts. Dabei versuchte er herauszufinden, wer sein Gegner war und wo er stand. Aber hier stimmte gar nichts mehr. Er sah ab und zu den alten Smorkyn und dann wieder Areshva, beide schienen beliebig an allen möglichen Orten auftauchen und verschwinden zu können. Zwar konnte er inzwischen magische Ströme aus seinen Magiestäben locken, aber sie hielten die Feuerkugeln nicht auf, von denen immer neue auf ihn zubombten. Er wusste kaum, wohin er fliehen sollte, weil er den Standort seines Gegners nicht ausmachen konnte. Darum bewegte er sich im ständigen Zickzack.

Areshva war plötzlich in seiner Nähe. Sie beschimpfte ihn mit durchdringender schneidender Stimme. Auf seine Antwort reagierte sie nicht. Ein Geschoss sauste direkt an seinem Ohr vorbei. Silvrin rannte hinter einen Felsen und lauschte schwer atmend. Ihm dröhnte der Kopf. Dies war ein einziger Albtraum. Sein Feind hörte auf zu schießen. Silvrin begriff, dass er ihn nicht mehr sehen konnte, weil dieser Felsen ihn verdeckte. Er hatte ein bisschen Zeit gewonnen.

Wie sollte er sich verteidigen? Wie seinen Gegner finden? Er nestelte den Spezialstab aus seinem Gürtel, den er damals Smorkyn abgenommen hatte. Fieberhaft versuchte er sich zu erinnern, was für Sprüche darauf waren. Zehn Bomben und eine Kuppel, wenn er sich nicht täuschte. Vorsichtig linste er hinter seinem Versteck vor. Ein grelles weißes Licht sauste auf ihn zu, das ihn blendete. Er begriff, dass diese Feuerkugel seinen Felsen zerschmettern würde, sprang drei, vier lange Sätze zur Seite und warf sich dann auf den Boden. Ein ohrenbetäubender Krach erschütterte das Tal; der Erdboden unter ihm vibrierte. Ein kleiner Stein traf ihn schmerzhaft an der Schulter. Der Blitz hatte ihn so geblendet, dass er noch eine ganze Weile lang nur weiße Flecken sah. Er kniff die Augen zusammen, bis das Bild davor wieder klarer wurde. An der Stelle, wo der zerstörte Felsen gestanden hatte, stiegen überall Staubwölkchen und Dampfschwaden auf.

Dort war Areshva, nur ein kleines Stück unterhalb von ihm! Interessanterweise stand sie diesmal auf dem Kopf. Ihre Füße befanden sich im Himmel, so als hätte sie festen Boden unter sich. Die Hände hatte sie in die Hüften gestemmt, während ihre Haare und Stirn nur halb zu sehen waren, denn sie bohrten sich in das Erdreich. Dabei sah sie äußerst gelangweilt aus. Ihre Haare fielen provokativ gar nicht auf das Erdreich herunter, wie sie hätten sollen, sondern lagen über ihren Schultern bis in den Himmel hoch.

Erst jetzt sah er den Magiestab. Bei allen Göttern, dass er das nicht längst begriffen hatte! Es war nur eine Spiegelung. Der Stab erzeugte die Bilder von ihr. Schließlich wusste er doch, dass sie nicht hier sein konnte. Die letzte Auskunft, die die aravennischen Priesterinnen ihm gegeben hatten, lautete, sie sei nach Pallanthia geritten. Das war genau in die andere Richtung.

Sie würde ihn diesmal nicht angreifen.

Und ihm auch nicht helfen.

Fieberhaft überlegte er. Smorkyn bekämpfte ihn also mit Illusionen, und er ließ Bilder von Areshva erscheinen, um ihn durcheinander zu bringen. Gut, dass er das jetzt erkannt hatte – aber wo versteckte sich sein Feind?

Er kroch vorsichtig ein Stück vorwärts, langsam, damit sein unsichtbarer Gegner nicht erkennen sollte, dass er noch lebte, und griff nach seinem Magiestab mit den Spezialsprüchen. Sofort fühlte er, dass er ihn an vielen Stellen aktivieren konnte. Silvrin berührte eine davon. Areshvas Gestalt tauchte hoch über seinem Kopf auf, sie stand dort in einer abenteuerlichen Schräge und fluchte laut. Schon war sie wieder verschwunden. Diesmal ignorierte er jedoch diese Illusion.

War es die Einzige? Womöglich war die gesamte Landschaft, in *Arena*, in der er sich befand, nichts als eine Luftspiegelung. Leider nützte die Erkenntnis wenig, weil er nicht wusste, wie er die Trugbilder auflösen konnte.

Der Dicke stand da plötzlich genau in der Mitte des Talkessels, wieder wie vorher in vollem Imponiergehabe mit hoch ausgestreckten Flügeln. Kein Zweifel, dass er

Silvrin gesehen hatte, denn er blickte genau in seine Richtung.

»Hab ich dich, du Mistkerl!«, brüllte er so laut, dass das Echo seiner Stimme über alle Felsen hallte. »Jetzt bist du dran!«

Er zog ein dickes metallisches Teil aus seinem Gürtel, das aussah wie ein Balken mit hunderten wuchtigen Nägeln darin. Silvrin bekam eine Gänsehaut. Ihm musste niemand erklären, dass jeder einzelne kleine *Nagel* eine Bombe sein würde und auch nicht, wen diese Granaten gleich treffen würden.

Er untersuchte rasch seinen eigenen Spezialstab und bereitete seinen Gegenangriff vor.

Unter lautem Getöse krachte die nächste Feuerkugel auf ihn zu. Silvrin reagierte reflexartig, berührte seinen Stab und löste eine eigene Bombe aus.

Beide Geschosse trafen in der Luft aufeinander und explodierten. Es regnete Sterne. Danach war keine Zeit mehr, nachzudenken, denn Smorkyn attackierte ihn nun ununterbrochen.

Die nächste Feuerkugel sauste auf ihn zu. Er schoss auch die zweite ab, und wie ein Hagel regnete es immer Neue. Es krachte und donnerte, Silvrin war wie im Fieber. Leider schien die magische Reserve des Skeff unerschöpflich zu sein, während er nur zehn Geschosse hatte – und eine Kuppel. Schon zischte seine achte Kugel los. Der ganze Talkessel war ein einziges Feuerwerk. Bloß noch zwei verdammte Schuss übrig! Nummer neun erwischte er nicht richtig. Wieder traf ihn eine Druckwelle und warf ihn zu Boden. Die Kuppel aktivieren, dachte er hitzig. Sein Finger bohrte sich tief in den Stab, traf auf eine Einbuchtung, die anders war als die vorigen. Er drückte sie herunter, hörte ein gewaltiges Knirschen und Smorkyns wieherndes Lachen: »Du bist tot, Kanaille!«

Eine durchsichtige Kuppel wuchs aus der Erde. Die Geschosse ratterten auf ihn los wie gigantische Hagelsalven. Er hörte sie vor seinem Bauch und über seinem Kopf einschlagen, pausenlos … aber sie trafen nur die durchsichtige Wand, die sich über ihn stülpte. Würde ihn die Kuppel retten? Er musste damit rechnen, dass sie wieder verschwand, wenn ihre Magie ausgebrannt war, und er dann ungeschützt sein würde. Er brauchte eine neue Verteidigung. Leider war sein Spezialstab inzwischen verbraucht, den würde er nicht mehr nutzen können. Seine Finger tasteten über seinen Waffengürtel. Dort hatte er noch zwei kleine Magiestäbchen von Vadinia übrig. Im Angesicht der Megabomben, mit denen er es augenblicklich zu tun hatte, konnte man diese beiden Strohhalme allerdings kaum als Waffen bezeichnen.

Nach einer Weile wurde er ruhiger. Dies war eigentlich sogar lustig. Er hatte zwar nur Pseudostäbe zu seinem Schutz – der Alte war ihm haushoch überlegen – und trotzdem konnte er ihm nichts anhaben, denn Silvrin befand sich inmitten eines Bombeninfernos in völliger Sicherheit. Der Skeff ballerte noch immer wie ein Wahnsinniger und kreischte vor lauter Begeisterung, weil er in seiner Tobsucht und in all dem Feuerdampf, der schon den ganzen Talkessel umhüllte, gar nicht mehr sehen konnte, wie oft er Silvrin *nicht* getroffen hatte.

Blieb bloß zu hoffen, dass diese Kuppel weiterhin gegen die Angriffe standhalten würde.

Eine plötzliche Stille breitete sich aus.

Aha, dachte Silvrin, *jetzt hat er keine Munition mehr. Das wurde langsam Zeit.*

Um ihn herum stiegen schwarze Staubwolken in die Höhe. Mit Schrecken gewahrte Silvrin jedoch, dass sich auch seine Kuppel auflöste – er war ungeschützt.

Fieberhaft dachte er nach. Hatte der Alte gar keine Munition mehr oder war bloß seine Hunterkanone leer? Oder er hielt Silvrin für tot. Sobald sich der Staub hier wieder gelegt hätte, würde dieses merkwürdige Fest garantiert weitergehen. Leider hatte auch er keine richtige Munition mehr und vor allem keine zweite Kuppel. Ihm wurde mulmig zumute.

Da hörte er von weiter hinten die verzweifelt klingende Stimme seines Freundes Koryelan.

»Silvrin! Wo bist du? Lebst du noch?«

Der dicke Skeff lachte laut und hässlich.

»He, du Wachtel! Willst du dir auch ´ne Ladung abholen?«

»Bleibt von mir! Ich bin unbewaffnet!« Koryelan wurde zunehmend hysterisch. »Was habt Ihr mit ihm gemacht?«

»Ihm gegeben, was er verdient! Niemand wirft mich in den Dreck! Stehen bleiben oder ich knall dich auch noch ab!«

Silvrin nutzte ihr Wortgeplänkel als Gelegenheit, sich zu verstecken. Er kletterte im Schutz der Staubwolke seitwärts, so leise er konnte. Er musste weg. Irgendwohin, wo der Alte ihn nicht vermuten würde. Leider löste sich der Staub jetzt immer mehr auf. Er duckte sich auf den Boden und schlich von Fels zu Fels.

»Silvrin!«, schrie Koryelan.

Seine Stimme klang jetzt näher. Sicherlich musste sein Freund denken, er läge irgendwo dort, wohin der Skeff geschossen hatte. Genau das dachte auch Smorkyn, der ebenfalls auf die Höhe hinaufstieg, wo Silvrin gerade noch gewesen war. Koryelan schien er als einen Versager eingestuft zu haben, um den er sich nicht weiter kümmern musste.

Silvrin konnte gar nicht so schnell kriechen, wie die beiden anderen gingen. Deshalb versuchte er wenigstens dorthin zu kommen, wo Koryelan langging, damit der ihn eher fand als Smorkyn.

Koryelan stand mit einem Mal direkt über ihm. Er sah ihn aber nicht, weil ihm Tränen in den Augen hingen und er sich ein übers andere Mal darüber wischte. Außerdem lenkte Smorkyn ihn ab, dessen Schritte Silvrin nur wenige Meter entfernt hören konnte. Er hielt die Luft an. Der durfte nicht herkommen. Bitte nicht.

»Eines Tages werden die Götter Euch strafen«, murmelte Koryelan halblaut.

»*Die Götter?*«, bölkte Smorkyn. »Was? Bei denen hab ich jetzt was gut! Von wegen, der Kerl ist unbesiegbar! Ha! Der war nix als ein gewöhnlicher stinkender Landstreicher!«

Silvrin ergriff mit der Linken Koryelans Fußgelenk und legte ganz sacht seine Hand darum. Er wagte nichts zu sagen, weil der Alte so nah war. Sein Freund schüttelte den Fuß, blickte nach unten – und verbiss sich nur mit Mühe einen Aufschrei.

»Ich zerschneide ihn in seine Einzelteile, wenn ich ihn finde«, knurrte Smorkyn voller Inbrunst. Wütend hackte er mit seinem Schwert gegen einen Felsen, was krachende Echos von den gegenüberliegenden Berghöhen hervorrief.

Silvrin winkte den Prinzen zu sich herunter. Koryelan beugte sich über ihn.

»Wie hast du diesen Platz gefunden?«, wisperte Silvrin schnell.

»Keine Ahnung. Ich ging dir nach, plötzlich war ich hier. Als wäre ich durch eine Tür gegangen.«

»Ich hab keine Magiestäbe mehr. Die von Vadinia sind wertlos. Kannst du mir neue organisieren, bessere?«

»Du machst Witze! Wie denn? Woher?«

»Frag die Priesterinnen! Geh weiter. Sonst wundert er sich.«

Koryelan gehorchte. Widerstrebend ging er vorwärts und widerstand der Versuchung, sich nach Silvrin umzudrehen. Vorsichtshalber entfernte er sich ein gutes Stück. Smorkyn suchte immer noch. Er stocherte jetzt mit seinem Schwert über den Boden, auf dem er entlangging.

Koryelan versteckte sich hinter einem Felsen, berührte seinen Kontaktring und strich mit dem Finger daran entlang. Das Bild seiner Verbündeten, der Priesterin Coreana, quoll heraus.

»Ihr Götter! Koryelan! Wohin bist du denn verschwunden?«

Koryelan legte warnend einen Finger vor seinen Mund und raunte:»Ich bin bei Silvrin.«

»Ist er am Leben?«

»Wir brauchen bessere Magiestäbe. Schnell! Kannst du uns helfen?«

Die Priesterin starrte ihn an.

»Warte einen Augenblick.«

Das Bild verlöschte. Koryelan unterdrückte einen Fluch. Er rieb noch mal an seinem Ring, aber diesmal kam keine Antwort.

Smorkyn drüben lachte dröhnend.

»Hähä! Hab ich dich!«

Er schoss auf Silvrin. Der duckte sich und rannte zu Koryelan hinter den Felsen. Natürlich visierte der Alte diesen als Nächstes an, deshalb riss Silvrin seinen Freund mit sich und flüchtete weiter. Das Gestein hinter ihm explodierte.

Es wurde still. Smorkyn stand auf einer felsigen Anhöhe und hob einen ausgebrannten Balken hoch. Seine ehemalige Superwaffe.

»Jetzt hat er keine Kanonen mehr«, keuchte Silvrin und schnappte nach Luft. »Den Göttern sei Dank.«

Sie beobachteten den Alten eine Weile.

»Was macht er denn da?«, fragte Koryelan.

Smorkyn fummelte an dem ausgebrannten Balken herum.

»Verdammt, er führt was im Schilde«, knurrte Silvrin.

Der Räuber drehte die verbrannte Waffe herum, inspizierte sie von allen Seiten.

»Vielleicht will er das Teil wieder instand setzen.«

»Geht das? Kann man einen ausgebrannten Stab reaktivieren?«

Koryelan bekam eine Gänsehaut.

»Ich hoffe nicht. Jedenfalls nicht *den* Stab. Coreana, melde dich doch! Lass uns nicht hängen!« Er rieb am Ring. Vergebens.

Smorkyn holte einen Beutel heraus. Es schien eine Trinkflasche zu sein. Er kippte den Inhalt über seinen Balken.

Silvrin kniff die Augen zusammen.

»Wenn er das kann, kann ich das auch.«

Er holte seinen ausgebrannten Vierfachstab heraus, legte ihn auf einen Stein vor sich und schüttete ebenfalls Wasser darüber. Derweil holte Smorkyn einen weiteren Stab hervor und ließ an seiner Spitze eine Flamme entstehen.

»Was tut er da?«, fragte Koryelan nervös.

Silvrin holte einen von Vadinias Stäben hervor und rieb daran, bis eine Flamme herauszischte.

»Wahrscheinlich braucht er Wasser- und Feuerenergie für seinen Spruch.«

Der Dicke ließ die Flamme aus seinem Stab gegen den Balken flackern. Dann hörten sie ihn laut brüllen: »*Sorcher!*«

Sein Balken begann zu knistern und zu knacken. Hunderte neue Nägel brachen knirschend aus dem Gebälk. Silvrin wusste, dass er keine Zeit zu verlieren hatte.

Die Kuppel reaktivieren, schnell!

Er richtete seine eigene Flamme gegen seinen Vierfachstab und sprach seinem Gegner nach: »*Sorcher*!«

Der Stab begann zu zittern und sich auszudehnen. Er nahm ihn in die Hand und suchte nach der Einbuchtung, die er drücken musste, um die Kuppel zu erzeugen.

Sie war nicht da. Diese Seite war noch immer ausgebrannt. Silvrin blieb fast das Herz stehen. Drüben fing der Alte laut an zu lachen.

»Haha! Ich hab dich! Ich hab dich!!!«

Sein erstes Geschoss sauste auf Silvrin zu.

Er fummelte hektisch an seinem Stab. Es war nur eine der vier Seiten aktiviert. Die mit den Bomben. Verwünscht! Er würde genau zehn Schuss haben zu seiner Verteidigung. Gegen die Hunderterkanone! Er schoss. Beide Geschosse trafen aufeinander und explodierten in der Luft. Smorkyn erhöhte seine Geschwindigkeit, er ballerte drei Bomben hintereinander. Silvrin erwischte sie alle. Ihm brach der kalte Schweiß aus. *Noch sechs Schuss übrig.* Drüben machte der Alte eine Pause und schrie zu ihm herüber: »Was sagst du jetzt? Du Wanze! Du dreckiger kleiner Parasit!«

Wieder krachte es.

Silvrin hielt dagegen.

Und die nächste Feuerbombe.

Noch vier. Auch Silvrins nächste Konter saß. Die Attacken kamen bloß immer dichter.

Noch zwei.

So ging es nicht. Er durfte nicht bloß kontern, er musste attackieren! Gedankenschnell schoss er sofort danach seine beiden letzten Schüsse gleichzeitig ab. Die Einschläge hörte er diesmal weit hinten. Danach war alles still. Er konnte nicht sehen, ob er getroffen hatte, denn wie vorhin war die ganze Luft voller Qualm.

»Oh ihr Götter«, stöhnte Koryelan neben ihm.

»Silvrin! Du bist ein Teufelskerl! Hast du ihn erwischt?«

»Das müsste schon ein großer Zufall sein«, grübelte Silvrin. »Ich hab ihn ja kaum gesehen vor lauter Staubwolken. Der rappelt sich bestimmt gleich wieder auf. Nun haben wir bloß noch die Kuppel und die hält nicht lange. Und er weiß jetzt, dass sie nicht lange hält.«

Er betrachtete seinen Vierfachstab. Der Teil, auf dem die Zehnerbombe gesessen hatte, zischte und dampfte. Die anderen drei Teile sahen aus wie ausgebrannte Briketts. Silvrin benetzte sie vorsichtshalber mit Wasser, um sich nicht zu verbrennen. Dann befestigte er sie sorgfältig an seinem Gürtel. Koryelan wischte sich den Schweiß aus der Stirn.

»Was machen wir jetzt?«

»Abhauen«, schlug Silvrin vor. »Wir sind reingekommen in diese Spukarena, also müssen wir auch wieder herauskommen. Bevor der Alte wieder anfängt zu schießen. Irgendwo muss ein Ausgang sein. Komm!«

Sie kletterten über Felsen und schmale Pfade. Sie suchten in dem kleinen Tal, das in der Mitte zwischen dem kreisförmig darum herumliegenden Felsmassiv gelegen war. Sie versuchten ganz nach oben und hinter den Kamm zu klettern, aber das ging nicht, weil die Felswände kerzengerade gen Himmel zeigten.

»Das gibt es doch nicht«, grummelte Koryelan.

»Alles, was du hier siehst, sind Illusionen«, sagte Silvrin gedankenvoll. »Der Alte hat uns darin eingesperrt. Wenn wir nicht herausfinden, wie er die Illusion erzeugt hat, kommen wir hier nie heraus.«

Der Dampf hatte sich inzwischen verzogen. Sie konnten den Skeff sehen. Er befand sich unterhalb von ihnen, schon fast im Tal, und es sah danach aus, als wäre er von seinem früheren Standort abgestürzt, denn ihn umgaben Felsbrocken und Gestein.

»Vielleicht ist er tot«, sagte Koryelan hoffnungsvoll.

Das war er jedoch nicht. Gerade jetzt rappelte er sich mühevoll auf.

»So einen erwischst du nicht so leicht«, kommentierte Silvrin. Er zog die Stirn in Falten. »Warum meldet sich deine Priesterin nicht? Will sie uns nicht helfen?«

Beide sahen auf Koryelans Kontaktring und bemerkten erst jetzt, dass er schon die ganze Zeit leuchtete. Koryelan rieb hastig daran. Die Silhouette der Priesterin Coreana floss heraus. Um sie herum stand eine Menge Volk.

»Ihr seid am Leben!«, jubelte Coreana. »Den Göttern sei Dank! Wir können euch nicht sehen. Ihr steckt unter irgendeiner Magiedecke. Hör gut zu. Sag Silvrin, er soll zwei seiner Stäbe an der Spitze entzünden, dann die beiden Spitzen gegeneinanderhalten und sie mit Schwung ineinanderschieben!«

Silvrin runzelte die Stirn.

»Wirklich? Werden sie sich so nicht gegenseitig zerstören?«

»Anscheinend nicht«, erwiderte die Priesterin kurz angebunden, dann löste sich das Bild von ihr auf.

Der Alte drüben tastete suchend über den Boden.

»Er hat seinen Superbomber verloren«, sagte Koryelan mit zittriger Stimme. »Ist ihm bestimmt beim Sturz aus der Hand gefallen. Verdammt, das Gerät liegt da unten! Hoffentlich findet er es nicht.«

Silvrin griff an seinen Gürtel. Er musste das ausprobieren, was Coreana empfohlen hatte. Dazu könnte er die zwei Stäbe von Vadinia nehmen.

Verflixt! Er besaß nur noch einen. Der andere lag hinten auf dem Stein, wo er seinen *Sorcher* erzeugt hatte. Er fluchte leise. Oder könnte er den abgebrannten Vierfachstab benutzen? Er brach ihn auseinander. Den Teil mit der Kuppel und einen weiteren steckte er in seine Hosentasche. Dann erzeugte er mit Vadinias letztem Stab eine Flamme und befeuerte damit die beiden verbleibenden abgebrannten Stäbe. Nass waren sie ja noch. Hoffentlich funktionierte das.

Er flüsterte: »Sorcher!«

Das klappte sogar einwandfrei. Beide Stäbe füllten sich auf, entwickelten ein stabiles Aussehen und fingen an magisch zu strahlen. Perfekt! Jetzt hielt er Vadinias Stab zuerst gegen das Ende des einen, das er anzündete, und danach gegen den anderen Stab, den er ebenfalls entflammte.

»Ihr Götter, steht uns bei«, stammelte Koryelan.

»Was?«, fragte Silvrin, der jetzt seine zwei neuen Stäbe hochhob und sie dann ganz langsam mit den brennenden Enden gegeneinander richtete.

»Er hat seine Kanone gefunden.« Koryelan warf sich zu Boden. »Duck dich, Mann! Gleich geht´s los!«

Silvrin lugte aus den Augenwinkeln nach vorn, wo er Smorkyn wusste. Tatsächlich. Der Dicke hob gerade seinen Bomber hoch. Der eine von Silvrins Stäben flutschte zur Seite, es zischte, der obere Teil des zweiten Stabes brannte ein gutes Stück durch.

»Verflucht!«

Silvrin packte die Stäbe fester, hielt sie nochmals gegeneinander, jetzt mit Kraft. Und da gab einer der Stäbe nach. Es ging. Der andere ließ sich hineinpressen, wenn er fest drückte. Bis es nur noch ein einziger Stab war. Ein sehr kompakter, dicker. Dessen Strahlung veränderte sich. Sie strahlte plötzlich nicht mehr nach außen ab, sondern nach innen herein.

»Duck dich!«, schrie Koryelan. »Bist du bescheuert, duck dich!«

Silvrin packte seinen neuen Stab und zielte auf seinen Widersacher. Er konnte bloß hoffen, dass das Teil dazu geeignet war, ihn zu erledigen. Allerdings hatte er, was das betraf, bereits einen gewissen Verdacht. Wieso konnte ihm Coreana eine Bastelanleitung geben für etwas, das sie selber nicht verstand? Wer hatte ihr diesen Hinweis gegeben? Eventuell eine ganz bestimmte, sehr mächtige Zauberin?! Silvrin aktivierte den Stab. Er drückte darauf herum. Sein Gerät erzeugte jedoch keine Feuerkugeln. Es erzeugte gar nichts. Er spürte bloß ein unangenehmes Saugen auf seiner Haut. Verwünscht!

Er hörte Smorkyn von drüben brüllen.

»Aargh!«

Dann schoss der Skeff. Eine riesige Feuerkugel sauste auf Silvrin zu. Er versuchte mit seinem neuen Stab darauf zu schießen. Die Kugel verwässerte irgendwie. Silvrin sah nicht, was mit ihr passierte oder wo sie landete. Da krachte schon die nächste flammende Bombe auf ihn zu. Wieder parierte er mit seinem Stab. Sie sauste heran … und weg war sie. Der Alte fing an, wie ein Wilder auf ihn los zu bomben, eine Kanone nach der anderen. Aber es donnerte nicht mehr so wie vorher. Auf dem Weg wurden alle seine Geschosse zahm, und keine kam zu Silvrin durch. Sie verschwanden vorher.

Die nächste Salve von Kanonen wirbelte auf ihn zu. Und löste sich vor seinen Augen in Luft auf. Silvrin starrte ungläubig seinen Stab an. Was war das? Ein Antistab? Der Feuerkugeln aufsaugte? Der Magie insgesamt aufsaugte? Ha! Er wusste, was er jetzt zu tun hatte. Entschlossen ging er zu Koryelan und reichte ihm seine Hand.

»Auf mit dir! Jetzt reden wir mal ein Wort mit dem
Halunken da hinten. Bleib ganz dicht hinter mir, damit
er dich nicht erwischen kann.«

»Was …«

Koryelan bebte am ganzen Körper. Silvrin zog ihn
gewaltsam zu sich hoch. Sie kletterten die Anhöhe
herunter, auf der sie gestanden hatten. Silvrin voraus,
Koryelan gleich hinter ihm her. Smorkyn röhrte wie ein
Hirsch und ballerte immer mehr, immer schneller auf
sie.

Keins der Geschosse konnte Silvrin berühren. Sein
Stab löste alle in Luft auf. Der Krieger durchschritt das
Tal und hielt auf den Alten zu. So langsam begriff der,
dass etwas nicht so lief, wie es sollte. Er hielt inne.
Hektisch drehte er seinen Bomberbalken hin und her,
um herauszufinden, was damit nicht in Ordnung war. Er
versuchte es noch zwei, drei Mal, aber das half ihm
nichts. Silvrin kam unerbittlich näher. Da warf der Skeff
seine Superwaffe zu Boden und griff nach einer
anderen, einem länglichen Stab, den er einmal schwang.
Eine Art Feuerwirbel zischte heraus, der in kreisender
Bewegung auf Silvrin zu zirkulierte. Der zielte auf den
Wirbel und löschte ihn. Der Alte war vollkommen
sprachlos. Er warf den Stab so wütend gegen den
nächsten Felsen, dass es knallte. Wieder holte er einen
neuen hervor. Inzwischen war Silvrin aber schon so nah
an ihm dran, dass er nicht mehr abwartete, was für einen
Zauber sein Gegner diesmal produzieren würde. Er
richtete seinen Antistab direkt auf Smorkyns Waffe.
Und diesmal löschte sich der gesamte Stab. Er zerfiel in
seine Bestandteile, die zu Boden rieselten.

»Das gibt es doch nicht! Das kann nicht sein!«, brüllte
der Alte. Silvrin lachte. Denn jetzt radierte er seinem
Gegner sämtliche Stäbe, die er an dessen Gürtel
überhaupt erkennen konnte, aus. Es zischte und brauste,

ein Magiehalter nach dem anderen zerbröselte. Da lagen auch noch welche am Boden. Silvrin löste alles auf, was er finden konnte, einschließlich des Kanonenbalkens.

»Schade für Euch, hm?«, sagte er grinsend. »Jetzt müssen wir wohl mit dem Schwert weitermachen, falls Ihr dazu noch Lust habt!«

Im selben Moment brach der Illusionszauber zusammen. Das Tal in der Mitte, die Berge drumherum, alles löste sich auf und die gesamte Arena verschwand.

Silvrin, Koryelan und Smorkyn standen auf demselben Weg, auf dem Silvrin mit seiner Armee hierhergekommen war. Und die Armee stand ebenfalls noch dort. Sie befanden sich inmitten von Silvrins gesamtem Soldatenaufgebot mit den Regimentsführern Kessinaj und Lemetrong ganz vorne, die beide dermaßen erstaunt waren, dass sie kein Wort hervorbrachten.

Silvrin streckte die geballte Faust zum Himmel.

»Sieg!«, schrie er.

Audienztag

Hoheitsvoll und mit einem hellroten Umhang drapiert saß Prinzessin Kia Sephila von Pallanthia auf dem erhöhten Thronsessel in ihrem neu dekorierten darghessanischen Audienzsaal. Rechts und links des Thrones sowie an dem Teppichläufer entlang, der zur Tür hinführte, hielten Fackelträger ihre Lichter nach oben. Sanfte Harfenmusik erklang im Hintergrund.

Zweimal im Mond war es soweit, jeweils am Tag des Vollmondes und an Neumond. Dann lud die zukünftige Braut des Fürsten der Stadt Darghessa jeden Bürger, der etwas auf dem Herzen hatte, dazu ein, ihr sein Problem persönlich vorzutragen. Heute hielt sie diese Zeremonie bereits zum fünften Mal ab, seit sie im darghessanischen Palast lebte, und sie war stolz darauf. Welche Mengen an Menschen zu ihr kamen! Solch einen Andrang war sie aus ihrer Heimatstadt Pallanthia gar nicht gewohnt. Inzwischen musste es bald Abend sein, sie saß hier bereits seit dem ersten Hahnenschrei – und das Interesse war ungebrochen. Noch immer standen die Bürger der Stadt vor der Tür ihres Audienzsaales in einer langen, nicht enden wollenden Schlange.

Wieder öffneten die Wachtposten die breite Ebenholztür. Einen kurzen Moment lang sah sie das

Gedränge davor. Schon kam die nächste Bittstellerin unter zahlreichen Verbeugungen herein und die Tür schlug hinter ihr wieder zu. An ihrem ersten Arbeitstag waren lediglich drei einsame und schüchterne Untertanen zu ihr gekommen, die es kaum gewagt hatten, ihr in die Augen zu blicken. Solch ein offenes Ohr wie sie hatten die früheren Fürsten von Darghessa nicht gehabt, so viel war sicher. Seitdem war die Anzahl der Besucher jedoch regelrecht explodiert. Das registrierte die zukünftige Fürstin – wie sie sich selbst nannte – mit großer Freude.

Welch ein beglückender Anblick war es, die Hoffnung in den Augen der Menschen zu sehen, Leid zu lindern, schräge Vorkommnisse wieder geradebiegen zu können. Eine alte Frau humpelte über den langen roten Samtteppich. Sie schleppte sich mühsam an ihrem Stock vorwärts. Das konnte Kia Sephila nicht mit ansehen. Sie schüttelte ihre goldblonden Locken, sprang leichtfüßig von ihrem Thron, eilte die Treppe hinunter und kam der Greisin entgegen. Diese fing heftig an zu zittern, als sie die Regentin erblickte.

»Gute Frau«, grüßte die Prinzessin, »seid herzlich willkommen. Womit kann ich Euch helfen?«

»Ach, Ihr seid zu gütig. Die große Göttin hat Erbarmen mit uns gehabt, habt Ihr nun auch Erbarmen über mich«, stammelte ihre Besucherin. Sie verbeugte sich, wobei sie sich in Lobreden über die großartigen Taten des Fürsten Wukur erging. »Ein großer Mann! Ich kann ihn gar nicht genug preisen. Am Anfang waren wir sicherlich etwas unsicher, wir kannten ihn ja nicht, wir hörten beunruhigende Geschichten … haarsträubende sogar … aber heute, seitdem jeden Abend die Patrouillen durch die Straßen gehen und alles kontrollieren, ist Ruhe eingekehrt und wir sind froh, dass er hier die Regierung übernommen hat. Mögen die Götter ihn preisen und loben. Mögen Kraft und Gesundheit über ihn herabregnen – und natürlich auch über Euch.«

»Es ist ja schon gut«, beschwichtigte sie die Prinzessin. »Es ist gar nicht nötig, dass Ihr den Fürsten so überschwänglich lobt, obwohl es mich natürlich glücklich macht. Sagt mir bitte, was Euer Anliegen ist!«

»Der Brunnen im Kneipenviertel ist dreckig, Euer Ehren«, schimpfte die Alte. »Als ob jemand Hundedreck hineingekippt hätte. Schlammig, voller großer Dreckbrocken. Es schmeckt nach Gülle. Unverschämte Kerle … wo soll ich jetzt mein Trinkwasser hernehmen? Ich bin so schlecht zu Fuß und der Brunnen am Marktplatz ist zu weit.«

Prinzessin Kia Sephila legte ihr eine Hand auf die Schulter.

»Seid unbesorgt. Über den Brunnen haben sich schon zwei andere Bürger beschwert. Gleich morgen lasse ich ihn gründlich reinigen. Ich überzeuge mich persönlich davon, dass das Wasser wieder klar wird.«

»Mögen Euch die Götter segnen! Möge der Himmel Euch schützen! Möge der Fürst ewig leben!«

Unter zahlreichen Verbeugungen verabschiedete sich die Alte. Kia Sephila kehrte lächelnd zu ihrem Thron zurück. Immer diese unendlichen Lobeshymnen. Es war ja nett, Preisungen zu hören, aber das kostete so viel Zeit. Alles dauerte doppelt so lange und sie spürte, wie die Müdigkeit in ihr hochkroch.

»Wie viele sind es noch?«, fragte sie einen der Fackelträger zu ihrer Rechten.

»Die Schlange reicht mindestens bis zum Burgtor«, erwiderte er.

»Kaum zu glauben«, staunte die Prinzessin. »Daheim in Pallanthia war spätestens um Mittag Schluss. Man sollte meinen, es herrschten hier große Missstände, bei solch einer Menge an Bittstellern. Dabei kommen die meisten nur her, um den Fürsten zu loben. Ist Euch das aufgefallen? Sie haben gar kein richtiges Anliegen. Sie stehen nur da mit knallroten Gesichtern, starren mich an, schweigen stundenlang oder stammeln halbe Sätze, die keiner versteht ... und zuletzt loben sie den Fürsten in den höchsten Tönen. Puh! Ich bin ja schon froh, wenn mal einer ein echtes Anliegen hat. Findet Ihr das nicht seltsam?«

Der Fackelträger lächelte sie an.

»Es hat schon manch einer einen weiten Weg unternommen, nur um eine außergewöhnlich hübsche Frau zu sehen.«

Prinzessin Kia Sephila stieg das Blut ins Gesicht.

»Schweigt! So etwas zu sagen gehört sich nicht.«

Sie stand auf und winkte den Posten am Eingangstor.

»Es geht weiter! Der Nächste, bitte!«

Ein anderer Fackelträger beugte sich vor.

»Ihr seid sicher müde. Es ist spät. Lasst die übrigen Leute doch einfach nach Hause gehen.«

»Nein«, widersprach Prinzessin Kia Sephila stolz.

»Ich habe unseren Bürgern versprochen, dass heute Audienztag ist, also wird auch jedem eine Audienz zuteil, der darum bittet. Selbst wenn es bis Mitternacht dauern würde.«

Eine Kammerdienerin reichte ihr ein silbernes Tablett mit einem Glas Wasser, in das eine Rose eingraviert war. Dankbar führte sie es an ihre Lippen und trank einen tiefen Schluck.

Das Tor öffnete sich und der nächste Bittsteller trat ein. Es schien sich um einen hohen Herrn zu handeln, denn auf seiner prachtvollen roten Uniform prangten zahlreiche goldene Knöpfe und Leisten. Kaum hatte er die Halle betreten, da fiel er auch schon auf die Knie.

Diese Kniefallerei war ganz besonders lästig, da sie noch viel mehr Zeit raubte als die endlosen Lob- und Danksagungen. Aber einem jungen Kerl wie dem konnte sie nicht entgegengehen, weil das ihrer Würde nicht entsprach. Auch wenn sie dadurch eine ganze Menge Zeit einsparen würde, die der devote Herr ihr jetzt raubte. Ohne sich durch die weiteren theatralischen Ehrbezeugungen ihres neuesten Gastes noch mehr zu ermüden, ließ sie den Blick über die architektonische Meisterleistung gleiten, mit der sie selbst und ihre Gehilfen diesen Saal in eine Kunsthalle verwandelt hatten. Es war schade, dass bisher noch keiner ihrer zahlreichen Gäste darüber ein Wort verloren hatte. Die Wände hatte sie nämlich nach den vier Elementen gestaltet. Diejenige ihr gegenüber symbolisierte Wasser und war dementsprechend dunkelblau gestrichen, aber in einem plätschernden, welligen Blau wie das Wasser der Wellen auf einem unruhigen See. Rechts von ihr präsentierte sich eine Feuerwand, knallrot und flammig. Auf der linken Seite stellte sie die Erde dar, schwarz und bröselig. Dieses Element war schwer darzustellen. Da keiner der zufällig vorbeikommenden Dienstboten die schwarze Wand als *Erde* erkannt hatte, war sie auf die Idee gekommen, eine Hand dazu zeichnen zu lassen, die darin gräbt, um einen Blumensamen zu säen. Man sollte es nicht glauben, aber darüber hatte sich die Tempelgarde der Priesterin Meriedyce erregt. Himmel, eine harmlose Hand, die Samen streut! Wie konnte man darum ein derartiges Theater machen! Die Hexen hatten die *Erdwand* sogar mehrfach überkritzelt. Sie hatte sie heute zur Audienz wieder neu übermalen lassen müssen. Banausen. Hinter ihrem Thron gab es noch eine *Wind-Wand*. Weiße Wirbel und Wolken waren darauf zu sehen. Passend zu den Themen der Wände war auch der Innenraum dekoriert. Sie hatte eine diagonale Einteilung

gewählt, die den Raum in vier Dreiecke unterteilte. Alle
Stühle in dem Bereich, der an die Feuerwand grenzte,
waren rot. Die beim Himmel strahlten in Blau, die am
Erdreich schwarz. Diesen Saal musste sie später einmal,
wenn sie erst verheiratet wäre, vor den anderen Fürsten
präsentieren. Sie war neugierig, welche Urteile sie dafür
wohl bekommen könnte.

Ihr übereifriger neuester Gast hatte sich inzwischen
bis nahe an ihren Thron vorgearbeitet, kniete aber
wiederum am Boden. Seine goldene Schärpe war von
den vielen Kniebeugen schon ganz verrutscht. In der
Hand trug er ein mit glänzenden Schnüren
zugebundenes Paket. Was er wohl hier wollte?

Sie hatte heute schon einen Streit um ein Zicklein
geschlichtet, das nach Angaben der Klägerinnen
anscheinend gleichzeitig von zwei verschiedenen Ziegen
geboren worden war. Beide Besitzerinnen
beanspruchten das Junge für sich. Sie hatte sich um
Pferdeäpfel gekümmert, um gestohlene Eier, um einen
rabiaten Prügelaugust.

Gegen Mittag hatte eine weinende Frau vor ihr am
Boden gelegen. Ihr Ehemann sei verschwunden, wie
von der Erde verschluckt. An den fünf Audienztagen,
die sie bis jetzt abgehalten hatte, hatte sie solch eine
Klage insgesamt sogar schon sieben Mal gehört.
Haarsträubend. Das war in Pallanthia niemals passiert.
In einem Fall war es ihr jedoch gelungen, den
Verschollenen ausfindig zu machen. Der Strolch war
einfach bei einer anderen Frau untergekrochen. Diese
Darghessaner waren keine guten Männer, wie es aussah.

Endlich huschte ihr Gast bis vor die unterste
Treppenstufe vor ihrem Thron. Er hielt das Gesicht
gesenkt, sodass sie es nicht sehen konnte. Inzwischen
waren die Fackeln bereits weit heruntergebrannt und
einige davon gar erloschen.

Er warf sich auf die Treppe.

»Teure, hoch verehrte Prinzessin Kia Sephila!«, stieß er mit dunkler, leidenschaftlicher Stimme hervor.

Sie wäre beinahe in die Luft gesprungen. Flammende Röte schoss ihr ins Gesicht.

Wukur! Was macht er denn hier!

»Ich verzehre mich vor Sehnsucht nach Euch. Ich habe vor Euren Gemächern gewartet, aber Ihr kamt nicht. Stunde um Stunde verstreicht, aber Ihr zieht das darghessanische Volk mir vor. Das halte ich nicht länger aus.«

Er hielt einen Moment lang inne. In ihrem Körper tobte ein Sturm.

Das ist dreist. Ein Edelmann benimmt sich nicht so. Er sollte wissen, was sich gehört. Götter im Himmel, natürlich weiß er das nicht. Er ist eben keiner dieser überzüchteten Adelsleute. Er hat noch wildes Blut in sich ... das ist es ja, was ihn so faszinierend macht. Die guten Sitten verletzen darf er aber trotzdem nicht.

»Ihr seid die edelste Prinzessin, die unser Volk hervorgebracht hat«, sprach Wukur weiter. »Ich bin Euer untertänigster Diener und wünsche nichts mehr, als es mein ganzes Leben lang sein zu dürfen. Mein Herz lege ich Euch zu Füßen wie einen Teppich, damit Ihr stets weich gehen mögt, wohin Ihr auch Eure Schritte lenkt. Ich bitte Euch, hört mich an! Weist mich nicht ab!«

Er stand auf. Unter zahlreichen Verneigungen schritt er langsam die Treppe zu ihrem Thron hinauf und reichte ihr schließlich das Paket entgegen, das er mitgebracht hatte.

»Prinzessin Kia Sephila, ich bitte um Eure Hand. Ich bitte Euch meine Frau zu werden.«

Ihr Götter! Das kam unerwartet. Ihr wurden die Knie weich.

»So geht das aber nicht«, stammelte sie erregt. »Ihr könnt Euch doch nicht einfach zu den Bittstellern einreihen.«

»Warum nicht? Wenn Ihr mir sonst nicht erlaubt, mit Euch zu reden? Ja nicht einmal, Euch zu sehen? Prinzessin, ich liebe Euch! Mein Herz atmet Euch entgegen, mein Blut träumt von Euch, ich finde keine Ruhe mehr, seitdem ich Euch zum ersten Mal sah – sagt nicht nein!«

Sie war durchaus nicht der schüchterne Typ und dies war nicht die erste Liebeserklärung, die sie hörte. Allerdings war ihr nie eine so durch Mark und Bein gefahren. Alles in ihr drängte sie danach, ihm um den Hals zu fallen. Mit jedem Tag wurde es ihr schwerer, diesem Impuls nicht nachzugeben.

Er warf ihr so treuherzige, liebeskranke Blicke zu, dass ihr das Herz vollends schmolz. Da sie nicht gleich antwortete, schlich er näher an sich heran, langsam, und dann noch etwas näher, bis nur noch sein Paket sie voneinander trennte.

»Wukur«, flüsterte sie. »Jetzt benimm dich doch. Ich bin die Tochter des letzten Königs! Das kannst du nicht einfach vergessen. Und du kannst nicht einfach um meine Hand anhalten, als wäre ich eine gewöhnliche Prinzessin. Wenn es dir wirklich Ernst ist, musst du dich an das traditionelle Zeremoniell halten.«

»Dann sag mir, bei allen Göttern, wie dieses Zeremoniell aussehen soll!«

Ihre Blicke verschlangen sich ineinander.

»Man stellt sich bei dem Vater der Auserwählten vor und bittet ihn nach alter Sitte und in aller Höflichkeit um seine Gunst.«

»Und wenn ihr Vater mit einer ganzen Armee vor unseren Toren stünde – was tut man dann?«

Sie erschrak.

»Mein Vater ist noch nie mit einer Armee irgendwohin gezogen.«

»Dann scheint das eine Premiere zu sein.«

»Steht er wirklich vor den Toren von Darghessa?«

»Er wird wohl in ein paar Tagen hier ankommen.«

»Warum? Er will doch keinen Krieg beginnen … oder?«

Wukur zuckte die Achseln.

»Ich hoffe nicht.«

Sie fuhr sich mit der Hand über die Haare.

»Das muss ein Missverständnis sein. Das glaube ich nicht.«

Er nahm ihre Hand von der Stirn und küsste sie. Zuerst auf den Handrücken, dann auf den Unterarm, den Ellbogen, immer ein Stück höher. Sie wehrte sich zuerst nur halbherzig, kichernd, ruckte aber dann schlagartig zurück.

»Hör auf damit! Was sollen denn die Leute denken! Wukur, wir müssen Kontakt zu ihm aufnehmen. Wir müssen reden. Da stimmt doch etwas nicht.«

»Das hab ich schon versucht. Er hört nicht zu. Seine Bundesgenossen machen mich vor ihm schlecht.«

»Hast du ihn getroffen? Und du sagst mir nichts davon?«

»Nicht persönlich. Bis jetzt haben wir nur Boten getroffen. Aber die Nachrichten, die mir seine Boten brachten, waren … nun, ich wagte nicht, sie dir zu überbringen.«

»Wukur, du behandelst mich noch immer wie ein Kleinkind. Das verbitte ich mir! Wenn in diesem Haus irgendwelche Boten irgendwelche Botschaften überbringen, dann wünsche ich sie zu sehen, und zwar insbesondere dann, wenn es sich um Botschaften meines Vaters handelt.«

»Selbstverständlich, mein Engel! Ich dachte niemals daran, so etwas vor dir zu verheimlichen. Die Botschaft liegt noch in meinem Besprechungsgemach. Wenn du möchtest, kannst du gern jederzeit zu mir kommen, damit ich sie dir zeige.«

Sie atmete tief ein.

»Natürlich möchte ich.«

Ihre Blicke schweiften unruhig zu den Ebenholztoren hin.

»Aber der Audienztag ist noch nicht zu Ende. Ich komme sofort zu dir, sobald ich hier fertig bin. Spätestens um Mitternacht.«

Wukur nickte ihr zu.

»Ich kann es kaum erwarten.«

»Und du solltest dich nobler kleiden. Nicht so ...« Sie zupfte an seinem Hemd, das oben nachlässig geknöpft war und einen großen Ausschnitt seines Oberkörpers sehen ließ.

Die Herrin der Skelette

Wukur taumelte in beseligtem Zustand aus dem Saal heraus. Seltsamerweise fühlte er sich, als wäre er betrunken. Dabei hatte er in den letzten Tagen, weiß der Henker, keinen Tropfen angerührt.

Jawohl! Sie kommt zu mir, um Mitternacht! In meine Gemächer! Soll mich doch die Pest holen, sollen mich die wilden Hunde fressen, heute wird die Nuss geknackt!

Vor dem Saal warteten jedoch nicht nur Reihen von Bittstellern. Wukur war schließlich gezwungen gewesen sich zu wappnen. Also wurden die Herrschaften von seinen Soldaten vor ihrem Eintritt darüber informiert, wie die Regeln für die Audienzen lauteten. Also im Klartext, für welche Reden man sofort geköpft würde, für welche man die Finger abgeschnitten bekam und worauf es die Peitsche hagelte. Selbstverständlich gab es noch wesentlich mehr als nur sieben verschwundene Ehemänner und alle Bürger der Stadt, insbesondere die Priesterin Meriedyce, wussten exakt, wohin und auch warum sie verschollen waren.

Mit Untreue gegenüber der Ehefrau hatten diese Vorfälle nicht das Geringste zu tun. Unfassbar, dass einige dieser Witwen trotz aller Drohungen und Strafen der Prinzessin unverschämt die Wahrheit ins Gesicht

sagten. Da jedoch die meisten schnell gelernt hatten,
dass es für gute Schmeicheleien manchmal Belohnungen
gab – respektive Stockhiebe für misslungene –,
entwickelten sich diese Audienzen, die Wukur am
Anfang so viel Kopfzerbrechen bereitet hatten,
inzwischen zu einem Erfolgsprogramm.

Ursprünglich hatte der Fürst in sein Büro
zurückkehren wollen, um sich für die Ankunft der
Prinzessin um Mitternacht entsprechend vorzubereiten.
Er wurde jedoch durch eine Tempeldienerin
abgefangen, die ihn eilig in das Gotteshaus befahl.

Kurz darauf betrat Fürst Wukur bereits die düstere
Vorhalle des Tempels von Darghessa, in der seine
Partnerin residierte, die Priesterin Meriedyce. Überall an
den Wänden hingen, soweit er das im Dämmerlicht
erkennen konnte, skelettierte Leichname und Knochen
aller Art. Ihn befiel eine gewisse Beklemmung, die er
schon immer verspürt hatte, wenn er sich im Tempel
befand. Sie wurde nicht nur durch die ständige
Dunkelheit hervorgerufen, sondern auch durch das
zuerst leise, dann immer lauter werdende Rasseln und
Schnarren der sehr unangenehmen Tempelmusik. Nach
und nach fraß die finstere Magie des Tempels alle
Lichtstrahlen der Umgebung auf. Nur die
Knochengestelle rings um den Eingang zur Haupthalle
und die Totenköpfe darüber strahlten ein mattes Licht
aus, an dem man sich vage orientieren konnte.
Trotzdem wäre er beinahe über die neuen
Treppenstufen vor dem Eingang gestolpert. Sie waren
instabil wie Bretter, die auf Morast lagen, einige hart,
andere matschig, insgesamt aber alle von einem
schauerlichen Geruch. Konnte Holz überhaupt so
bestialisch riechen? Wukur versuchte den Grund unter
seinen Füßen zu erkennen. Er gewahrte, dass er
mitnichten über eine Brücke, sondern vielmehr über

Menschenkadaver stakste, die irgendwer vor die Tempeltür geworfen und dort vergessen hatte, und das vermutlich schon vor vielen Tagen.

Die Tempeldienerinnen führten ihn in die Haupthalle, zu einer kleinen knöchernen Brücke, die zur Kristallkugel heranführte. Die Kugel selbst stand in demselben Morast aus Leichenteilen, der auch den gesamten Tempel durchseuchte, und damit niemand darin einsank, führten an sieben Stellen Brücken hinüber. Wukur überquerte die Hauptbrücke. Deren Pfeiler zierten wieder menschliche Schädel. An den Anblick war er mittlerweile gewöhnt, sogar an den durchdringenden Gestank zu seinen Füßen. Er ging zügig vorwärts und blieb erst stehen, als er direkt vor der überdimensionalen, schwarz glänzenden Kristallkugel stand, die etwa dreimal so hoch aufragte wie seine Verbündete – und die Priesterin war außergewöhnlich groß.

Meriedyce selbst stand wie üblich neben der Kugel und redete mit ihrer Lieblingsschülerin, Umära, einer misstrauischen Kreatur, die Wukur immer mit Blicken ansah, als hätte er soeben ihre Mutter ermordet. In einer Hand hielt Meriedyce einen dampfenden, graugrünen Stab, mit dem sie in der Luft herumwedelte, wobei sich eklige schwarze Schwaden bildeten. Nun erblickte sie Wukur.

»Na endlich. Ich dachte schon, du wärst im Palast festgewachsen«, sagte sie kühl und musterte ihn von oben herab. »Hör zu. Du wirst gleich jetzt fünfundzwanzig Kerle bestimmen für eine öffentliche Hinrichtung, die wir auf der Stelle durchführen. Auf dem Marktplatz! Das macht was her.«

»*Fünfundzwanzig?* Warum so viele auf einmal? Waren wir nicht bei Quota fünfzehn?«

»Ja, waren wir. Aber ich habe unsere Quota erhöht. Taktische Gründe, du verstehst. Jetzt diskutier nicht lange und sieh zu, dass du das über die Bühne kriegst!«

»Schön, wie du willst«, murrte Wukur und wandte sich zum Gehen. Der Befehl schmeckte ihm überhaupt nicht. Zögernd blieb er am Geländer stehen und starrte den ihm am nächsten stehenden Totenkopf an. Dieser erinnerte ihn fatalerweise mit seiner breiten, tief hängenden Stirn an einen früheren Kameraden. »Wieso müssen wir uns bei den Göttern einschmeicheln? Liegt irgendwas an?«

Meriedyce verdrehte die Augen.

»Das sagte ich dir schon tausendmal, aber du hörst nicht zu. Ich will Hohepriesterin werden und du wirst König sein. Bist du schwer von Begriff? Geh jetzt und richte die Galgen.«

»Ja, ja.« Wukur stand immer noch vor dem Totenkopf und regte sich nicht. »Müssen wir das öffentlich machen? Das ist immer so ein Problem, diese Hinrichtungen vor Prinzessin Kia Sephila zu verstecken.«

Die Priesterin schlug sich gegen die Stirn. »Man glaubt es kaum. Wenn du nur halb so viel Energie für unseren geplanten Aufstieg in das höchste Amt dieses Landes aufwenden würdest wie auf das Geschäkere mit dieser unseligen Prinzessin Kia Sephila, dann würden wir vielleicht endlich mal einen Schritt weiterkommen! Glücklicherweise wird sie sich ja demnächst von uns verabschieden.«

»Nein!«, rief Fürst Wukur bestürzt.

»Doch.« Meriedyce drehte sich zu ihrer Schülerin und flüsterte ihr etwas ins Ohr. Umära lachte hämisch.

Wukur konnte das dreckige Grinsen des Totenkopfes vor ihm nicht länger ertragen. Energisch drehte er das

Gesicht auf die andere Seite. Das half jedoch nicht gegen die Übelkeit, die ihn befallen hatte.

»Bist du noch hier?«, fauchte Meriedyce. »Was ist los, zum Henker?«

Wukur versuchte seiner Stimme einen spöttischen Klang zu geben.

»Wie willst du denn Hohepriesterin werden?«

Meriedyce kniff die Augen zusammen.

»Hast du vergessen? Sobald du dir den Königstitel unter den Nagel gerissen hast. Die Verbündete des Königs wird doch automatisch Hohepriesterin. Du musst bloß endlich den Königsring finden, dessen Versteck du *ungefähr* kennst, wie du sagtest. Hast du es immer noch nicht gefunden? Ich kann's kaum erwarten.«

Auch das noch. Ja, zugegeben, er hatte Meriedyce ein bisschen vom Pferd erzählt, damals, als er sie dazu brachte, sich mit ihm zu verbünden. Seine üblichen Methoden, die er ansonsten bei Weibern anwendete, verfingen bei einem Stahldrachen wie Meriedyce leider überhaupt nicht. Aber sie hatten sich an einem gemeinsamen Punkt getroffen. Sie lechzte nach einem Tempel, er träumte davon, Fürst zu werden. Dass er zufällig gerade Areshvas Monsterbombe im Gepäck gehabt hatte, war bei der Gelegenheit nicht bloß hilfreich, sondern eine Visitenkarte, die Meriedyce davon überzeugte, sie hätte in ihm einen ebenbürtig scharfsinnigen – und auch scharf schießenden – Partner gefunden. Beinah im gleichen Atemzug hatte sie angefangen, von dem ominösen Ring zu schwärmen. Also hatte er sich genötigt gesehen, seine Fantasie arbeiten zu lassen.

»Du kommst doch an den Ring heran? Du hast mich doch nicht belogen, oder?«

»Nun beruhige dich. So eilig ist es ja nicht, dass wir …«

Meriedyce explodierte. Ihre Stimme wurde schrill wie ein kochender Wasserkessel.

»Ich hätte es wissen müssen! Du bist ein Ignorant! Ein Lügner! Du hast nicht die allergeringste Ahnung, wo der verfluchte Königsring ist!«

»Jetzt unterschätze mich nicht. Areshva hat den Ring. Sie war doch in Pallanthia in der Lehre. Und der Ring war immer in Pallanthia. Es wäre für sie kein Problem, ihn lockerzumachen. Wenn ich sie auf die richtige Weise bearbeite, könnte ich ihr folglich den Ring abluchsen.«

»Du Ignorant! Der Ring befindet sich nicht mehr in Pallanthia! Schon seit zehn Jahren nicht mehr, falls es dir entgangen ist. Der alte König wurde in Millesana ermordet und sein Leichnam nach Pallanthia überführt – aber ohne Ring. Darüber gab es doch bereits am Tatort ein mächtiges Spektakel. Die Pallanthier beschuldigten erst die Millesaner, dann die Tandraner und zuletzt sogar die Darghessaner ihr wertvollstes Schmuckstück geraubt zu haben, aber sie konnten niemandem etwas nachweisen. Wer den Ring jetzt hat, das wissen nur die Dämonen der Unterwelt. Natürlich glaubten alle am Anfang, die neue Hohepriesterin hätte ihn geklaut und sie habe dadurch die Hohepriesterinnenwürde errungen. Aber wieso krönte sie dann ihren Verbündeten nicht zum neuen König? Weil sie nicht konnte! Weil sie den Ring nicht besaß. Verflucht. Das ist der Punkt, der mir nicht in den Schädel passt. Wer auch immer den Ring jetzt hat – wieso benutzt er nicht seine Macht? Wieso krönt er sich nicht zu unserem neuen König? – Wukur! Wenn Areshva den Ring hat, wieso sitzt sie dann jetzt nicht als Hohepriesterin in Kalamachai?«

Wukur warf ihr einen verschlagenen Blick zu.

»Vertrau mir, meine Teure. Verlass dich ganz auf mich, und ich besorge dir den Ring. Damit wir uns richtig verstehen: Das mache ich aber nur, wenn du mich vorher Kia Sephila heiraten lässt. Klar?«

»Das kannst du abhaken. Die Armeen von Pallanthia und von Aravenna sind auf dem Weg zu uns und du darfst raten, was sie hier wollen. Beziehungsweise, *wen* sie wollen.«

»Kia Sephila.«

»Exakt.«

»Aber wir geben sie nicht heraus.«

»Doch, tun wir. Diese Prinzessin stört hier sowieso, und ich habe auch keine Lust, mich mit Areshva zu fetzen … die reitet ihnen nämlich hinterher.«

»Scheiße. Meriedyce! Lass mich die Prinzessin heiraten. Jetzt, auf der Stelle! Sind wir erst mal verheiratet, dann können sie sie mir nicht mehr nehmen.«

»Und meine Antwort lautet, nein! Laut dem Orakel der Seherin kann dir nur Prinzessin Isimela von Nutzen sein, keine andere.«

»Bei allen Dämonen der Unterwelt, lass mich doch mit Prinzessin Isimela in Ruhe! Ich dachte, dass Thema hätten wir jetzt langsam abgehakt.«

»Das hoffe ich doch sehr. Ist sie schwanger?«

»Hast du nicht die Diskussionen der Pallanthier belauscht? Sie sind nervös. Sie wollen sie so schnell wie möglich unter die Haube bringen.« Wukur warf sich in die Brust. »Du kannst dir wohl ausrechnen, warum. Ich habe ihr einen Bastard angedreht!«

»Mich beeindruckst du nicht mit Angebereien. Diese Angelegenheit ist für mich erst erledigt, wenn ich das Kind sehe. Und sollte das Balg dann kein Skeffblut in sich haben, mein bester Freund, dann hat das Konsequenzen!«

»Ja, ja, das wird schon. Ich will einfach nur Kia Sephila. Ich *muss* sie haben! Übrigens kam heute wieder ein Bote mit einer Nachricht von ihrem abgewichsten Vater. Lies selbst.«
Er drückte ihr eine Pergamentrolle in die Hand. Diese Nachrichten ärgerten ihn enorm. Vor allem deshalb, weil er sie selbst nicht lesen konnte und sich auch im gesamten Schloss keine Sau fand, die dieser völlig überflüssigen Kunst mächtig war. Was ihn zwang, alle diese dummen Texte seiner Priesterin vor die Nase zu legen. Und das wiederum führte notgedrungen dazu, dass die alte Hexe sich in jeden Mist einmischte. Sie rollte das Pergament auseinander und überflog es.
»... *haben gehört, dass Unsere Tochter unter Eurer Aufsicht weilt ...blablabla ... ersuchen höflichst sie zu meinen Truppen zurückzueskortieren ... blablabla ...erhoffe die traditionelle Freundschaft des Fürstenhauses Darghessa mit dem Königlichen Geschlecht von Pallanthia wieder neu zu errichten ...*«
Die Priesterin ließ das Pergament wie ein klebriges Insekt zu Boden fallen.
»Der alte Sack«, fluchte Wukur.
»Und?«, fragte Meriedyce süffisant. »Eskortierst du seine Tochter zurück?«
»Nur über meine Leiche! Diese lächerlichen Pallanthier zerquetschen wir doch zwischen unseren beiden Daumen. Oder fürchtest du dich vor ihnen? Das sind Buben von der Straße, nichts mehr. Selbst wenn sie im Verein mit den Aravennaern bei uns aufkreuzen – alles Schwächlinge.«
Meriedyce nickte.
»Da sind wir uns ja einig. Genug Zeit verplempert. Geh jetzt und organisiere die Hinrichtungen auf dem Marktplatz! Das ist mein letztes Wort zu dem Thema.«
Wukur drehte sich um und ging.

Schweigend wandten sich die Zauberinnen wieder der Kristallkugel zu. Meriedyce entfachte sie mit einer Berührung ihrer Hand. Ein riesenhaftes Bild entstand. Darauf waren die Pallanthier zu sehen, deren Armee gerade die Anhöhen von Darghessa passierte. Die Priesterin ließ das Bild weiter nach hinten fahren. Einen ganzen Tagesritt entfernt. Dort rückten die Aravennaer an. Und oberhalb von ihnen, auf dem höchsten Berggipfel, hockte Areshva.

»Diesen Krieg werden wir wohl nicht vermeiden können«, sinnierte Umära mit zusammengezogenen Augenbrauen. »Ich fürchte, ich weiß auch schon, wer ihn verliert, wenn Areshva unsere Gegnerin sein wird.«

Sie rieb fröstelnd ihre Arme an den Oberschenkeln.

»Jedenfalls nicht wir«, sagte Meriedyce kaltblütig. »Ich werde ja nicht so dumm sein, die Hexe in einem gewöhnlichen Kampf anzugreifen.«

»Sondern wie?«

»Sondern dort, wo sie schwach ist. Dummkopf!«

»Ah … ist sie denn irgendwo schwach?«

Meriedyce grübelte. »Meine Spione haben mir gemeldet, dass sie sich die Flügel verletzt hat. Also ordentlich verletzt, sie kann nicht mehr fliegen. Schon seit ein paar Monden nicht.«

»Davon hörte ich auch. Aber was nützt uns das? Ob sie fliegen kann oder nicht … sie schießt ja nicht mit den Flügeln.«

»Darum geht es auch nicht. Sie kann ihre Flügel nicht heilen. Wenn sie könnte, hätte sie das schon gemacht. Da haben wir eine Schwäche und genau in die Kerbe müssen wir schlagen.«

»Wie denn? Dazu müsstet Ihr sie lahm schlagen, die stärkste Zauberin der Welt. Das gelingt uns doch nie.«

Meriedyce lachte grimmig.

»Vielleicht doch. In meinem Kopf wachsen schon die Ideen heran, eine besser als die andere. Kennst du die Priesterin Kirisha von Pallanthia?«

»Ja. Areshva war mal ihre Schülerin, soviel ich weiß. Aber sie sind zerstritten.«

»Ich hörte, sie hätten sich vor Kurzem wieder versöhnt.«

»Was geht uns das an? Kirisha ist schwach. Sich mit der alten Krücke zu versöhnen, wird Areshva nicht viel nützen.«

»Es könnte ihr sogar schaden. Kirisha ist empfindlich. Sollte sie herausfinden, dass Areshva sich nicht an ihre Abmachungen hält, könnte sie wütend werden.«

»Aber vielleicht hält sie sich ja daran.«

Meriedyce lachte.

»Glaubst du das?«

Umära lachte auch.

»Nee … Aber wir wissen ja nicht, was sie miteinander besprochen haben.«

»Himmel, das muss man doch auch gar nicht wissen. Ich kenne Kirisha. Sie ist eine kleine ängstliche Möchtegernrevolutionärin, die kein Blut sehen kann. Geht auf Quota null. Lass dir das mal auf der Zunge zergehen!«

»Und wo ist jetzt deine Idee? Wie willst du Areshva treffen?«

»Hörst du nicht zu? Erstens versucht sie der Versagerin Kirisha zu gefallen. Zweitens hat sie ein Problem mit Krankheiten. Wir haben gleich zwei Schwachstellen, die wir angreifen können. Schau mir gut zu, dann kannst du die zukünftige Herrin dieser Welt dabei beobachten, wie sie eine Halbgöttin zu Fall bringt und den Königsring für sich erobert.«

Aggas Opfer

Areshva und Pirina trabten in zügigem Tempo durch die pallanthischen Wälder. Sie mussten sich beeilen, um Silvrin einzuholen, der bereits mit seiner Armee nach Darghessa aufgebrochen war.

Es war nicht damit zu rechnen, dass Wukur Prinzessin Kia Sephila einfach so herausgeben würde. Areshva hatte doch gesehen, wie er dem Mädchen den Hof gemacht hatte. Nein, sie musste sich darauf vorbereiten, dass es eine Schlacht geben und Silvrin dabei in Lebensgefahr geraten würde.

Ich brauche unbedingt Zauberkraft, wenn ich ihn retten will, und zwar richtige Zauberkraft. Unsere mickrigen Magiestäbe werden in einer Schlacht wie Streichhölzer wirken, das reicht nicht.

Sie ballte die Fäuste. Zauberkraft, das bedeutete, sie musste Agga darum bitten.

Widerwillig starrte sie noch oben in die Luft und flüsterte:

»Agga, hörst du mich?« Nur das Trappeln der Pferdehufe hallte über den steinigen Weg. Wie sie es hasste, dass sie gezwungen war, diese widerwärtige Diskussion wiederaufzunehmen! In ihr gärte ein wahnsinniger Groll – aber viel mehr auf sich selbst als auf die Göttin. Areshva wiederholte ihren Ruf.

»Verehrte, großmächtige Agga, könntest du mich mit ein klein wenig Energie bei einem Kampf unterstützen, den ich demnächst erwarte? Es ist keine große Sache. Eigentlich geht es mir nur darum, dass Silvrin dabei nicht zu Schaden kommt.«

Die Fledermaus erschien vor ihr in der Luft. Bildete sie sich das ein oder hatte sie ihre Flügel verlängert? Ihr Gefieder war von goldenen Streifen durchsetzt und sie trug eine Krone auf dem Kopf, die in der Sonne funkelte. Ihr äußeres Erscheinungsbild wirkte daher sprunghaft veredelt. Innen drin war sie jedoch ganz die Alte. Sie musterte Areshva mit stechenden Blicken.

»Erinnerst du dich an meinen Namen, tatsächlich? Bring mir ein Opfer. Vorher habe ich keine Lust, mit dir zu reden.«

Schon hatte sie sich wieder in Luft aufgelöst.

Areshva schloss die Augen. Genau so etwas hatte sie befürchtet. Ihr wurde übel. Sie hatte so sehr gehofft, die elendigen Opferungen hätten ein Ende gefunden. Jetzt kam es ihr vor, als wäre sie in einem unendlichen Dilemma gefangen. Sie war bis auf die höchste Stufe der Treppe gekommen, abgestürzt – und jetzt fing sie wieder von vorne an?

Im nächsten Schritt würde sie vermutlich als drei- oder achtköpfiges Monster – welche Rolle spielte das noch? – in der Schlacht vor Silvrin erscheinen.

Die Übelkeit verstärkte sich.

Nein! Ich will nie wieder dahin, wo ich zuletzt war, aber um ein Opfer komme ich nicht herum, weil Silvrin sonst stirbt. Hoffentlich zwingt Agga mich nicht zu mehr. Diesmal lasse ich mich nicht von ihr in den Abgrund ziehen.

Ihre Stute trabte unermüdlich weiter. Der Schlacht entgegen. Die Bäume des Waldes flogen an ihr vorbei wie Totenseelen, die darauf warteten, von ihr gepflückt und gerissen zu werden.

Sich in einen Dämonen zu verwandeln ist das Schlimmste, was einem passieren kann, hat meine Mutter immer gesagt. Vielleicht bin ich auf dem Weg dahin? Ich werde womöglich eines Tages aufwachen und feststellen, dass von mir selbst nichts übrig geblieben ist.

Sie gewahrte am Wegesrand einen gebrechlichen Mann, der matt an einem Busch lehnte und seinen Krückstock neben sich gelegt hatte.

Ein ideales Opfer! Ein Alter, halb tot, er wartet auf den Tod wie auf eine Erlösung. Wenn ich den nehme, kann ich alles schnell über die Bühne bringen. Bevor ich noch Magenkoliken bekomme.

Sie drosselte die Geschwindigkeit ihres Pferdes und drehte sich zu Pirina um.

»Flieg voraus und kundschafte aus, wie weit wir noch von Silvrin entfernt sind!«, befahl sie dem Mädchen. War ja nicht nötig, dass ihre Schülerin dieses Desaster aus der Nähe mitbekam.

Pirina stutzte.

»Was ist los mit dir?«, fragte sie eingeschüchtert. »Deine Augen sind so schwarz, als ob du einen Dämonen gesehen hättest. Du hast irgendwas Böses vor! Nicht?«

»Verschwinde jetzt!«, polterte Areshva.

Pirina verschränkte die Arme vor der Brust.

»Oh nein.« Sie rang die Hände. »Ich ertrage nicht, wie du so mies sein kannst. Ich verstehe dich überhaupt nicht. Wenn du eine so schöne Göttin kennst wie die heilige Lystrella, wie kannst du sie ignorieren? Oder ihre Wünsche mit Füßen treten? Wie kannst du zurückkriechen zu der fiesen Agga! Ja, glaub nicht, dass ich nichts kapiere. Ich habe gehört, wie du sie gerufen hast.«

Kaum hatte sie den Namen der Sonnengöttin ausgesprochen, türmten sich schwarze Wolken am

Himmel auf und drei Donnerschläge krachten um ihre Köpfe.

Agga ploppte vor ihren Augen auf, wild flatternd in der Luft.

»Schlag sie, Areshva!«, schrie sie. »Strafe sie dafür, dass sie ketzerische Gedanken hat!«

Glühende Energie sauste in Areshvas Adern. Ihr Blut wurde zu flüssigem Stahl. Die Kraft in ihr dehnte sich in einem Maße aus, dass davon ihr Körper bersten würde, wenn sie sie nicht von sich schleuderte.

Ich darf Agga nicht ärgern. Silvrin muss leben.

Reflexartig klatschte sie Pirina mit der Hand einmal kräftig ins Gesicht.

Agga über ihr lachte dröhnend.

»Muuuuuuahahaha! Bravo, Areshva!«

Verdammt. Wie pervers das alles ist.

Aber sie hatte ihren Albtraum aus Rheskali noch vor Augen. Wie sie Silvrin gesehen hatte, in dieser Grotte, wie ihn eine Lanze von hinten in den Rücken traf.

Das darf nicht passieren.

Sie war noch immer in Fahrt. Die kleine Ohrfeige hatte sie keine Energie gekostet, in ihr toste weiterhin ein Orkan aus Kraft. Sie kam sich vor, als wäre ihr Körper ein geschlossener Kessel aus Lava. Ihre Machtfülle schwoll bis zur Unerträglichkeit. Sie leitete einen Feuerstrahl in ihre Hand, dick wie eine Boa, schleuderte ihn auf den Greis an dem Baum, der davon in die Luft gerissen und gegen einen Baumstamm geschleudert wurde. Sofort sprang sie vom Pferd, gerade rechtzeitig, um die schmale, graue Seele einzufangen, die aus seinem Fleisch entstieg. Es war eine uninteressante Formation, eine, die ihr keine Fähigkeiten verleihen würde. Egal. Darum ging es ja nicht mehr. Sie packte danach, zerriss sie und verschlang sie wie einen Berg von Zuckerwatte, der schnell dickflüssiger wurde wie ein

Kelch köstlichen Honigs. Dabei riss sie ihren rechten Arm gen Himmel und ließ einen Schwall Opferungsstrahlen zu Agga hinaufsteigen, die sie über sich wohlig summen hörte.

Sie entschwebte auf eine grüne Aue, an einem plätschernden Bach, alle Vögel trillerten. Mit einem Ruck kam sie wieder zu sich. Wo hatte sie die grüne Aue gesehen? Noch immer befand sie sich im Wald. Ihr Pferd tänzelte schnaubend am Wegesrand, als ob es sich vor etwas gewaltig erschreckt hätte. Pirinas Reittier war sogar bis ins Dickicht hineingepprescht und kam aus den Büschen gar nicht wieder heraus. Und Pirina selbst hockte geduckt in einem Graben. Nur ihre zerzausten schwarzen Haare waren zu sehen und ihre weit aufgesperrten Augen.

Es gab ihr einen Stich. Die Zeiten, in denen Pirina anbetend an ihren Lippen gehangen hatte, waren hiermit wohl endgültig vorbei. Obwohl diese Verehrung sie am Anfang geärgert hatte … nein, es hatte sie nicht geärgert, es hatte sie beschämt. Und noch mehr schämte sie sich jetzt, wo Agga sie gezwungen hatte, ihre brutalsten Charakterzüge offenzulegen.

»Nun hast du es gesehen«, sagte Areshva schroff. »Das ist der Preis, den Agga verlangt für ihre Hilfe. Und den muss ich zahlen, wenn Silvrin leben soll.«

Pirina kroch vorsichtig aus dem Graben heraus und kam auf den Weg zurück, jedoch in gebührendem Abstand zu Areshva. Sie sah aus, als überlegte sie wegzulaufen.

»Hau doch ab, wenn du mich verabscheust!«, fuhr Areshva sie an. »Ich ekele mich ja schon vor mir selbst, aber ich hänge drin. Ich kann nicht anders.«

Pirina wich vor ihr zurück.

Ob sie Lystrella gesehen hatte? Wie kam es, dass Pirna vorhin so bewundernd von ihr gesprochen hatte?

Natürlich durfte sie danach nicht fragen, denn sie konnte es sich nicht leisten, Agga zu reizen. Aber eine kleine, brennende Hoffnung stieg in ihr auf. Vielleicht hatte Pirina Kontakt zu ihr bekommen? Sie sagte etwas von weißer Magie in dem Mausoleum! Ob das stimmen konnte? Helle Strahlung, in einem Tempel der Finsternis? Unwahrscheinlich. Aber irgendetwas hatte sie gesehen. Vielleicht konnte Pirina den Kontakt zu Lystrella halten?

Ach, wie denn. Sie hätte nicht die geringste Chance. Ihre Gegner waren zu mächtig.

Areshva stapfte ihrem Pferd hinterher, klopfte ihm beruhigend den Hals, nahm es beim Zügel und führte es wieder auf den Weg. Pirina hatte sich inzwischen mehrere Meter von ihr entfernt.

»Falls du gerade überlegst, eine verbotene Göttin zu rufen, oder gar ihr zu opfern, das haben vor dir schon andere Narren versucht«, sagte Areshva nachdrücklich. »Soll ich dir verraten, was daraufhin passieren würde? Alle Hexen in deiner Umgebung bekommen den Befehl, dich zu töten oder dich zu den schwarzen Göttern zu zwingen – ich als erste. Und selbst wenn ich es schaffe, dich zu verschonen: Meriedyce ist nicht zimperlich. War ich deutlich genug? Meine eigene Geschichte hat so angefangen, nur zu deiner Information. Es würde ein schlechtes Ende mit dir nehmen. Du bräuchtest eine große, mächtige Beschützerin, mächtiger als wir alle und vielleicht noch ein Märchen, in dem alles möglich ist, was man sich wünscht.«

Pirinas Unterlippe fing verdächtig an zu zucken.

»Wie opfert man denn überhaupt dieser fernen hellen Göttin?«, fragte sie schüchtern. »Was braucht sie?«

Sie weiß gar nichts. Unsere alten Kenntnisse gehen verloren, und mir sind die Hände gebunden. Es wäre so leicht, es ihr zu erklären. Aber Agga lauschte sich da oben wahrscheinlich schon die Ohren platt. Areshva konnte sich kein falsches Wort erlauben.

»Ich habe dich gewarnt!«, drohte die Magierin. Oh, wie ihr das Herz klopfte, wie sich ihr Magen verkrampfte! Jetzt war sie gezwungen, die einzige verbliebene Anhängerin Lystrellas zu verprellen und dadurch auch ihre eigene Hoffnung in den Staub zu treten.

Pirina ließ den Kopf hängen. Schließlich holte sie ihr Pferd aus dem Dickicht heraus, langsam in allen ihren Bewegungen, als wäre sie tief in Gedanken. Areshva wartete mit klopfendem Herzen ab, bis sie aufgestiegen war. Wofür würde sie sich entscheiden? Ob sie davonlaufen würde? Areshva wollte diesen Weg nicht länger allein gehen. Pirina brachte ihr Glück. Ja, das war es. Dass sie nicht schon längst den Dämonen in der Unterwelt Gesellschaft leistete, das verdankte sie ihr. Und sie klammerte sich an die Hoffnung, dass diese brave Schülerin ihr vielleicht auch in Zukunft Glück bringen könnte. Sie wusste schon nicht mehr, worauf sie sonst noch hoffen könnte.

»Wie viele … musst du *noch* töten?«, flüstete Pirina zitternd.

Erinnere mich nicht an mein Elend!

»Die Vereinbarung war, einmal im Mond zu opfern. Aber wenn sie sauer ist, kann sie jederzeit Zuschlag verlangen. Ich hoffe, ich komme mit dem hier«, sie zeigte auf den Leichnam des Alten, »durch.«

Pirina schwieg. Sie sah wie ein trauriges kleines Vögelchen aus, das ganz allein im Nest hockt und vergeblich auf die Rückkehr seiner Eltern wartet. Aber sie ritt immerhin nicht fort.

Areshva nickte ihr aufmunternd zu. Hoffentlich sah das Mädchen ihr nicht an, wie trostlos sie sich innerlich fühlte. Jedenfalls durften sie nicht noch mehr Zeit verlieren. Sie mussten sich beeilen und Silvrin einholen, bevor es seine Feinde taten.

Dunkle Künste

Sie näherten sich Silvrins Truppe, als er gerade dabei war, in einem grün belaubten Eichenwald einen Platz für sein Nachtlager aufzuschlagen. Areshva und Pirina bezogen einen eigenen Lagerplatz auf einem kleinen Berg, gut versteckt, damit Silvrin sie nicht bemerken sollte, aber nicht zu weit entfernt, um gegebenenfalls eingreifen zu können.

Pirna vermied es, in Areshvas Richtung zu blicken. Seit dem Nachmittag hatten sie kein einziges Wort miteinander gewechselt. Auf ihrer Reise mit dem Prinzessinnengefolge hatte Pirina abends oft Beeren gesammelt und sie anschließend schwesterlich mit den beiden kleinen Kindern geteilt, aber heute fing sie gar nicht erst an zu suchen. Sie flog lediglich auf den höhergelegenen Ast einer Fichte und blieb dort teilnahmslos und mit umwölktem Gesichtsausdruck hocken. Areshva richtete unterdessen drei verzauberte Spiegel ein, die ihr Silvrins Lager zeigten, damit sie ihn von hier oben beobachten konnte.

Auf einen großen Felsen heftete sie ein magisches Bild, welches das Lagerfeuer in der Mitte der aravennischen Zeltstadt spiegelte. Einen anderen Felsen präparierte sie mit der Einstellung auf Silvrins

Feldherrenjurte. Auf einen dicken Baumstamm warf sie Bilder von der Nordseite des Lagers. Das sollte wohl reichen. Sie beobachtete die zahlreichen flackernden Bilder, die das Aufbauen der Zelte zeigten, grasende Pferde, einen Mann, der sein Schwert schärfte, einen, der seinen Schild putzte, und weitere, die wie Ameisen geschäftig hin- und herliefen. Sogar einen kurzen Blick auf Silvrin konnte sie erhaschen. Leider verschwand er sofort in seinem Zelt.

Und dort hinten? Wen hatten sie denn da gefesselt? Sie ließ das Bild näher heranfahren. Smorkyn! Er stand in seiner ganzen imponierenden Leibesfülle an einer Eiche, die sogar noch dicker war als er, mit einem langen Seil festgebunden. Seine Augen sprühten Funken, er fluchte und beschimpfte die Männer um sich herum.

Ein leises Lächeln stahl sich um ihre Lippen. Smorkyn war am Leben. Silvrin tötete die Leute nicht, mit denen er sich schlug, das wusste sie ja inzwischen. Trotzdem hatte sie auf dem Weg hierher um ihren Vater gezittert. War sie verrückt geworden, Silvrin magische Waffen zu verschaffen, mit denen er Smocky auflaufen lassen konnte? Ganz sicher konnte sie ja nie sein, dass alles gut ausging, aber auf Silvrin war Verlass. Ach, er war ein wunderbarer Mensch.

Areshva richtete sich auf.

»Pirina? Sei so lieb und flieg zu Silvrin hinunter. Frag ihn, ob er bereit wäre, meinen Vater freizulassen. Ich würde auch dafür bezahlen.«

»*Bezahlen?*«, erwiderte Pirina spöttisch von ihrem luftigen Ausguck. »Womit denn? Hast du Hellonen gestohlen? Ich finde es nicht gut zu lügen. Das musst du ihm schon selbst sagen.«

Areshva biss sich auf die Lippen. So kannte sie ihre Schülerin gar nicht. Hatte sich ihre Liebe zu Areshva in Abneigung oder sogar Hass verwandelt?

»Ich darf nicht mit ihm reden. Das weißt du doch. Ich will die Herrin des Lichts nicht enttäuschen.«

»Ach ja? Warum bringst du dann Opfer für Agga? Du arbeitest gleichzeitig in zwei Richtungen. Pfui, das ist hässlich und das geht nicht. Ich finde, was du machst ist böse. Das schadet der Lichtgöttin mehr als es ihre Feinde tun könnten.«

Areshvas Lungen zogen sich zusammen und ihr drohte die Luft wegzubleiben.

»Ich weiß. Ich zerreibe mich auch gerade zwischen den Fronten. Liebe, gute Pirina, wirst du bitte mit Silvrin reden? Es ist mir wichtig.«

Glücklicherweise gehorchte die Kleine und flog davon.

Areshva wandte sich sofort wieder ihren Bildern zu. Eine gewisse Unruhe hatte sie ergriffen. Überblickte sie wirklich alle Plätze, die relevant waren? Es wäre besser, wenn sie zusammen mit Silvrin im Lager sein könnte. Aber sie durfte ja nach dem Wunsch ihrer Göttin nicht mehr mit ihm reden.

Hoffentlich würde sie dieses Verbot möglichst bald wieder aufheben, denn wie sehr sehnte sie sich danach, in sein Lager hinunterzulaufen. Ach, wenn sie ihn doch sehen und fragen könnte, ob es etwas zu bedeuten hatte, dass er bei dieser Feier in Aravenna so nett zu ihr gewesen war und dass solche Wärme aus seinen Augen gestrahlt hatte?

Ihr Blick wanderte zu der nächsten Spiegelung. Hier war ein großer Suppenkessel zu sehen, der an einem Dreispitz über einem Feuer hing und über dem feine weiße Dampfwolken aufstiegen. Ein dicker Kerl in einer speckigen Lederjacke rührte darin mit einem langen

Holzlöffel. Nicht weit von dem Kessel entfernt erschien Fürst Silvrin, zusammen mit einem Dutzend Leuten, die sich gemeinschaftlich in einem Kreis niedersetzten. Sie diskutierten lautstark über etwas, das sie »Operation Feuervogel« nannten. Alle waren erregt, immer wieder schlug einer mit der Faust auf den Boden oder gestikulierte mit den Händen. Die Stimmung beruhigte sich jedoch, als der Wind sich drehte. Silvrin hielt mitten im Satz inne und sah zu seinem Koch herüber.

»Es riecht gut. Ist die Suppe bald fertig?«

Der Mann holte den hölzernen Löffel aus dem Kessel und leckte daran.

»Sehr bald. Noch einen kleinen Augenblick Geduld!«

Areshva schloss die Augen. Pirinas Tadel stach noch in ihren Eingeweiden wie eine spitze Nadel. Die Kleine hatte es direkt auf den Punkt gebracht: Areshva hüpfte von einer zur anderen Göttin wie ein unberechenbares Pendel, das mal nach rechts, mal nach links ausschlägt. Was Agga davon hielt, hatte sie ihr schon quittiert. Die alte Fledermaus redete nur noch im Befehlston mit ihr, der halbwegs freundschaftliche Ton von früher hatte sich in Luft aufgelöst. Und Lystrella? Was mochte sie von Areshva denken? Leider herrschte in dieser Beziehung absolute Funkstille. Aber sie hätte Grund, noch viel enttäuschter zu sein als die Dunkelgöttin. Die Leuchtende hatte sie vermutlich abgehakt. Sie sollte sich nicht einmal darüber wundern.

Ein Rauschen in der Luft weckte ihre Aufmerksamkeit.

Pirina kam zurückgeflogen.

»Na? Was sagt Silvrin?«, rief Areshva aufgeregt. »Wird er meinen Vater freilassen?«

Das Mädchen landete direkt vor ihrer Nase. »Das verrät er mir nicht. Er will mit dir selber sprechen.«

»Nichts täte ich lieber als mit ihm zu reden, aber das hat mir die Göttin ja verboten …« Die Magierin runzelte die Augenbrauen. »Möchte wissen, ob das Verbot wirklich gilt. Oder ob Prinzessin Isimela es einfach erfunden hat, aus Eifersucht.«

»Areshva!«

»Was kann schlecht daran sein, wenn ich mit ihm rede? Wenn ich mich bei ihm bedanke?«

»Vielleicht will sie dir nur ersparen herauszufinden, dass er dich eh nicht mag.«

Areshva fuhr so heftig hoch, dass ihre Flügel schwankten.

»Danke! Das war nett gesagt.«

Sie stieß Pirina von sich. Das Mädchen gab ihr einen beleidigten Blick zurück.

»Flieg noch mal in Silvrins Lager!«, befahl Areshva.

»Und dann?«

»Warte. Schau mal, wer da kommt!«

Pirina folgte Areshvas Blicken. Diese lagen auf einer der Spiegelungen an einem der Felsen. Darauf war Silvrin zu sehen, der gerade einen steilen Pfad aufwärtskletterte.

»Er kommt zu uns«, sagte Pirina.

»Zu mir, meinst du wohl«, ergänzte Areshva und klatschte in die Hände.

Ihre Freude wich jedoch schnell einer düsteren Verstimmung. *Verflixtes Verbot.*

»Du enttäuschst die Sonnengöttin nicht, oder? Areshva! Du redest nicht mit ihm!«

Areshva knirschte mit den Zähnen. »Nein. Ich halte mich an ihr Verbot und hoffe, dass irgendein Sinn dahintersteckt. Du redest mit ihm stattdessen.«

Schweigend betrachteten die beiden Zauberinnen die Spiegelung und verfolgten Silvrins Weg, wie er den Berg hinauf stieg. Areshva versteckte sich hinter einen Baum.

Kurz darauf erreichte der Fürst die Lichtung. Er sah sich um und bemerkte zuerst Pirina und gleich danach die zahlreichen Spiegelungen seines Lagers, die er erstaunt betrachtete. Aber nicht lange, dann sah er sich forschend um.

»Hier haben wir also die Überwachungszentrale«, konstatierte er kurz angebunden. »Wo ist Areshva?«

»Ihr könnt mir sagen, was Ihr sagen wollt«, erklärte Pirina ausweichend. »Sie sagt, ich soll mich bei Euch bedanken dafür, dass Ihr ihren Vater nicht umgebracht habt.«

»Und warum verschwindet sie, wenn ich komme? Sie hat doch bestimmt in eurem Spionagesystem gesehen, dass ich zu euch hoch wollte. Was habe ich ihr getan?«

»Gar nichts«, piepste Pirina verlegen. »Es ist auch nicht so, dass sie nicht reden will. Die Göttin …«

»So? Und was wird hier gespielt? Für wen spioniert sie mich aus, für ihren Geliebten in Darghessa?«

Aufgebracht machte er eine weite Handbewegung über alle Spiegelungen, die in Sichtweite waren. Sein Blick blieb an einer hängen. Hier war zu sehen, wie sich seine Männer hinter dem Kessel aufstellten und der Koch an jeden Soldaten drei Kellen Suppe ausgab.

»Wir müssen doch aufpassen, dass Euch keiner angreift«, erklärte Pirina. »Wenn es einer versucht, werden wir Euch verteidigen. Sicherer als unter unserem Schutz könnt Ihr gar nicht sein.«

»Du erwartest nicht, dass ich das glaube, oder?« Er blickte auf und entdeckte Areshva nicht weit von ihm hinter dem Baum. »Da steckst du also. Hast du dich vor mir versteckt? Komm her! Rede mit mir! Ich hab es satt, in deinem Theater zu spielen wie ein blinder Narr. Ich will wissen, welches Stück diesmal aufgeführt wird.«

Areshva schlug die Augen nieder und schwieg.

Seine Stirn rötete sich. Wütend drehte er sich zur Seite. Wieder landete er ausgerechnet bei der Spiegelung, die seine Soldaten bei der Mahlzeit zeigte. Die ersten fingen gerade an, die Suppe zu löffeln.

»Wir sind voll und ganz auf Eurer Seite«, sagte Pirina beschwörend. »Areshva hat Euch auch bei dem Kampf gegen ihren Vater geholfen. Gute Idee mit dem Magielöscher, oder? Ihr könnt Vertrauen haben.«

Silvrin trat einmal heftig gegen eine Baumwurzel.

»*Vertrauen*.«

Er starrte Areshva an, die an einem Stamm lehnte, nach hinten ins Gebüsch guckte und so tat, als hätte sie seine Gegenwart noch gar nicht bemerkt. Schließlich war ja sogar das Anschauen schon verboten. Und sie begriff jetzt auch warum. Das war eine Strafe. Lystrella würde sie so lange büßen lassen, bis sie alle ihre Vergehen gesühnt hätte. Himmel, daraus könnte eine Ewigkeit werden. Wenn sie nur ein Wort sagen dürfte, würde er gleich ganz anders reagieren! Vielleicht sogar wie bei diesem Bankett?

Ach, das Bankett ...

»Mich würde interessieren, was du für eine Quota hast«, sagte er mit eisiger Stimme.

»Verrätst du es mir oder hast du Angst, mich zu erschrecken?«

Er denkt, ich wäre eine Teufelin!

Da Areshva nicht reagierte, drehte er sich zu Pirina.

»Vielleicht willst du auf die Frage antworten?«, fragte er gereizt.

Pirina zögerte einen Augenblick, dann erwiderte sie: »Einmal im Mond.«

»*Einmal im Mond* ist klar! Wie viele? Fünfzig? Hundert?«

Was denkt er denn bloß von mir!

»Was meint Ihr mit *fünfzig*?« Pirina schüttelte heftig den Kopf. »Ein Opfer jeden Mond, so wie das alle Götter wollen.«

Areshva seufzte innerlich. Ihre Schülerin erklärte es ihm nicht richtig. Sie hatte nicht begriffen, dass manche Götter auch höhere Quoten verlangten. Agga hatte zwar nie offiziell mehr als ein Opfer pro Mond gefordert, aber die tatsächlichen Zahlen waren letztlich doch etwas anders ausgefallen.

Ein ekliges würgendes Geräusch weckte ihre Aufmerksamkeit. Es kam von der Spiegelung, die sie vorher betrachtet hatten. In dem Bild war der Koch zu sehen. Er war grün im Gesicht, griff sich an den Hals und fing plötzlich an zu gurgeln. Dann fiel er zu Boden. Alle seine Gliedmaßen zuckten. Die Soldaten hörten wie auf Befehl auf zu essen.

»Die Suppe ist vergiftet!«, rief einer.

Silvrin wurde bleich. Er starrte zu Areshva.

»Was hast du getan, du Schlange?«

Dann machte er kehrt. Schon war er im Unterholz verschwunden.

Pirina rief ihm hinterher: »Das ist ein Irrtum! Wartet!«

Areshva griff sich in die Haare.

»Verdammt!«, fauchte sie, während sie mit Entsetzen die Bilder des würgenden Mannes am Suppenkessel verfolgte. »Jetzt denkt er auch noch, ich wäre eine Giftmischerin!«

Sie trat näher an den Spiegel heran, der den Suppentopf zeigte. Dorthin liefen mehrere Soldaten, zwei knieten sich zu dem sich am Boden krümmenden Koch und bemühten sich um ihn. Die anderen kippten die Suppe aus ihren Schüsseln und fragten sich, ob sie ebenfalls vergiftet waren.

Es dauerte nicht lange, bis Silvrin das Lager erreichte. Eilig erkundigte er sich:»Wer von euch hat von der Suppe gegessen?«

Es meldeten sich zehn Männer. Einer sagte:»Ich habe nur ein paar Löffel probiert. Wirklich wenig.«
»Ich habe auch kaum etwas genommen«, erklärte ein anderer, dem die Hände zitterten.»Rafran dagegen, der hat sie literweise in sich reingekippt. Der frisst immer von allem am meisten. Ihr wisst doch, er probiert nach jedem Umrühren. Und jedes Mal behauptet er, er müsse bloß nachwürzen.«

Der Koch lag noch immer am Boden. Er fing an zu schreien, dass ihm zu heiß sei. Dann riss er so gewaltsam an seinem Hemd, bis es in zwei Teilen am Körper hing. Trotzdem war ihm immer noch heiß. Silvrin setzte sich an seine Seite, redete beruhigend auf ihn ein, aber das half nicht im Geringsten.

Kessinaj zog ihn weg.

»Lass das. Du weißt nicht, was das für ein Gift ist. Du könntest dich infizieren«, sagte er eindringlich.

»Unsinn! An so einem Gift infiziert man sich nicht, wenn man es nicht isst«, erwiderte Silvrin heftig.»Und wenn einer meiner Leute krank ist, werde ich ihm helfen oder es wenigstens versuchen.«

Der Koch fing an sich zu kratzen. Seine Nägel bohrten sich derartig in seinen Körper, dass er sich die Haut aufriss. Pirina stieß ein hohles Wimmern aus, als sie das sah. Areshva löschte das Bild. Vorsichtshalber löschte sie auch alle anderen.

»Das müssen wir uns nicht ansehen«, sagte sie mit gepresster Stimme. Sie standen beide vor dem blinden Spiegel und fragten sich, wie es wohl geendet hatte. Allerdings hielten sie die Ungewissheit nicht lange aus. Areshva warf die Bilder wieder an.

»Verdammt, das ging schnell«, fluchte sie.

Der Koch war bereits tot. Sein Körper lag in verrenkter Haltung auf dem Boden. Aus seiner Brust heraus wucherten schwarze haarige Gewächse, die wie Gestrüpp aussahen. Die Soldaten standen in einem großen Kreis um den Toten herum.

Silvrin nahm seinen Helm ab.

»Geben die Götter, dass alle anderen von euch, die jetzt Angst haben, zu wenig von diesem Gebräu gegessen haben und ihnen nichts passiert«, sagte er mit gepresster Stimme.

Im selben Moment leuchtete der Kontaktring des Prinzen Koryelan auf und die geisterhafte Statur der Priesterin Coreana floss heraus.

»Fürst Ishtangar hat sich bei uns gemeldet«, berichtete sie. »Er steht mit seinem Heer bereits vor Darghessa und bekommt kalte Füße. Und er fragt, wann unsere Truppen Darghessa erreichen.«

»Wir sind schon auf darghessanischem Gebiet«, sagte Koryelan.

»Sag ihr, wir reiten sofort weiter«, ergänzte Silvrin. »Wenn wir uns beeilen, können wir morgen bei ihm sein.«

Die Priesterin Coreana nickte.

»Danke.«

Das Geisterbild verlöschte.

Silvrin rief seine Männer zur Ordnung.

»Alle Mann, Sachen packen! Zelte abbauen! Die Pferde losbinden! Zwei Mann kümmern sich um den Toten, aber vorsichtig dabei. Wir brechen auf!«

Diesem Befehl leisteten alle Folge. In kurzer Zeit wimmelten die Soldaten durch das Lager, wurden Rucksäcke wieder eingepackt, Kochgeschirr verstaut und Zelte abgebaut. Nur ein einziger junger Soldat gehorchte nicht. Er stand da mit verzerrtem Gesicht.

Dann trat er vor Silvrin.

»Mir ist übel. Ich habe Angst. Wahrscheinlich bin ich auch vergiftet.«

»Du bist einer von denen, die die Suppe gegessen haben, oder?«

»Ja!« In den Augen des Jungen stand Todesangst. Er hielt sich den Magen. »Vielleicht gibt es irgendein Gegengift? Vielleicht haben wir was, irgendwas?« Er konnte nicht mehr stehen. Langsam glitt er zu Boden und legte sich hin. Mitten in eine Schlammkuhle, was ihm aber gar nicht auffiel. Seine Augen bettelten Silvrin um Hilfe an.

Areshva und Pirina verfolgten die Geschehnisse im Lager von ihrer Überwachungsanlage aus in großer Anspannung.

»Er wird sich bestimmt um den Kranken kümmern«, sagte Pirina.

Areshva kniff die Lippen zusammen. »Das befürchte ich auch. Komm schon, Silvrin, lass dich nicht aufhalten, du musst verschwinden! Reite nach Darghessa!«

Silvrin hockte sich zu dem Kranken und versprach ihm, etwas für ihn zu finden.

Areshva schüttelte den Kopf. »Na klar doch, Idiot! Er ist nicht zu retten. Versuch es gar nicht erst! Reite nach Darghessa, da gibt es Arbeit! Da kannst du um Ruhm und Reichtum kämpfen.«

»Vielleicht findet er ein Gegengift«, überlegte Pirina.

»Nein! Um ein Gegengift finden zu können, müsste er wissen, was für ein Gift der Junge genommen hat. Ich glaube nicht, dass sie das wissen.«

»Kennst du dich damit aus?«

»Nein. Das ist doch abscheulich. Gift ist für Ratten. Er soll das Ganze abhaken und losreiten. Alle die Männer, die die Brühe getrunken haben, wird er verlieren. Dagegen können wir nichts tun. Er kann deswegen nicht die Pallanthier im Stich lassen, das könnte sie teuer zu stehen kommen.«

Silvrin und Koryelan hatten inzwischen den Kontaktring des Prinzen aktiviert und redeten mit seiner Priesterin. Diesmal ging es um die Behandlung von Vergiftungen.

Areshva verdrehte die Augen.

»Ich wusste, dass er das machen wird.«

Inzwischen lagen schon vier Männer am Boden, alle mit derselben Schwäche wie der erste. Silvrin machte ein Gesicht, als litte er Qualen. Gerade rannte er zu seinem Pferd, durchwühlte seine Satteltaschen. Dann herrschte er seine Burschen an, er bräuchte ein Feuer und einen Topf und sie sollten ihm dabei helfen, diese Medizin zu brauen, die ihm die Priesterin beschrieben hätte.

Prinz Koryelan war dagegen.

»Silvrin, wir müssen doch aufbrechen, Fürst Ishtangar wartet auf uns!«

»Ich weiß«, sagte Silvrin erregt. »Reite du schon mal los, mit der Armee! Wir dürfen natürlich die Pallanthier nicht hängen lassen. Lass mir ein paar Leute hier, vielleicht fünfzig! Ich versuche, den Kranken zu helfen und komme dir nach, so schnell ich kann.«

»Das ist keine gute Idee. Du könntest in Gefahr kommen, mit einer so kleinen Einheit.«

»Wahrscheinlich bin ich schon drin«, knurrte Silvrin. »Die Hexe hat mich schon seit Tagen im Visier. Sie hat sich oben auf dem Berg eine Überwachungsstation eingerichtet. Und jetzt vergiftet sie meine Männer. Wie mich das fertigmacht!«

»Das ist gar nicht gut. Bestimmt will sie dich töten. Dann bleibe ich lieber hier.«

»Du kannst mich nicht vor ihr beschützen. Weder du noch Coreana oder irgendeine andere unserer Zauberinnen. Das weißt du doch selbst. Ich muss allein

mit ihr klarkommen, irgendwie. Das schaffe ich schon.
Reite jetzt los. Ich will die Pallanthier nicht im Regen
stehen lassen.«

»Silvrin ...«

»Das ist ein Befehl! Aufbruch!«

Giftmord

Areshva und Pirina beobachteten, wie die aravennischen Soldaten ihre Sachen packten, Zelte abbauten und dann abzogen. Silvrin blieb mit fünfzig Mann zurück, von denen inzwischen zehn krank waren. Der Diskussion entnahmen sie, dass alle Betroffenen die Suppe gegessen hatten. Silvrin braute Medizin, ließ sich Kräuter bringen und diskutierte intensiv darüber, ob er sie durchschneiden, halbieren, nur die Blätter oder nur die Stiele anwenden sollte.

Areshva stand vor der Spiegelung wie angewurzelt.

»Was soll das denn bringen?«, kommentierte sie und klopfte dabei rhythmisch mit den Fingern gegen einen Baum. »Seine Männer können einfaches Schlingwurz nicht von Eferstreu unterscheiden. Selbst wenn sie ein gutes Rezept hätten, würden sie es nicht kochen können.«

»Geh du doch runter und hilf ihnen!«, schlug Pirina vor.

»Ich kenne mich selber nicht gut genug aus. Sonst hätte ich es nicht nötig gehabt, mir Salbe von Kräuterhexen zu holen. Und wenn ich zu Silvrin runtergehe, kein Wort zu ihm sage und sie dann noch merken, dass ich auch keinen klugen Rat habe, dann wird er wieder glauben, *ich* hätte ihnen das Gift untergemixt.«

Schweigend sahen sie weiter zu. Der junge Soldat, der die Symptome als Zweiter gespürt hatte, lag bereits im Sterben. Er schrie vor Schmerzen und bettelte um den Tod. Silvrin verweigerte ihm das zuerst ganz entschieden, konnte das Elend später jedoch auch nicht mehr mit ansehen und stieß ihm zum Schluss sein Schwert in die Brust. Danach drehte er sich mit dem Gesicht gegen einen Baum, mit beiden Händen über seinem Kopf, mit denen er sich in der Baumrinde festkrallte.

Schwer atmend keuchte er:»Das war höllisch. Ich hasse diese Zauberin. Und sie wird mich noch zwingen, alle meine Freunde umzubringen.«

Das war mehr, als Areshva auf ihrem Aussichtsplateau ertragen konnte.

»Ich gebe ja zu, dass ich kein guter Mensch bin, aber er kann mich doch nicht für eine Bestie halten!«

»Wer würde das denn überhaupt tun, dass er so ein schreckliches Gift herstellt und es noch in eine Suppe reinkippt?«, sagte Pirina voller Entsetzen.

Areshva wirbelte herum. Erst jetzt wurde ihr klar, dass sie diese Frage selbst hätte stellen sollen, weil darin die einzig mögliche Erklärung für das Problem lag.

»Bei der heiligen Göttin!«

»Wieso? Was?«

»Denk mal selber nach, wer so etwas tut.«

»Irgendein sehr fieser Mensch?«

»Irgendeine sehr fiese *Zauberin*, auf deren Gebiet wir uns gerade befinden! Kennst du nicht so eine?«

»Du meinst die Priesterin von Darghessa? Meriedyce?«

»Genau die. Denk an den Dampfschädel, den sie mir geschenkt hat. Im Zubereiten von Gift ist sie eine Meisterin.«

»Aber …«

Areshva geriet in immer tiefere Bestürzung.

»Lass es nicht so sein, wie ich gerade denke.«

»Was *denkst* du denn?«, fragte Pirina nach.

»Wir müssen runter zu ihm.«

»Wirklich? Ich dachte, wir können nicht helfen?«

»Wenn du Meriedyce wärest und du hättest Gift in Silvrins Suppe getan, hättest du dich damit zufriedengegeben, irgendwelche zehn unwichtigen Männer aus seiner Truppe umzubringen?«

Pirina riss die Augen auf.

»Also ich weiß nicht.«

»Nein«, keuchte Areshva. »Du hättest das Ganze so arrangiert, dass du vor allem *ihn* erwischst. Komm!«

Wenig später erreichten Areshva und Pirina Silvrins Lazarett. Neben dem jetzt erloschenen Lagerfeuer lagen nebeneinander sieben von schwarzem Gestrüpp überwachsene Leichname. Drei weitere Männer mit blutigen, von Kratzstellen übersäten Oberkörpern, die ab und zu schrille Schreie ausstießen, wanden sich neben ihnen. Fünf andere Soldaten lagen apathisch am Boden auf einfachen Leinendecken. Einige Männer lehnten mit blassen Gesichtern an Bäumen.

Silvrin flößte gerade den Soldaten an den Bäumen Medizin ein. Er bemerkte die Ankunft der Zauberinnen sofort, übergab den gefüllten Becher einem Kameraden und wandte sich voller Misstrauen an Areshva.

»Da bist du ja«, knurrte er mit zusammengebissenen Zähnen. »Ich habe schon auf dich gewartet. Na? Zufrieden mit der Ernte?«

Dabei zeigte er weiträumig mit der Hand um sich. Seine Lippen waren zusammengekniffen, seine Wangen bleich. Areshva musste sich zusammenreißen, um an ihm vorbeizublicken. Und noch mehr, das Wort nicht an ihn zu richten.

Sie wandte sich an Pirina.

»Frag ihn, welches Gift in dieser Suppe war.«

»Ah, du kannst ja reden!«

Er versuchte ihre Blicke einzufangen. Sie drehte sich zur Seite.

»Ich soll fragen …«, begann Pirina, aber Silvrin unterbrach sie.

»Ich hab's gehört. Bin ja nicht taub.«

Schweigen.

»Frag ihn noch mal«, sagte Areshva leise zu Pirina.

»Kann sein, dass er doch taub ist.«

»Wenn gewisse Personen meinen, sie müssten mich schneiden«, sagte Silvrin scharf, »dann habe ich auch keine Lust, mit ihnen zu reden.«

Der Regimentsführer Kessinaj war der Nächste, den die Schwäche befiel. Er wurde bleich um die Nase und lehnte sich rückwärts gegen einen Baum.

Silvrin warf den Kopf zum Himmel hoch. Seine innere Verzweiflung zeichnete sich so offenkundig in seinem Gesicht ab, dass er Areshva von ganzem Herzen leidtat.

»Sollen dich doch die Dämonen holen!«, schrie er sie an. »Du triffst gerade alle meine besten Freunde!«

Deine Freunde werden bald unser kleinstes Problem sein, dachte Areshva. Sie befiel ein innerliches Zittern und eine Woge von Angst wallte in ihr auf. *Wetten, dass Meriedyce dich ebenfalls getroffen hat?*

»Pirina, sag ihm, dass ich das nicht war! Und frag ihn, ob er wohl so schlau gewesen ist, diese verfluchte Suppe nicht zu essen, den Topf nicht anzufassen und die Kräuter nicht und nichts, was irgendwie damit zusammenhängt!«

Pirina nickte verängstigt.

»Ich soll fragen …«

Silvrin drohte ihr mit dem Finger.

»Du wirst mich nichts mehr fragen. Wenn Areshva etwas von mir wissen will, soll sie die Fragen selbst stellen.«

Natürlich war er beleidigt. Areshva hätte so eine Behandlung genauso krummgenommen. Wie sollte sie mit ihm reden, wenn sie ihn nicht direkt ansprechen durfte? Sie musste doch wissen, ob er gefährdet war.

Langsam senkte Areshva den Kopf. Dann murmelte sie inbrünstig:»Bitte!«

Es kam keine Antwort. Sie heftete ihre Blicke krampfhaft auf einen kleinen Stein am Boden. Wollte die Göttin, dass er sie hasste? War *das* die Strafe für ihren Verrat?

Er sollte sie hassen.

Er sollte Prinzessin Isimela heiraten.

Und er war womöglich vergiftet.

Dreifache Strafe.

»Ich habe keinen Kontakt mit dem Gift gehabt«, bekräftigte er schließlich.

Die Spannung fiel von ihr ab. Was für ein Glück! Es war also nicht so schlimm, wie es ausgesehen hatte, und Meriedyce auch nicht so gefährlich, wie sie für einen Moment befürchtet hatte.

Kessinaj stiegen Schweißtropfen auf die Stirn. Dann setzte er sich auf den Boden.

Silvrin erschrak.

»Was ist mit Euch?«

»Wohl doch das Gift«, sagte Kessinaj angestrengt.

»Das kann nicht sein. Ihr habt doch von der giftigen Suppe gar nicht gegessen«, reagierte Silvrin entsetzt.

»Ich habe auch das Zizipekenkraut nicht angefasst. Aber jetzt fühlt es sich an, als ob ich innerlich verbrenne.«

Eine lähmende Stille legte sich über das Lager. Sie wurde unterbrochen von dem gellen Schrei eines der Sterbenden. Der Mann lag mit entblößtem Oberkörper, blutverschmiert, am Boden. Gerade brachen die schwarzen Wucherungen aus seiner Brust durch. Silvrin gab einem der Soldaten ein Zeichen, ihn zu töten. Auch bei den anderen beiden Schwerkranken entwickelten sich die Symptome des Endstadiums. Sie brüllten wie Tiere.

Areshva krampfte sich das Herz zusammen. Wenn Kessinaj vergiftet war, der kein Gift berührt hatte, konnte Silvrin genauso dran sein. Dumm war sie gewesen, dass sie versucht hatte diese Möglichkeit zu verdrängen. Sie würde wahrscheinlich gleich dabei zuschauen müssen, wie er starb. Wenn sie nicht ein Gegengift fand. Fieberhaft dachte sie nach.

»*Zizipekenkraut*«, flüsterte sie vor sich hin und versuchte sich zu erinnern, ob sie diesen Namen schon gehört hatte.

»Was für ein Gift ist das?«, fragte Pirina.

»Das wissen die Götter. Keine Ahnung.«

Areshva spürte Panik in sich aufsteigen, die sie lähmte. Ihre Hände fühlten sich an, als wären sie nicht mehr ihre. Und in ihrer Brust eine beklemmende Enge.

Das Gebrüll der beiden Sterbenden wurde unmenschlich.

Silvrin gab den Befehl, sie zu töten.

»Gibt es dagegen wirklich kein Gegengift?«, fragte Pirina ängstlich in die unheilschwangere Stille hinein, die diesem Befehl folgte.

»Ich sagte doch:Ich weiß es nicht.«

Areshva rief sich die Bilder in Erinnerung, die sie oben in ihren Spiegelungen beobachtet hatte. Wie der Koch die Suppe vorbereitete. Sie schlug sich gegen die Stirn.

»Jetzt weiß ich es«, flüsterte sie tonlos.

»Was?«, fragte Pirina.

»Dämpfe!«, erklärte Areshva. »Meriedyce arbeitet mit Dämpfen. Ihre Todestruppe hat gedampft. Der Schädel, den sie mir gab, hat Dämpfe ausgesondert. Und dieses Gift in der Suppe sollte ebenfalls in erster Linie Dämpfe erzeugen. Erinnerst du dich, Pirina? Der Koch rührte in der Suppe und die Männer saßen ganz in der Nähe beu einer Beratung. Das haben wir doch gesehen. Silvrin hat den Koch noch gelobt dafür, dass die Suppe so gut riecht, nicht wahr?«

»Daran erinnere ich mich auch«, sagte Kessinaj.

»Wart Ihr bei der Beratung dabei?«

»Ja. Die Suppe roch wirklich sehr aromatisch.«

»Und Silvrin stand genau an der Stelle, wo am meisten Dampf hinwehte!«

Silvrin winkte ab.

»Dann müsste ich vergiftet sein, nach deiner Theorie«, sagte er kühl. »Das bin ich aber nicht. Ich habe keine Lust, abzuwarten, bis du dir die nächste Gemeinheit ausdenkst. Verschwindet von hier!«

Areshva fühlte sich einer Ohnmacht nahe. Er würde sterben und noch innerhalb kürzester Zeit. Das wusste sie inzwischen ganz genau. Sie musste ein Gegengift finden. Schnell.

Sie packte Pirina bei den Schultern.

»Hör mal, deine Leute betreiben doch dieses Spital in Pallanthia. Und diese Thessa war gar nicht so schlecht mit ihren Heilkräutern. Denkst du, dass sie sich vielleicht mit Gegengiften auskennt?«

Pirina schüttelte den Kopf.

»Glaub ich nicht. Wir hatten einmal ein kleines Mädchen bei uns, das war von einer Schlange gebissen worden. Es ist gestorben. Und einmal eine ganze Familie, die hatten falsche Pilze gegessen.«

»Denen konntet ihr auch nicht helfen?«

»Nein.«

Areshva fuhr sich mit einer Hand in die Haare. Sie starrte Silvrin an und suchte nach irgendeinem Zeichen von Schwäche. Er sah jedoch äußerst gesund aus. Nein, nicht nur das: Seine Angewohnheit, jedem freimütig und offenherzig quasi direkt in die Seele zu blicken, gab ihm eine enorme Ausstrahlung. Er hatte noch dazu einen sehr anziehenden athletischen Körper. Es dauerte eine Weile, bis ihr klarwurde, dass sie sich auf verbotenem Terrain befand. Sie sollte ihn doch nicht ansehen. Also drehte sie den Kopf schnell zur Seite. Ihr schlug das Herz bis zum Hals.

»Die Priesterin Kirisha kennt sich vielleicht aus, was denkst du?«, wisperte Pirina.

»Mit Giften? Schwarzmagischem Werkzeug?« Areshva winkte ab. »Machst du Witze? Natürlich nicht.«

»Was ist mit der Hexenstadt Rheskali? Dort war alles voll von Kräutern.«

»Die Heilerinnenbuden waren zerstört. Die Hexen sind alle abgehauen.«

»Aber die Kräuter sind bestimmt noch da.«

»Und was nützt uns das? Weißt du was mit Kräutern anzufangen? Außerdem ist die Stadt zu weit entfernt.«

Silvrin hustete. Sofort drehten sich sämtliche Soldaten zu ihm hin. Die Stille auf dem Platz wurde beängstigend.

»Wenn ich das geahnt hätte, dass ein kleiner Husten so viel Aufmerksamkeit erregen kann«, versuchte Silvrin zu scherzen. Es war jedoch niemandem nach Späßen

zumute. Inzwischen hatten alle aus seiner Truppe
verstanden, wohin sie auf dem Weg waren.

Silvrin hustete wieder. Ihn überkam ein
Schwächeanfall. Er lehnte sich gegen einen Baum. So
stand er eine Weile. Dann knickten ihm die Knie ein. Er
ließ sich abwärtsgleiten und blieb an den Stamm gelehnt
sitzen.

Götterdämmerung

Areshva fühlte sich, als ob sie unter einen Mühlstein geraten wäre. Tonnengewichte krachten über ihr zusammen und drohten sie zu zermalmen. Der Wald um sie herum wurde unscharf, er schien plötzlich aus lauter bösen Geistern zu bestehen, die ihr um die Ohren zischten und nach ihr schlugen. Was hatte sie sich eingebildet? Dass sie den Göttern ein Orakel entreißen könnte, ihnen persönlich ein Schnippchen schlagen?

Aufs Glatteis hatten sie sie geführt! Glatteis, das bereits um sie herum krachte und Risse bekam. Das im nächsten Augenblick zerbrechen und Silvrin in die Tiefe reißen würde.

Grimmige Kälte drang durch ihre Poren. Ihr gefror das Blut in den Adern. Sie erstarrte wie ein Eisklumpen und konnte sich nicht mehr rühren. Selbst die Luft bestand aus eisigen Strömen, die ihr Lungengewebe zerrissen bei jedem Atemzug.

Silvrin war leichenblass im Gesicht und sank langsam immer tiefer an dem Baum herunter.

Ein geschocktes Tuscheln und Flüstern wehte durch die Reihen der Soldaten. Auch Areshvas Gedanken waren wie eingefroren. Sie versuchte sich zum Denken zu zwingen. Sie brauchte einen Rettungsanker!

Wenn ihm weder Kräuterhexen, Priesterinnen, Freunde oder Bekannte helfen konnten, und nicht einmal eine übermächtige Zauberin wie Areshva – wer konnte es dann überhaupt?

Es müsste eine Person sein, die mehr Kraft hatte als sie. Oder mehr Möglichkeiten. Da fiel ihr auch schon jemand ein. Jemand, die über ihr stand, und die sie in Anbetracht der jüngsten Ereignisse als ihre Feindin bezeichnen musste, aber die sie hoffentlich trotzdem zur Hilfe zwingen konnte.

Ruckartig drehte sie an ihrem Kontaktring und blickte warnend in die Runde: »Alle wegsehen! Sonst werdet ihr geblendet!«

Eine gleißende Feuersäule schoss in geisterhafter Gestalt aus dem Ring heraus. Sie tauchte den Platz in so grelles weißes Licht, dass auch Areshva den Blick abwenden musste.

Jemand hauchte: »Bei allen Dämonen der Unterwelt, sie hat die Hohepriesterin gerufen!«

Eine Stimme aus der Feuersäule heraus säuselte übertrieben freundlich: »Areshva, was verschafft mir die Ehre?«

»Ihr spitzt die Ohren«, kommandierte die Magierin. Sie erkannte ihre eigne Stimme kaum wieder, denn sie klang laut und kalt wie Metall. »Wir haben hier ein kleines Problem und Ihr müsst es für mich lösen. Und wagt es nicht dabei zu versagen, weil ich sonst so wütend werde, wie Ihr mich noch nicht erlebt habt!«

»Ich bin ganz Ohr«, erwiderte die Gestalt in der Brennsäule unterwürfig. »Was soll ich tun?«

»Ich brauche ein Gegengift, das die Dämpfe aus Zizipekenkraut neutralisiert.«

Die wie ein Spuk aussehende Hohepriesterin lachte nervös.

»Wie? Areshva, ich habe hier oben doch keine Kräuterküche. Ich habe nicht die allergeringste Ahnung …«

»Ich will keine Ausreden hören!«, schrie Areshva sie an. »Ich brauche ein Gegengift gegen Zizipekenkraut und ich brauche es innerhalb weniger Augenblicke, ist das klar?«

»Äh, ich verstehe das natürlich, allerdings sollte Euch genauso klar sein, dass ich auf dem Gebiet keine Expertin bin. Und es ist einfach nicht möglich, so komplizierte Informationen in kurzer Zeit zu beschaffen.«

»Ihr kapiert nichts. Wenn Ihr versagt, bringe ich Euch um. War das jetzt klar? Unser Pakt betrifft Euch genauso wie mich und Ihr könnt nicht einfach aussteigen, wenn es Euch zu schwierig wird! Mir egal, was Ihr Euch einfallen lasst, aber ich rate Euch, Ihr solltest keine Möglichkeit verpassen, keine noch so unbedeutende Idee übersehen! Besorgt mir das Gegengift, sonst katapultiere ich Euch in die Unterwelt! Ich zerschmettere Euer Hinterteil und aus dem Königsring mach ich Kieselsteine!«

»Natürlich. Ich verstehe Euch vollkommen und wir sind uns vollkommen einig. Gebt mir bloß einen kleinen Augenblick, um Informationen einzuholen.«

Es zischte unangenehm laut. Dann verlöschte die grelle Säule abrupt.

Areshva ballte die Hände zu Fäusten. Hoffentlich. Es gab eine gewisse Chance, dass es funktionierte.

Die Alte hatte doch Kontakte zu allen Priesterinnen. Zu sämtlichen Zauberinnen des Landes sogar. Sie konnte innerhalb kürzester Zeit die Expertin finden, die sie jetzt brauchten. Und das würde sie auch tun, weil sie so scharf auf den Ring war.

Areshvas Kopf begann zu dröhnen. Sie schielte aus den Augenwinkeln zu Silvrin herüber, den jetzt bereits das Sitzen anstrengte. Er rutschte langsam tiefer.

»Areshva«, sagte er leise, doch mit missbilligendem Klang in der Stimme, »das war keine gute Idee. Ich weiß nicht, was du für Ränke mit der Hohepriesterin schmiedest, aber wenn man sich mit solchen Personen einlässt, endet es nie gut.«

Doch, dachte Areshva verzweifelt. *Weil ich diejenige bin, die den Handel macht.* Aber das sagte sie nicht laut.

Sie hockte sich neben ihn. Das konnte jetzt ja wohl kaum mehr verboten sein. Ihre Blicke irrten über das Lager.

Dabei registrierte sie, dass die Zahl der Kranken in Silvrins Truppe schon die der Gesunden überstieg. Überall lagen Soldaten in apathischem Zustand am Boden.

Ein lautes Zischen kündigte die Rückkehr der Hohepriesterin an. Schon wuchs die grell leuchtende Säule wieder aus Areshvas Kontaktring.

»Euer gesuchtes Gegengift wächst im Dämonischen Moor«, meldete die Flammende. »Ihr braucht die Kerne der gelben Sumpfanemone. Kennt Ihr die Pflanze?«

Areshva nickte.

»Bringt sie her!«

»Ich habe keine Diener, die fliegen können. Ihr seid selbst viel näher dran am Dämonischen Moor als ich. Die schnellste Möglichkeit für Euch wäre, wenn Ihr selbst hinfliegt.«

Der Kontakt brach ab und die Säule verlöschte.

Areshva spürte, wie ihre rechte Schläfe unangenehm zu zucken begann. Sie winkte Pirina zu sich.

»Du musst das machen«, sagte sie im Befehlston. »Ich kann ja nicht mehr fliegen. Warst du mal im Dämonischen Moor?«

»Nein«, sagte Pirina eifrig, »aber ich weiß, wo es ungefähr ist. Hinter Darghessa.«

»Genau. Wir brauchen diese Blume hier.«

Sie erzeugte eine Luftspiegelung, die eine dickstielige Sumpfpflanze mit einer aufgequollen wirkenden gelben Blüte zeigte.

Pirina nickte.

»Ich schaff das!«

»Pass auf dich auf, das Moor ist tückisch.«

»Mach ich.«

Pirina faltete ihre Flügel auseinander und wollte schon starten, aber da sprang Areshva auf und hielt sie zurück.

»Dies ist die wichtigste Aufgabe, die du je hattest«, schärfte sie ihr ein. »Das darf nicht schiefgehen. Beeil dich! Rase wie ein Blitz! Schneller, als du je geflogen bist. Du musst schneller sein als Meriedyces Giftbrühe, vergiss das nicht!«

»Du kannst dich auf mich verlassen.«

Pirina flatterte ein paarmal, um Luft unter die Flügel zu bekommen. Dann erhob sie sich in den Himmel und war im Nu über ihren Köpfen verschwunden. Areshva blickte ihr nach, bis sie sie nicht mehr sehen konnte. Jetzt konnte sie nur noch hoffen.

Es war fürchterlich, so ohnmächtig zu sein. Sie warf einen prüfenden Blick auf Silvrin. Er war weit nach unten geglitten und befand sich schon fast in liegender Position. Ein Schweißtropfen rann von seiner Stirn. Sie ging mit schnellen Schritten zu ihm und setzte sich dicht neben ihn, weil sie wenigstens in seiner Nähe sein wollte, wenn es zu Ende ging. Natürlich gab sie sich Mühe, ihn nicht anzuschauen, den Befehl der Göttin nicht offen zu missachten. Deshalb hielt sie den Blick starr geradeaus – ohne irgendwas zu sehen. Sie lauschte angestrengt auf seine Atmung, die immer schwerer und unregelmäßiger wurde. Im selben Takt wuchs auch der Druck auf ihrer Brust.

Sie hielt es nicht aus. Hastig drehte sie an ihrem Kontaktring und rief nach Pirina. Das Mädchen antwortete auf der Stelle. Klein und zierlich floss ihre Silhouette aus dem Ring und Areshva konnte sehen, dass sie rasend schnell durch die Lüfte fegte.

»Wo bist du?«, fragte sie ungeduldig. »Siehst du schon Darghessa?«

»Ich bin doch gerade erst losgeflogen!«, war die Antwort.

Areshva brach das Gespräch ab. Dies war eine grässliche Marter. Silvrin neben ihr atmete stoßweise. Sie konnte bloß hoffen, dass er von starker Natur war, dass er aushalten würde, dass er noch Zeit hatte.

Er verlor den Halt und sank zu Boden. Ein lautes Stöhnen entrang sich ihm. Seine Hände verkrallten sich brutal in seinem Hemd und rissen daran. Ihr stiegen die Tränen in die Augen. Sie blinzelte einmal heftig, um sie zu zerdrücken.

Er keuchte: »Hitze, so eine Hitze!«, und riss stärker an dem Hemd.

Da war es vorbei. Sie überkam das Elend der ganzen Welt. Das Bild vor ihren Augen verschwamm. Sie fühlte die Tränen die Wangen hinunterrinnen, kämpfte dagegen an, wischte sie mit den Händen ab und versuchte die Fassung wiederzufinden. Aber alle Dämme waren gebrochen. Sie löste sich auf, sie verschwamm zu einer Pfütze, zu einem Sturzbach.

Er drehte sich zu ihr.

»He, was ist mit dir denn los?«, fragte er mit veränderter, heiserer Stimme, während er gleichzeitig weiter mit ruckartigen Bewegungen an seinem Hemd riss. Das tat er mit solcher Heftigkeit, dass er sich dabei tiefe Kratzwunden zufügte. »Hitze … so heiß …«

Areshva beugte sich über ihn und packte ihn bei den Händen, um ihn daran zu hindern, sich selbst zu verletzen.

»Sag nicht noch mal, dass dir heiß ist!«, schrie sie ihn unter Tränen an. »Es ist hier nicht heiß!«

Er lachte. Ein etwas verzerrtes Lachen, weil ihn Schmerzen schüttelten. Eine unerklärliche Heiterkeit war plötzlich über ihn gekommen.

»Du weinst nicht um mich, oder? Deine Hände sind auch ganz zittrig.« Er lächelte schwach.

Dabei war das überhaupt nicht komisch. Gleich danach verlor er die Gewalt über seinen Körper. Er bäumte sich auf und riss sich mit animalischer Kraft von ihr los. Dann verkrallte er sich an seinem Hemd und riss daran so lange, bis er es zerfetzt hatte. Dabei krümmte er sich abnorm und schnappte pfeifend nach Luft.

Areshva war von dem Versuch überfordert, ihn vor sich selbst zu schützen, versuchte seine Hände wegzudrücken, bekam aber nur Ohrfeigen ab. Endlich setzte sie ihn unter einen Schockzauber, der ihn weitgehend lähmte. Sie schickte einen Kältezauber hinterher. Der schien zumindest wirksam zu sein, denn er bekam gleich eine Gänsehaut auf den Oberarmen.

»Ist es jetzt kälter?«, fragte sie, wobei sie sich die Augen wischte, weil sie immer noch in Tränen aufgelöst war.

Er rang nach Luft.

»Vielleicht«, gurgelte er.

»*Vielleicht* ist nicht genug!«

Er durchbrach ihren Lähmzauber. Seine Hände krallten sich in seine Brust, in seine Arme. Überall, wo seine Finger entlangbohrten, platzte die Haut auf und hinterließ blutige Rinnsäle.

»Heilige Göttin«, wimmerte Areshva. Zitternd drehte sie an ihrem Ring und schrie: »Pirina! Wo bist du? Über Darghessa?«

»Noch nicht!«, rief Pirina atemlos, »aber ich seh die Stadt schon! Da hinten sind die Stadtmauern!«

Areshva brach das Gespräch ab.

»Noch nicht mal die Hälfte«, sagte sie entsetzt zu sich selbst. »Das wird zu spät.«

Sie hätte am liebsten laut geschrien. Die ganze Welt zusammengebrüllt. Mit knapper Not schaffte sie es, das zu lassen, weil er neben ihr lag, sich immer mehr zerkratzte und verkrampfte und sie ab und zu dabei ansah. Er bewegte die Lippen, aber Worte bekam er nicht zustande.

Ganz plötzlich verdrehte er die Augen und verlor das Bewusstsein. Dann hörte sie das Geräusch von innen, aus seinem Brustkorb heraus. Ein schreckliches, knöchernes Knirschen.

»Er stirbt«, hörte sie jemanden murmeln.

Todeskampf

»Das ist nicht fair!«, schrie sie wild, sprang auf, sah sich um mit irren Blicken und flammenlodernden Fingern, die ab und zu Blitze warfen, und suchte nach irgendwem, den sie verantwortlich machen, den sie töten könnte. Ihr blieb ja nichts als Rache. Sie würde Silvrin verlieren. Unter seinen Leuten war freilich kaum jemand übrig. Nur sieben Männer waren von dem Gift verschont geblieben und die anzugreifen wäre unsinnig gewesen. Außerdem konnte sie sich doch nicht am Fußvolk rächen.

Das ist Meriedyces Schuld! Ach was, Meriedyce! Die war selbst nur ein kleines Licht, das nach der Pfeife der Hohepriesterin tanzen musste.

Die Hohepriesterin also! Nein, sogar sie drehte nur an den Hebeln, die sie von den Göttern bekam.

Die Götter selbst! Sie hatten dieses Orakel eingefädelt, sie wollten seinen Tod. Sie hatten gewusst, dass Areshva keine Heilsprüche finden würde. Gut! Wollten sie Krieg, sollten sie Krieg bekommen.

Als sie so weit gedacht hatte, blieb plötzlich die ganze Welt unter ihren Füßen stehen.

Heilsprüche. Sie kannte doch eine Göttin, die Heilsprüche verlieh. Die Sonnengöttin.

Lystrella! Warum war ihr das nicht sofort eingefallen? Könnte sie die Lichtgöttin um Hilfe bitten? Es war ihr völlig egal, welche Konsequenzen dieser Versuch haben würde: Es ging um Silvrins Leben.

Areshva sah hoch zum Himmel. Er war klar und wolkenlos. Langsam ging sie in die Knie.

»Lystrella, höre mich!«, rief sie halblaut.

Anstelle einer Antwort wurde es dunkel um sie herum. Das zarte Hellblau am Firmament schlug in ein unangenehmes Dunkelblau um. Damit hatte sie natürlich gerechnet.

Agga musste gewaltsam die magische Umhüllung von ihrer Haut gerissen haben, denn sie war plötzlich bar jeglicher Zauberkraft. Sie fühlte sich nackt. Splitternackt.

Momentan spielte das aber wirklich keine Rolle, es war nur eins wichtig, dass Silvrin überlebte.

»Lystrella! Lystrella! Bitte, hier spricht Areshva. Du musst mich hören!«

Wie nicht anders erwartet, kam sie auch mit diesem Ruf nicht durch. Dunkle Wolken brauten sich stattdessen über ihrem Kopf zusammen. Es donnerte. Zwei Blitze zuckten ihr vor die Füße, sodass sie zurückspringen musste.

Klar, das würde Agga mächtig krummnehmen und sie aus vollem Rohr bestrafen. Was sie hier machte, war Verrat, Hochverrat. Und wie mies hatte sie erst ihre Sonnengöttin verraten! Angespannt starrte sie zum Himmel.

Keine Antwort von der Leuchtenden.

Alles war wie früher. Es würde nicht klappen. Aber es MUSSTE. Unbedingt!

»Lystrella!«, schrie sie, mit sich überschlagender Stimme. »Ich verstehe, dass du das für mich nicht tun kannst. Ich bin eine Abtrünnige. Ich bin es nicht wert. Aber ihn kannst du doch nicht sterben lassen! Er ist ein guter Mensch. Er würde dich lieben, ich weiß es! Er würde dir folgen. Dein Reich wieder aufbauen. Hilf ihm doch! Komm zu ihm!«

Ihr Ruf verhallte.

Lystrella schien ihn nicht zu hören.

Dafür hörten ihn die Götter der Dunkelheit und sofort brach ihr Zorn über Areshva nieder.

Der Himmel verfärbte sich tiefschwarz. Turmhohe Gewitterwolken bauten sich auf, gefolgt von tosendem Wind, der durch den Wald fegte und an den Baumkronen zerrte. Ein grummelnder Donner krachte hinterher und schließlich ein Blitz, der direkt auf Areshva zuckte. Sie schleuderte ihm einen Block aus einem ihrer Stäbe entgegen. Der Blitz zerschellte nur wenige Meter über ihrem Kopf. Die Druckwelle warf sie zu Boden, direkt neben den Fürsten. Dieser lag in Krämpfen. Schwarze Wucherungen fingen gerade an, seine Brust zu durchbrechen. Dabei stöhnte er schauerlich.

Der Donner am Himmel hörte nicht mehr auf. Wieder schlug ein Blitz ganz in ihrer Nähe ein. Die Soldaten rannten voller Entsetzen vor ihr davon.

Wenn er stirbt, ist das mein Untergang.

»Hör mich doch, Lystrella!«, schrie sie verzweifelt. »Lass ihn nicht sterben! Ich bezahle auch dafür. Nimm von mir, was du willst! Ich will deine Dienerin sein. Ich will von diesem Moment an nur noch dir zu Willen sein. Ich verlasse die Göttin Agga. Ich schwöre allen Mächten der Finsternis ab. Ich werde dich nie wieder im Stich lassen, egal, in welche Schwierigkeiten ich gerate! Dein will ich sein mit ganzem Herzen, deinen Weg gehen, koste es, was es wolle. Nie wieder den Kontakt zu deinen Feinden suchen. Nie wieder Zauber der Finsternis benutzen! – Aber rette ihn, rette ihn!«

Ein Blitz fegte auf sie zu. Blendende Helligkeit fuhr ihr in die Augen. Sie versuchte ihn abzublocken, doch in ihrem Stab war nur noch kümmerliche Strahlung, die ihm nicht standhielt. Dann spürte sie einen heftigen Schlag gegen ihren Kopf und die Welt verschwand.

Sie erwachte von einem brüllenden Schmerz, der in Wellen durch ihre Glieder fuhr. Konvulsivische Zuckungen jagten durch ihre Arme und Beine, sogar durch die Brust, was das Atmen erschwerte.

Drei schwarze Gestalten umringten sie. Große Spinnenmedaillons schwangen um ihre Hälse.

»Blasphemie«, fauchte die erste. »Du Ketzerin! Eine verbotene Göttin anzubeten, darauf steht die Todesstrafe.«

»Nimm dein Versprechen zurück, sonst bist du tot«, fügte die zweite hinzu.

Areshva stemmte sich mit den Armen hoch und blickte zu den verhassten Wächterhexen auf.

»Bestellt eurer Herrin, wenn ihr mich bestraft, ja sogar wenn ihr mich nur behindert, dann zerstöre ich den Ring! Sie bekommt ihn nur, wenn ihr mich in Ruhe lasst!«

»Ha!« Die dritte Hexe spuckte vor ihr aus. »Und wie lange willst du das überleben? Bis du zum vierten Kampf antrittst. Also ungefähr drei Tage?«

Areshva sprang auf die Beine und erhob eine Hand zum Himmel.

»Das sehen wir ja dann. *Es lebe die Sonnengöttin!*«, schrie sie aus voller Kraft.

Die Wächterhexen sahen einander wütend in die Augen. Sie begriffen, dass sie Areshva gewähren lassen mussten, dass sie den Ring nur bekommen würden, wenn Silvrin heute am Leben bliebe. Also wichen sie fluchend und polternd vor Zorn zurück.

Die war sie los, doch noch immer konnte Areshva die angeflehte Göttin nirgendwo sehen. »Lystrella, höre mich, höre mich!«, bat sie erneut. Da brach das Unwetter los. Große Tropfen klatschten ihr ins Gesicht. Ein ganzer Hagel von Blitzen zuckte um sie herum. Für einen Moment überstrahlte ein helles Licht den Himmel, von dem sie einen winzigen warmen Abglanz fühlen konnte. Aber nur, um einen Augenblick später wieder zu verlöschen. Dann wurde es schlagartig dunkel. Die Donner krachten, als sollten sie die Welt zerschlagen. Doch kein Kontakt. Der Himmel war tot, Lystrella unerreichbar. Nur der Flackerschein des Lagerfeuers erhellte jetzt das Lager, das aber bald von dem nun einsetzenden Regen attackiert wurde und zischend verlöschte. Am Himmel grollte und polterte es pausenlos.

»Sie hat einen verbotenen Zauber benutzt«, fluchte einer der Soldaten. »Seht euch den Himmel an! Die Götter zürnen uns.«

»Wir sind verloren. Das werden sie bestrafen – und ihr wisst, wie die Götter strafen, wenn man sie verrät!«, rief ein anderer Soldat.

Lystrellas Macht ist wahrscheinlich auf null. Seit achtzehn Monden hat ihr niemand mehr geopfert, dachte Areshva zitternd. *Ohne Opfer geht es nicht.*

Hektisch wühlte sie in ihren Taschen, obwohl sie genau wusste, dass sie darin keine Baumsamen finden würde. Sie stieß mit den Füßen Blätter und Gras zur Seite, wühlte mit den Fingern in der Erde, aber erfolglos.

Alles verloren.

Sie warf sich über Silvrin, fühlte die schrecklichen Geschwülste aus seiner Brust herauswachsen und strich ihm mit zitternden Händen über das totenbleiche Gesicht, die Haare, die Stirn. Und wartete darauf, dass irgendeiner dieser Blitze sie und ihn töten würde. Sehr lange konnte das ja nicht dauern, weil der Kontakt zu Agga abgebrochen war. Ihre Magiestäbe hatte sie alle verfeuert, sie war machtlos wie eine Maus.

Silvrin unter ihr atmete nur flach. Aber ihr war, als hätte sich das Wachstum der Geschwülste gestoppt. Sie richtete sich ein wenig auf und strich ihm über die Brust. Auch die schwarzen Auswüchse waren kleiner geworden. Sie fasste ihn bei der Hand. He! Es war Wärme darin. Lebendige Wärme. Jetzt spürte sie diese auch an ihren eigenen Händen.

Heilige Lichtgöttin! Ich kann heilen! Danke, Lystrella. Das kann nur von dir kommen!

Hastig berührte sie Silvrin am Herzen. Nun spürte sie das weiche Etwas unter ihren Fingern ganz deutlich, das sich seidig und gleichzeitig wie eine wärmende Creme anfühlte. Überall dort, wo sie über seine Haut strich, heilten seine Wunden, lösten sich Geschwülste auf. Sie legte ihm eine Hand auf die Stirn. Jetzt spürte sie die mächtige, rauschende Kraft noch deutlicher. Sie verteilte sie überallhin.

Mit einer leichten Berührung nahm sie den Druck von den Lungen, ließ sein Herz wieder kräftig und regelmäßig schlagen und heilte Kratzwunden. Sein rechter Arm sah schrecklich aus, der gebrochene Unterarmknochen ragte aus dem Fleisch heraus, außerdem war der Arm dort grotesk angeschwollen und bildete einen Winkel an einer Stelle zwischen Ellbogen und Handgelenk, wo nun wirklich keiner hingehörte. Vorsichtig fuhr sie mit der Hand über die verletzte Stelle und sah mit Staunen, wie sich alles wieder zusammenfügte, wie der Knochen heruntersank und unter der Haut verschwand, wie sich der Winkel geradestellte und die Schwellung auflöste, bis zuletzt der Arm wieder genauso aussah wie der andere.

Ihr war so vogelfrei zumute, als flöge sie im Sturzflug vom höchsten Gipfel in Ygramor herunter. Der Fluch verflüchtigte sich.

Er würde am Leben bleiben! Welch ein Tag! Welch ein Wunder!

Sie warf den Kopf zum Himmel hoch und versuchte, Zeichen von Lystrellas Macht da oben zu entschlüsseln. Besonders hoffnungsvoll war der Anblick nicht, denn sie sah nichts anderes als zuckende Blitze am nachtschwarzen Himmel. Zwar fand sie nicht den geringsten Hinweis darauf, dass die Göttin des Lichts gegen diese Nachtgeschöpfe irgendetwas ausrichten konnte, aber sie wusste jetzt, dass es Lystrella noch gab. Ihre Macht war nicht groß genug gegen die feindlichen Himmelsblöcke, aber ausreichend, sie mit positiver Energie für ihren Liebsten auszustatten.

Irgendwo da oben musste sie herumschweben. Fantastisch, das zu wissen.

Wenn sie dort schwebte, musste es möglich sein, sie zu finden. Heute, morgen, irgendwann, hoffentlich bald.

Und sie hatte Silvrin gerettet. Das war für den Anfang mehr als ausreichend.

Inzwischen sah er wieder überall frisch und gesund aus, Areshva hatte ihn gründlich bearbeitet. Sie setzte sich ganz dicht neben ihn und strich genussvoll mit der Hand über seine Hüften und seine muskulöse Brust.

Dadurch, dass er sich das Hemd vom Leib gerissen hatte, war sein Oberkörper nackt, und das war ein faszinierender Anblick. Er hatte sehr schöne breite Schultern. Und was für Arme! Er musste richtig Kraft haben. Sie merkte, wie ihre Atmung durcheinandergeriet und ihre Gedanken gleich hinterher. Seine Nähe hüllte sie ein und versetzte sie wie in eine andere Welt. Jede kleine Berührung verursachte ein ganz verrücktes Prickeln. Dann erreichte ihre Hand sein Herz. Es schlug donnernd in rasendem Galopp, so als rannte er einen Berg hinauf. Also, so hatte es eben gerade noch nicht geschlagen. Sie blickte in sein Gesicht.

Er war wach. Und lächelte.

Ihr eigenes Herz raste inzwischen ebenfalls auf Höchstgeschwindigkeit.

Irgendwo um sie herum klatschte jemand Beifall.

»Ihr seid wirklich unbesiegbar! Gratulation!«

Areshva reichte ihm die Hand.

»Willkommen zurück auf der Erde«, sagte sie und grinste.

Sie half ihm aufzustehen. Da nahm er sie in die Arme und drückte sie an sich. Alles um sie herum wurde unbedeutend, verschwand und sie spürte nichts anderes mehr als ihn. Seine Wärme. Seine Hände auf ihren Schultern. Ihr Gesicht direkt auf seiner Brust, sodass sie seinen Herzschlag fühlen konnte. Und als dann auch noch ihre Finger seinen Rücken berührten – sie wusste eigentlich selbst nicht, wie das passiert war –, direkt auf der Haut, da kam es ihr vor, als würde sie vor Wonne schmelzen.

Sie standen eng aneinandergeschmiegt, und weder er noch sie lösten sich wieder voneinander.

Das durfte sie doch gar nicht! Und jetzt schon überhaupt nicht mehr, wo sie Lystrella so viel verdankte. Himmel! Sie hatte der Göttin Treue und Gehorsam versprochen, sie musste sich ihren Wünschen fügen. Auch dem Einen, der ihr verbot sich Silvrin zu nähern. Abrupt ließ sie ihn los und drehte sich von ihm weg.

»Ich danke dir«, sagte er leise. »Areshva, kannst du auch meine Leute retten? Dort! Kessinaj liegt im Sterben. Glaubst du, deine herrliche Göttin könnte noch Kraft für ihn haben?«

Areshva überkam ein kolossales Hochgefühl. Aber natürlich würde Lystrella Kraft haben, egal wie viele von

Silvrins Soldaten zu retten. Diese Aktion würde sie sogar stärken. Jede einzelne Heilung würde der Göttin neue Macht geben. Sie spürte ja schon jetzt ein leichtes wärmendes Flimmern um ihre Haut, ihre neue Sonnenaura, die sie sich durch ihre Heilaktion aufgebaut hatte. Noch war sie minimal, kaum fühlbar, aber die könnte sie ausbauen. Es wäre sogar wichtig, das zu tun, weil sie ja keine gewöhnlichen Opfer geben konnte, die die Göttin jetzt eigentlich sehr dringend gebraucht hätte. Heilungsstrahlung hatte auch einen gewissen Opferwert, aber einen Teil der dabei entstehenden Magie, manchmal sogar einen großen, musste sie auf die Wundheilung selbst anwenden, sodass die Göttin dadurch nicht überragend viel Energie bekam.

Trotzdem war sie zuversichtlich, ihre Sonnenenergie würde mit jedem Geheilten stärker werden ... und nebenbei erlaubte ihr diese Aktion, noch etwas länger in Silvrins Nähe zu verweilen.

Sie kniete sich zu Kessinaj hinab, bei dem sie buchstäblich in letzter Sekunde ankam, sein Herz wollte gerade aussetzen zu schlagen. Die Kraft der Göttin war stark und gewaltig. Es war eine Freude, sie in ihren Fingern zu spüren. Welche Freude, sich endlich wieder ihrer Göttin zu nähern! Alles in ihr jubilierte.

Sie war zu ihrer Göttin zurückgekehrt! Sie war daheim, dort, wohin sie gehörte. Und die himmlische, prächtige Lystrella war nicht einmal nachtragend. Sie verzieh ihr. Sie war ja selbst froh, dass Areshva sie zurückgeholt hatte. Wellen von Wohlgefühl durchströmten Areshvas Körper. Die hatte sie seit Ewigkeiten nicht gespürt.

Kaum hatte Areshva den Regimentsführer Kessinaj wieder auf die Beine gebracht, da lotste Silvrin sie bereits zu dem nächsten Kranken. So schritt der Abend dahin, er führte sie von einem Giftopfer zum nächsten.

Das kostete eine Unmenge Zeit, weil schon fast bei allen die Symptome fortgeschritten waren. Areshva störte sich jedoch nicht im Geringsten daran. Silvrin war lebendig. Er war ihr sehr nah und er versuchte die ganze Zeit, einen Blick von ihr zu erhaschen oder ein Wort. Was sie ihm leider beides nicht geben durfte. Trotzdem, mehr brauchte sie nicht, um sich wie im siebten Himmel zu fühlen. Natürlich achtete sie darauf, ihn nicht mehr anzusehen, während sie die Männer heilte, jedenfalls nicht offen. Aber sie beobachtete ihn aus den Augenwinkeln. Er betastete seinen rechten Arm, bewegte ihn hin und her und strich staunend mit der linken Hand über jene Stelle am Unterarm, die wieder so perfekt und gerade aussah.

Für Areshva war es gar nicht so leicht, sich gleichzeitig auch noch auf das Gift zu konzentrieren, das die Soldaten getroffen hatte, und es zu eliminieren. Da es über dreißig Männer waren, die der Zauber berührte, war sie bis in die Nacht beschäftigt. Sie musste die Göttin nicht mehr anrufen, denn sie spürte Lystrellas Heilkräfte die ganze Zeit über. Um Silvrins Zelte herum tobte ein Sturm, krachte ein wütendes Gewitter, doch dem Lager selbst konnte es wenig anhaben. Areshva rechnete sich aus, dass es sogar die Hohepriesterin persönlich sein könnte, die sie gerade vor dem Zorn der tobenden Agga beschützte. Eine groteske Vorstellung: Ihre beiden größten Feindinnen prügelten sich gerade darum, ob eine von ihnen Areshva töten durfte oder nicht. Sie lächelte in sich hinein.

Wer hätte das gedacht, dass dies jemals passieren könnte. Tja, Agga dürfte Datooka, der Krongöttin, zu der die Hohepriesterin betete, etwas unterlegen sein, sodass sie sich hier sicher fühlen konnte wie im Schoß ihrer Mutter.

Genial war sie gewesen, als sie die Hohepriesterin zu diesem Pakt überredete. Nun schützte sie ein Bündnis mit der Herrin der Welt vor der Vernichtung, und alles nur, weil die Alte so gierig auf den Ring war. Sie würde sich noch kräftig wundern, wenn sie erst nähere Bekanntschaft mit dem Kleinod machte!

Ein gewittriger Regen träufelte zuerst leicht, dann immer stärker durch die unsichtbare Schutzwand hindurch. Je länger sie aber damit beschäftigt war, Gifte zu neutralisieren, desto schlechter konnte sie sich konzentrieren und desto schwächer wurde ihre Kraft.

Sie ahnte, dass auch Lystrellas Energie langsam erlahmte. Nur durch Heilenergie konnte sie ihr die notwendige Macht nicht zurückgeben. Mist. Sie musste äußerst dringend an Opferbäume herankommen. Keine Ahnung, wie sie das anstellen sollte.

Schließlich saß sie am Lager des letzten Kranken und sonnte sich in dem Glücksgefühl, dass sie auch diesem noch das Leben retten konnte. Sie hatte sogar ein wenig Strahlung übrig, um ihren eigenen verletzten Flügel zu heilen.

Zum Schluss gab es noch eine letzte Angelegenheit zu klären, die ihren Vater betraf. Der alte Halunke hatte die gesamte Zeit über gefesselt am Rande des Lagers an einem Baum festgehangen und da er körperlich unversehrt war, hatte Areshva ihn bis jetzt nur aus den Augenwinkeln beobachtet, aber noch nicht mit ihm gesprochen.

Sie schlenderte zu ihm.

»Na?«

»Was, *na?*« Er funkelte sie an.

»Vater, ich bin der Meinung, du solltest deinen Streit mit ihm begraben.«

»*Begraben*, sagt sie. Der Kerl hat mein gesamtes Arsenal an Magiestäben gefetzt!«

»Dein Fehler. Du hättest ihn nicht angreifen dürfen.«

»Wo hat er den Magielöscher her? Der war nach deiner Methode gebastelt.«

»Hätte ich ihm vielleicht lieber einen Kanonenstab geben sollen? Damit hätte er *dich* gefetzt und nicht bloß deine Stäbe.«

»Was ist in dich gefahren? Und wieso hetzt du Wukur gegen mich auf? Weißt du, dass der neuerdings Steuereintreiber zu meiner Burg schickt? Der will tatsächlich Kohle aus mir rauspressen und noch dazu sabotiert er meine Raubzüge. Hast du ihm das eingeredet?«

Areshva winkte ab.

»Ich hab ihn abserviert.«

»Ach! Das war aber nicht schlau. Jetzt, wo er Fürst ist.«

»Er ist ein Mistkerl!«

Danach starrten sie einander bloß noch wütend an. Areshva streckte ihre Finger aus, scharfe Strahlung zu erzeugen, mit denen sie seine Fesseln durchschneiden könnte.

Sie war äußerst verwundert, dass dieser Zauber nicht anschlug. Es zischte bloß etwas, prasselte in der Luft. Dann nichts mehr.

»Du hast eine verbotene Göttin gerufen, vorhin«, bemerkte Smorkyn spöttisch. »Das war deine dümmste Aktion überhaupt. Jetzt wirst du sicher erst mal abgestraft.«

»Mir doch egal!«, zischte Areshva ihn an, zog ihr Schwert und zerschnitt seine Fesseln.

Er rieb sich die schmerzenden Arme.

»Wie wär's mit einem netten *danke?*«, fragte sie mürrisch.

Er drehte sich abrupt von ihr weg. Missgelaunt nahm er einem der Toten seinen Waffengurt ab, den er sich selber umlegte, ohne dass ihn einer daran hinderte. Dann schwang er sich auf eines der Pferde, die im Unterholz standen, und ritt davon.

Areshva sah ihm nach. Das Machtgefühl, das sie die ganze Zeit über durchströmt hatte, war nun nicht mehr fühlbar. Nur ihr Verlust. Er würde ihr das nicht verzeihen, das wusste sie. Und das schmerzte. Dafür hatte sie aber in dieser Nacht einen unermesslichen Gewinn errungen, den sie nie wieder missen wollte. Die Göttin war zurück und hatte ihr geholfen. Silvrin war nicht mehr in Gefahr. Also musste Areshva Lystrellas Willen folgen, so wie sie es ihr versprochen hatte. Und dieser Wille besagte, dass sie Silvrin nicht nahekommen und nicht mit ihm reden durfte. Obwohl er gerade zu ihr herüberkam und sie mit solchen Blicken ansah, dass ihr dabei heiß und kalt wurde.

»Ich muss gehen«, sagte sie und bemühte sich, ihrer Stimme einen entschlossenen Klang zu geben.

»Warte!« Er hielt sie am Arm fest. »Was war das? Wie hast du das gemacht? Ich hätte es für einen Heilspruch gehalten. Aber du sagtest selbst, dass unsere Götter keine Heilsprüche kennen. Ich möchte wissen, was du getan hast.«

Das sollte er auch erfahren. Falls er Lystrella noch immer nicht kannte, war es höchste Zeit, dass er ihre Bekanntschaft machte.

Areshva senkte schnell den Kopf und flüsterte, zum Erdboden hin gewandt: »Ich habe eine Lichtgöttin angerufen. Die sind darin sehr gut. Aber jetzt muss ich wirklich gehen.«

Flucht

Sie rannte davon, fühlte ihren ganzen Körper in Aufruhr und hörte Silvrins Schritte hinter sich, der ihr zurief: »Geh nicht! Warte! Du musst mir von ihnen erzählen! Das ist wichtig, ich will wissen, was das für Götter sind!«

Areshva verlangsamte ihr Tempo. Dass Silvrin Lystrella kennenlernen wollte, musste im Interesse der Göttin sein. Sie könnte ja einen neuen Anhänger gewinnen und einen wertvollen dazu. Er sollte unbedingt erfahren, was sie für eine wunderbare Göttin war, wert, sein Leben in ihren Dienst zu stellen.

Durfte sie ihm diese Information etwa nicht geben? Das wäre doch existenziell wichtig! Der Himmel hatte sich unterdessen wieder verdüstert. Ein dumpfes Grollen zog durch die Ebene und der Regen wurde stärker. Jetzt hatte Silvrin sie überholt.

»Komm in mein Zelt und erzähle mir von deiner Göttin«, bestürmte er sie. »Wenigstens so lange, bis der Regen aufhört.«

Sie wagte nicht zu antworten, aber sie folgte ihm.

Die Wolken öffneten ihre Schleusen. Es schüttete wie aus Kübeln. Areshva und Silvrin rannten die letzten Schritte bis zu seinem Zelt, weil der Regen schon wie ein Sturzbach auf sie herunterschüttete und sie völlig durchnässt waren, als sie endlich im Trockenen ankamen.

Drinnen war alles dunkel. Areshva entzündete ein grünes magisches Licht. Jetzt war zu sehen, dass das geräumige Zelt mit Teppichen ausgelegt war und dass in dessen Zentrum eine handgezeichnete Landkarte der Region Darghessa hing, die zwischen zwei Holzpfählen befestigt war. Draußen prasselte der Regen laut gegen die Zeltdecke.

Wie sollte sie mit Silvrin umgehen, ohne ihn zu verletzen oder das Gebot der Göttin zu brechen? Nicht nahekommen, nicht reden … was durfte sie überhaupt machen? Aus lauter Verlegenheit ging sie sofort zu der Landkarte in der Mitte und bohrte ihre Blicke hinein. Silvrin folgte ihr und blieb dicht neben ihr stehen. Aus den Augenwinkeln sah sie die Regentropfen über seinen halbnackten Körper rinnen. Sie spürte ihn überdeutlich an ihrer Seite und eine tolle Lust danach, ihn anzufassen. Umso mehr, als sie doch wusste, dass sie genau das auf keinen Fall tun durfte.

»Hast du Wukur abserviert, hm?«, sagte Silvrin plötzlich amüsiert in die Stille hinein. »Wieso das denn?«

Aha, das gefiel ihm also. Ihr Herz begann zu hüpfen. Sie musste sich zusammennehmen, um dieses Thema nicht zu vertiefen. Sie stand bei Lystrella in der Schuld. Sie durfte ihrem Willen nicht zuwiderhandeln. Silvrin über die Lichtgöttin informieren, das musste wohl erlaubt sein, aber nichts darüber hinaus.

»Die Götter des Lichts, das sind die alten Götter, die früher über unser Land regierten und die heute verboten sind«, begann sie, so als wollte sie der Landkarte erklären, worum es ging.

Er nickte. Auch er heftete seinen Blick jetzt auf das Pergament, als fände er es genauso interessant wie Areshva.

Erinnerte er sich nicht an die Lichtgötter? Sie konnte er doch nicht vergessen haben?

Bei sich dachte sie: *Ich war acht, als der König ermordet wurde und die Finsteren die Macht übernommen haben.*

Sie schätzte Silvrin etwas älter ein als sich selbst – wie hatte er wohl den Untergang der früheren Götter erlebt? Wie gern hätte sie ihn danach gefragt.

Vermutlich weiß er nichts. Er ist ein Mann. Die verstehen das sowieso nicht.

»Welche *alten Götter*? Warum sind sie verboten?«, fragte er mit einem so drängenden Ton in der Stimme, dass sie aufhorchte.

»Sie entstammen einer anderen Götterfamilie und ihre Kräfte und ihre Wünsche sind ganz anders als die der regierenden finsteren Götter, die du kennst. Die Götter des Lichts verehren das Leben, sie wünschen sich Frieden und Wachstum. Sie lieben blühende Gärten, große Familien und ein friedvolles Leben in den Städten und Provinzen. Die höchste und schönste Göttin aus dieser Familie heißt Lystrella, die Leuchtende, sie ist meine absolute Favoritin, gelobt sei ihr Name, möge sie herabsteigen aus ihren Himmelssphären und ihre Güte über uns ausschütten, so wie früher!«

Himmel, sie war zu pathetisch, sie hatte das mit so viel Inbrunst herausgeschleudert, das musste ihn ja befremden, wenn er keine Vorstellung von Göttern hatte. Aber sie wünschte sich so drängend, endlich den Kontakt zu Lystrella wiederzufinden, sonst würde sie ihr womöglich wieder entgleiten, bevor sie ihren Bund überhaupt neu geschlossen hätten.

»Lystrella«, flüsterte er so leise, dass sie ihn kaum verstand. »Das ist derselbe Name, nach dem du mich schon früher fragtest.«

Daran erinnert er sich also!

Ihre Sehnsucht nach Lystrella wuchs wie eine Efeuranke unter einem Zauber. Oder war es vielleicht eher die Sehnsucht nach jemand anderem, der im Augenblick gerade direkt neben ihr stand, geradezu verboten nahe sogar ... und nach dem sie sich nicht sehnen durfte?

Sie würde so gern mehr von ihm wissen. Hunderte Fragen hätte sie ihm stellen wollen, bis sie ihn von oben bis unten durchanalysiert hätte. Aber sie kniff energisch die Lippen zusammen, um die Göttin nicht zu enttäuschen.

Wie kam es, dass er sich für Götter interessierte? Ob er sie sehen konnte? Nein, ausgeschlossen. Das konnte nicht einmal Smorkyn.

»Warum bist du so still?« Jetzt vibrierte seine Stimme. »Geht es dir nicht gut? Magst du nicht mit mir reden?«

Doch. Ich mag. Und wie! Ich muss nur gerade alle meine Fehler der Vergangenheit ausbaden, für die sie mich bestraft.

Alle ihre Glieder richteten sich nach ihm aus, registrierten jede seiner Bewegungen, ja praktisch jeden Atemzug. Was sollte sie ihm nur sagen? Wie ihm ein Zeichen geben, das ihm ihr Dilemma verdeutlichte?

»Lystrellas Kraft steht noch auf tönernen Füßen«, erklärte Areshva ausweichend und in der Hoffnung, dass ihre Worte als Begründung für ihr Verhalten verstehen könnte. »In einem Augenblick kann die Seifenblase wieder zerplatzen, die ich gerade aufgepustet habe. Ich muss es irgendwie schaffen, Lystrella Macht zu bringen, möglichst viel in möglichst kurzer Zeit. Denn jetzt habe ich mich ihr unterworfen und bin also von ihr abhängig. Das zwingt mich zu einigen Verrenkungen.«

»Du hast dich Lystrella unterworfen?«, wiederholte Silvrin begeistert. Er drehte sich zu ihr. Sie hätte schwören können, dass er sie umarmen wollte, aber er blieb abrupt stehen, die Arme auf halbem Weg eingefroren. Ihr schlug das Herz bis zum Hals.

»Was ist mit der Quota? Wie viele Opfer verlangt diese Göttin von dir?«, fragte er drängend.

Areshva schüttelte den Kopf. *Hat er das Prinzip immer noch nicht verstanden?*

»Aber die Quota fordern doch nur die finsteren Götter!«, rief sie. »Die Dunklen leben von Todesopfern, sie laben sich an Kriegen, sie trinken die Seelen der Ermordeten. Nicht die Lichtgötter. Sie gedeihen dort, wo das Leben wächst. Darum wünschen sie sich Frieden und Liebe unter den Menschen. Sie wachsen, wenn man ihnen Bäume pflanzt, wenn Kräuter und Gemüse auf den Feldern sprießen, wenn Kinder geboren werden.«

Silvrin packte sie bei den Schultern und drehte sie zu sich herum. Seine Augen standen in Flammen, sein ganzes Gesicht glühte.

»Nach allem, was ich von dir gesehen habe«, keuchte er, »du betest doch nicht zu solch einer Göttin, oder? Der Göttin des Friedens und der Liebe?«

Uh! Sie hatte einen Nerv getroffen! Fantastisch!

Leider rüttelte seine Frage an ihren Grenzen. Sie durfte nichts Persönliches sagen. Nicht noch mehr mit ihm reden. Jetzt wusste er ja das Wichtigste. Darum nickte sie nur.

»Ich muss gehen«, stieß sie hervor, riss sich gewaltsam von ihm los und lief zur Ausgangstür hin.

»Nein!« Er überholte sie, stellte sich vor die Zelttür, heftig atmend. »Warte doch, warte! Du kannst mich doch nicht einfach so stehen lassen, ich begreife gar nichts! Erzähl mir mehr!«

Du begreifst genug.

Sie wusste schon nicht mehr, wohin sie blicken sollte. Er stand so nah vor ihr, dass sie kaum etwas anderes sah als ihn, auch wenn sie sein Gesicht vermied. Sie überkam der Impuls, sich ihm in die Arme zu werfen. Wie sich das wohl anfühlen würde? Bei allen Göttern, sie musste verschwinden, bevor diese Fantasien heftiger würden. Wenn das denn so einfach wäre. Sie versuchte, sich an ihm vorbeizudrängen.

»Wie können wir diese Göttin zurückholen?«, fragte er. »Ihr die Macht über größere Gebiete zurückgeben?« Plötzlich war es enorm schwer für sie, den Widerstand gegen ihn aufrechtzuerhalten. Lystrella zurückholen, das war sein erster Gedanke! Revolution! Wenn sie das doch mit ihm bis zu Ende diskutieren dürfte! Er könnte sie beflügeln, sie fühlte sich ja schon jetzt, als schwebte sie ungefähr einen Meter über dem Erdboden!

Aber das war natürlich nicht erwünscht.

Ja, Lystrella, ich spüre deinen Ärger. Ich enttäusche dich nicht.

»Ich muss wirklich gehen«, flüsterte sie resigniert.

Alles in ihr zog sie zu ihm. Sie musste sich wie gegen den Sog eines Magneten wehren.

»Gehen! Du hast mir noch nicht mal die Hälfte von dem erzählt, was ich gerne wissen wollte. Aber schon willst du gehen? Die ganze Zeit drängst du von mir weg. Um Himmels Willen, Areshva, was hast du denn bloß gegen mich, dass du es in meiner Nähe nicht aushältst?«

Er ging vom Ausgang weg und verschwand im Zeltinneren, hinter ihrem Rücken.

»Gut! Dann geh! Es wird wohl das Beste sein!«, sagte er brüsk, verletzt.

Areshva stand da, als ob er sie geschlagen hätte. Er dachte, dass sie ihn nicht mochte. Wenn sie ihm doch bloß sagen dürfte, wie sehr er sich irrte! Himmel, sie war hier schon viel zu lange und hatte viel zu viel geplappert. Sie konnte sich keinen Fehler leisten, weil der ihm das Leben kosten konnte. Ihr Auftrag war beendet. Sie konnte nicht mal die kleinste Ausrede mehr ersinnen, die ihr erlauben würde zu bleiben. Sie *musste* gehen.

Mit steifen Bewegungen stakste sie zur Zelttür, schlug sie auf und war dankbar dafür, dass ihr draußen eiskalter Regen ins Gesicht schlug, der sich mit ihren Tränen mischte. Und der ihr nur umso deutlicher machte, wie sehr es schmerzte Silvrin zu verlassen.

Sie marschierte durch den Regen wie in Trance. Fort von ihm. Sie würde ihn nicht wiedersehen. Wer konnte wissen, wie lange nicht. Vielleicht nie mehr. Ach, wenn doch die Göttin ihr nochmals einen Auftrag geben könnte, der sie in seine Nähe zwang!

Die Nacht war so dunkel wie noch nie zuvor. Sie stapfte über verschlammte Wege, unter ihren Füßen knacksten Äste und platschten Pfützen. Ihr war zumute, als wäre sie gezwungen, das Licht ihres Lebens zu verlassen und in Richtung Unterwelt zu marschieren. Jeder Schritt weg von ihm war eine Qual. Sie sehnte sich nach ihm allen Fasern. Und hatte noch nicht mal richtig mit ihm reden dürfen! Dabei hatte sie doch genau gemerkt, wie ihm Lystrella gefallen hatte. Als ob sie Futter unter die Hühner geworfen hätte, so hatte er jede einzelne kleine Information aufgepickt.

Ob er die Göttin wirklich nicht kannte? Vielleicht hatte er bloß hören wollen, was Areshva von ihr hielt. Für eine Verehrerin der Sonnengöttin hatte er sie sicher nicht gehalten. Tja, sie konnte sich kaum so bezeichnen. Eine Anhängerin? Noch hatte sie doch nichts für die Leuchtende ausgerichtet. Sie war eine Verräterin. Eine Abtrünnige.

Der Wind peitschte ihr den Regen so ins Gesicht, dass er sich anfühlte wie kleine eisige Stiche.

Silvrin.

Sie schmeckte seinen Namen auf der Zunge. Was er jetzt wohl machte? Wahrscheinlich würde er als

Nächstes Darghessa angreifen. Die Provinz war Meriedyces Revier; es würde also dort zum vierten und letzten, entscheidenden Kampf kommen, bei dem Areshva für ihn eintreten musste.

O Himmel. Den Gedanken an irgendeine Art Kampf konnte sie vergessen. Sie war jetzt an Lystrella gebunden und die Göttin verabscheute Gewalt. Sie würde ihr keine Schlagkraft geben können. Silvrin würde diesen Krieg ohne ihre Hilfe führen müssen und er konnte ihn so nicht gewinnen. Fatal. Jetzt saß sie in der Falle. Beide saßen in der Falle, sie und Silvrin.

Aber selbst wenn sie in der Falle saß, wusste sie, dass sie das Richtige getan hatte. Dass sie es schon längst hätte tun sollen. Endlich, endlich war sie auf dem guten Weg.

Selbst wenn sie den nächsten Kampf verlieren sollte. Aber hatte sie wirklich keine Chance?

Das erste Vernichtungsgeschwader, Meriedyces Vergiftungsattacke, hatte sie erfolgreich abgewehrt, denn sie war in einen Sonderstatus gerutscht. Die Hohepriesterin musste sich gemäß der magischen Gesetze an die Spielregeln halten und ihren Pakt durchboxen. Um den Ring zu bekommen, musste sie Areshva alle Abweichungen durchgehen zu lassen, die ihr einfielen, auch die Unverzeihlichen – so lange, bis sie den Pakt eingelöst hätten. Areshva rieb sich die Hände. Sie hatte Narrenfreiheit. Vorübergehend. Das musste sie unbedingt ausnutzen.

Die bevorstehende Schlacht um Darghessa bereitete ihr dennoch Kopfzerbrechen. Meriedyce würde ihr sicherlich mit Freuden den Kopf einschlagen. Und Silvrin bei der Gelegenheit gleich zweimal – oder viermal, wie im Orakel versprochen.

Welche Waffe würde die Priesterin wählen? Noch einmal Gift? Gewiss nicht. Gift war eigentlich ein leicht zu bekämpfendes Übel. Hätte Silvrin ein Schutzamulett gehabt, dann hätte es ihn gar nicht berührt.

Der Gedanke durchzuckte sie wie ein Blitzschlag. Ein Amulett! Was für ein grober Fehler, dass er einen solchen Schutz nicht besaß. Sie hätte ihm den so leicht herstellen können. Schon längst. Prinzessin Isimela hatte sie ja sogar darum gebeten. Himmel, und Areshva hatte sich geweigert! Bloß weil Isimela ihr nicht erlauben wollte, es Silvrin persönlich zu überreichen. Dieser Egoismus hätte ihn heute fast umgebracht. Silvrin brauchte ein Amulett. Bevor er zum nächsten Kampf aufbrach, so schnell wie möglich.

Areshva machte kehrt und rannte zurück. Alle Wege waren aufgeweicht und an mehreren Strecken nichts als Schlammlöcher. Areshva wich den größten Pfützen aus, brach sich hier und dort durch das Gebüsch, wo der Boden fester war, und rannte. Ihre Kleidung klebte an ihrem Körper, aber sie spürte weder Nässe noch Kälte, weil sie ihn sehen würde! Gleich! Jetzt! Da hatte sie schon das Lager erreicht. Kein Mensch war draußen, alle in ihren Zelten, weil der Regen noch immer wie aus einem Wasserfall die ganze Welt überschüttete. Areshva stürmte zu seinem Zelt, schlug die Zelttür zurück und trat ein.

Das Amulett

Silvrin hockte auf einem der hinteren Teppiche, in sich zusammengesunken, den Kopf in den Händen verborgen. Er sah aus, als hätte ihn ein Unglück getroffen. Und Areshva wusste plötzlich ganz genau, welches Unglück das war.

Er liebt mich, dachte sie völlig perplex. *Oh!* Sie könnte sich einfach hinstellen und singen: *Er liebt mich, er liebt mich!*

Sie räusperte sich. Er sah hoch, sprang auf die Beine und blieb mit verwirrtem Gesichtsausdruck stehen.

»Areshva?«

Gar nicht so leicht, ihn nicht anzusehen. Sie strengte sich an, ihren Blick an ihm vorbeizulenken. Plötzlich herrschte Hochspannung zwischen ihnen. Es war, als ob Funken hin- und hersprangen.

Er sagte nichts mehr. Das Ozeanblau in seinen Augen wurde weicher und milder und legte sich sanft um sie herum. Es war unmöglich, dem auszuweichen.

»Es gibt ein gewisses Orakel«, murmelte sie in den Raum hinein.

»Du meinst das Orakel, das die Priesterin Kirisha von Pallanthia mir legte?« Silvrin kam näher an sie heran. »Zerbrich dir nicht den Kopf darüber. Ich komme schon damit klar. Irgendwann müssen wir ja alle sterben. Wie kommt es, dass du davon weißt?«

Nie zuvor hatte sie die Anziehungskraft, die von ihm ausging, so mächtig gespürt. Sie musste sich beeilen mit diesem Amulett, bevor sie Dinge tun könnte, die sie nicht durfte.

»Ich weiß es schon«, beantwortete er seine Frage selbst. »Du warst ja Schülerin bei Kirisha, soviel Vadinia mir erzählt hat.«

»Wer ist *Vadinia*?«, entfuhr es Areshva. Im gleichen Moment erschrak sie vor sich selbst. Sie durfte doch nicht mit ihm reden! »Ich hab nichts gesagt. Geh zu dem Teppich.«

Er versuchte ihren Blick einzufangen, aber sie war auf der Hut. Sie würde jetzt aufpassen. Und nichts Verbotenes tun.

Er regte sich nicht, folgte aber auch nicht dem, was sie gesagt hatte.

Vadinia. Wer konnte das sein? Wohl eine Zauberin, wenn sie Kirishas Verhältnisse kannte. Eine, mit der er vertraut war. Ah, klar. Bestimmt seine Verbündete. Er musste mit irgendeiner Sumpfhexe verbündet sein, sonst wäre er nicht Fürst. Aber hieß die aravennische Priesterin nicht Coreana? Jedenfalls hatte diese Tempelpriesterin das behauptet, mit der sie gesprochen hatte, als sie den Tempel von Aravenna besuchte. Die Frage brannte ihr auf der Zunge, aber sie schluckte sie hinunter.

Schweig und mach ihm das Amulett.

Lystrella! Verzeih mir diese Gedanken! Ich werde mich bessern!

Ein Seufzer entrang sich ihr. Wenn sie ihn doch früher getroffen hätte! Bevor er sich verbündete, zum Beispiel. Jetzt war es zu spät. Seinen Bündnispartner wechselte man nicht. Nach den Gesetzen der Magie war das nicht möglich.

Silvrin musste in ihren Augen etwas erkannt haben, was er nicht hätte sollen. Jedenfalls hellte sich sein Gesicht beträchtlich auf und dann streckte er ihr langsam und vorsichtig die Hand entgegen. Als hätte er es mit einem scheuen Reh zu tun, das weglaufen würde, wenn er es erschreckte. Areshva erzitterte. Sie durfte ihn nicht berühren, auch nicht bloß an der Hand. Aber sie brachte es nicht über sich, ihn schon wieder zurückzuweisen.

In einem plötzlichen Entschluss ergriff sie seine Hand, aber nicht auf solche Weise, wie er wohl erwartet hatte, sondern sie zog ihn auf den Teppich herunter und nötigte ihn sich vor ihr hinzuknien.

»Nicht bewegen«, sagte sie mit zitternder Stimme und versuchte es so klingen zu lassen, als redete sie mit der Luft, nicht mit ihm. »Ich generiere ein Schutzamulett.«

Areshva stellte sich vor ihn und versuchte Kontakt zu Lystrella zu bekommen. Aber der Himmel über ihr schien leer und trist. Lediglich eine schwache magische Wärme traf auf ihre Fingerspitzen. Wenn das alles war, was die Göttin konnte, würde sie im Kampf gegen Meriedyce am Boden herumkrebsen.

Vorsichtig ließ sie die Wärmestrahlung aus ihren Fingern gleiten und formte ein Band daraus. Himmel … wie legte sie die Schutzfunktion hinein? Sie hatte die helle Strahlung seit achtzehn langen Monden nicht benutzt. Es kam ihr vor, als wären alle Informationen in den hintersten Winkeln ihres Gehirns verschüttet. Silvrins Gegenwart machte alles noch schwieriger. Bloß ihn nicht ansehen! Die magischen Formeln wollten ihr nicht einfallen. Wortfetzen jagten in ihrem Kopf so durcheinander, dass sie keinen klaren Gedanken fassen konnte. Tatsächlich war ihr gesamtes Bewusstsein von

Silvrin erfüllt und es war ihr absolut unmöglich, etwas anderes wahrzunehmen als ihn.

Regentropfen glänzten auf seiner Stirn und in seinen Haaren. Er trug immer noch kein Hemd und die Tropfen rannen seine muskulöse nackte Brust herunter. Seine Lippen waren halb geöffnet, so als sehnten sie sich nach ihren. In ihrem Körper tobte eine Sturmflut. Ihr Blut wogte in hohen Wellen durch ihre Adern und ihr war glühend heiß. Was für ein Mann. Sie bräuchte nur ihre Hand auszustrecken und könnte ihn berühren. Das durfte sie natürlich nicht tun und sie würde es nicht tun. Schluss jetzt. Das Amulett.

Konzentrier dich! Das ist doch nicht schwer.

Sie brauchte eine Ewigkeit, nur um das magische Band vorzubereiten. Zitternd drehte sie es zwischen ihren Fingern. Es sah kläglich aus, schimmerte kaum und Bannsprüche bekam sie auch nicht zustande. Denn sie sah gar nicht ihr Werk, sie klebte bloß ihre Blicke darauf, während sie eigentlich vor allem Silvrins Gegenwart spürte, die alle ihre Sinne vibrieren ließ. Die Finger zitterten ihr mächtig, als sie nun dieses jämmerliche und völlig missglückte *Amulett* hochhob und ihm dann sachte mit beiden Händen über die Stirn zu streifen versuchte.

Ihr war zumute, als wäre sie dadurch, ohne es zu wollen, in seinen Bannkreis geraten. Er war viel größer und kräftiger als sie. Seine klaren Augen mit dem so gewinnenden, offenen Ausdruck darin, seine Lippen, die noch immer lockend für sie geöffnet waren, das umnebelte sie, entführte sie wie in eine neue Welt.

Der Zauber für das Amulett entglitt ihr. Das magische Band wurde immer dünner, aber wen interessierte das überhaupt? Sie wusste kaum noch, wer sie war und was sie hier wollte, außer dass sie dieses Band um seine Stirn führen musste. Das versuchte sie auch. Sie strich dabei mit den Händen erst um seine Schläfen und dann nach hinten, in seine Haare hinein. Seine klatschnassen Strähnen zu berühren brachte sie fast um den Verstand, so fantastisch fühlte sich das an. Dabei rutschten ihre Finger ab, weil er von dem Regen überall durchnässt war. Ohne dass sie realisiert hatte, was sie tat, landeten ihre Hände auf seinen Schultern. Und da war es um sie geschehen. Sie zog seinen Kopf zu sich heran und küsste ihn.

Im nächsten Moment fühlte sie seine Hände um ihre Hüften, in einer fordernden, berauschenden Berührung, die ihren gesamten Körper in Flammen setzte. Er umhüllte sie. Sie fühlte die Kraft seiner Arme um ihre Schultern, hörte seinen keuchenden Atem und seine heisere Stimme, die ihren Namen wisperte. Seine Haut direkt auf ihrer zu spüren löste eine Schockwelle nach der anderen aus. Sie trank seine schmelzenden Blicke und geriet in eine Art Schwebezustand. Alles war so leicht, alles trillerte in ihr vor Glück! Sie wusste nicht, wie sie eigentlich auf den Boden gelangt waren. Der Teppich schien in der Luft zu fliegen und schaukelte sie wie in einer Wiege. Silvrins Finger glitten unter ihr Hemd. Sie erschauerte.

Tief in ihrem Inneren knurrte eine böse, mahnende Stimme: »Verboten! Das darfst du nicht.«

Aber die Worte verhallten ungehört, sie blockte sie und stieß sie von sich. Was konnte man ihr denn verbieten, sie machte doch überhaupt nichts. Eher anders herum – etwas geschah mit ihr. Sie konnte nicht anders, als Silvrin zu umklammern, ihn mit den Armen zu umschlingen, denn er zog sie an mit einer Macht, der sie nicht widerstehen konnte. Er umarmte sie sanft und doch mit einer Urgewalt, die selbst den Himmel auf die Erde heruntergezwungen hätte. Er zog sie an wie der stärkste aller Magneten und sie hing an ihm fest, als wären sie mit Ketten aneinandergefesselt. So fest, als dürfte an keiner Stelle auch nur ein Hauch Luft zwischen ihnen Körpern sein und diesen Zustand der vollkommenen Nähe infrage stellen. Dann küsste er sie. Seine Lippen waren weich und fordernd zugleich und sie durchströmte grenzenloses Entzücken. Sie war zu Hause und sie war dort, wohin sie sich schon seit Monden sehnte, im Tempelpark ihrer Kindheit und Jugend in Pallanthia, bei den kleinen Blümchen, die wie ein weißes Meer unter den Opferbäumen wuchsen. Sie meinte den Duft der Blumen zu riechen und sie hörte das geheimnisvolle Rauschen der weißen Magie. Ja, sie meinte sogar die sanfte Stimme ihrer Lieblingsgöttin zu hören, Lystrella. Küsse wie Sonnenstrahlen. Wie Lebensenergie. Sie bräuchte nie wieder etwas zu essen, sie könnte sich allein von seinen Küssen ernähren. Allerdings vergingen sie so schnell, sie wollte mehr davon! Viel mehr. Viel mehr von ihm.

Seine Berührungen wurden heftiger, fordernder. Das erhitzte sie beinahe bis zum Wahnsinn. Obwohl sie sich so eng aneinander verschlangen, war es noch nicht nah genug. Sie würde am liebsten vollkommen mit ihm verschmelzen. Eins mit ihm sein und mit ihm zusammenwachsen. Sie brauchten keine zwei Körper, sie könnten zusammen in einem sein – untrennbar. Welches Paradies das wäre!

»Ich liebe dich«, hörte sie Silvrin leidenschaftlich flüstern. »Himmel, wie sehr ich dich liebe, ich könnte verrückt werden.«

Seine Worte ergriffen sie wie ein Orkan. Sicherlich hatten seine wilden Küsse sie schon ahnen lassen, dass seine Gefühle stark waren – aber es noch in aller Deutlichkeit zu hören versetzte sie wie in einen Rausch.

»Und ich dich«, keuchte sie. »Vom ersten Tag an. Ich denke ständig an dich. Sogar in meinen Träumen.« Sie umarmte ihn leidenschaftlich und suchte seine Lippen. Ihr nächster Kuss wollte kein Ende nehmen und es kam ihr vor, als band er sie bereits aneinander. Ein grandioses Wonnegefühl umtoste sie.

»Bleibst du bei mir?«, raunte Silvrin inbrünstig und sie sah die uferlose Sehnsucht in seinen Augen. »Jetzt? Und morgen? Und ... immer?«

Immer! Das sagte er tatsächlich! Sie hätte beinahe laut gejubelt, doch ein dumpfes, mahnendes Gefühl in ihrer Magengrube versiegelte ihr den Mund. Es grummelte so deutlich, dass sie Übelkeit befiel.

Was machst du denn da!, mahnte ihr Gewissen. *Die Göttin hat es verboten. Du vernichtest ihn. Lass ihn los, geh! Sofort!*

Namenlose Angst kroch ihr den Nacken hinauf, gefolgt von einer so tiefen Enttäuschung und Sehnsucht, dass sie wie gelähmt war. Ja, sie müsste wirklich gehen, sie durfte seine Küsse nicht mit solcher Hingabe erwidern – schon dass sie ihm überhaupt ihre Lippen bot, konnte sein Todesurteil sein.

Aber sie schaffte es nicht, sich von ihm zu trennen. Zu stark war ihre Sehnsucht und zu heftig die Gefühle, die er ausgelöst hatte. Sie war in seiner Umarmung gefangen und wollte auch gefangen bleiben. Gleichzeitig war ihr nur allzu bewusst, dass sie gerade alles verspielte, was ihr im Leben wichtig war. Sie missachtete den Wunsch ihrer Göttin und brachte Silvrin in Lebensgefahr. Das durfte sie doch nicht.

Er hielt inne. Ein gequälter, verstörter Ausdruck trat in seine Augen.

»Was hast du? Macht es dir Angst, dass ich *immer* gesagt habe?«, wisperte er mit bebender Stimme.

»Nein!«, keuchte sie. »Aber ich muss dich bitten zu schweigen.«

Seine Augen verdüsterten sich schlagartig.

»Areshva, sag nicht, dass du nur mit mir spielst. Das kann ich nicht. Das halte ich auch nicht aus.«

»Ich spiele nicht«, stammelte sie hart und voller aufkommender Panik. Mehr zu sagen wagte sie nicht, ja diese drei Worte waren wohl schon zu viel. Sie würde ihn verlieren, sie spürte es.

Das dumpfe, albtraumartige Gefühl umklammerte ihre Brust und wisperte unaufhörlich: *Verboten. Verboten. Du musst gehen!* Aber genau das war ihr unmöglich. Sie suchte seine Lippen, aber er wich weit genug zurück, dass sie ihn nicht erreichte.

»Irgendetwas stimmt nicht.« Seine Stimme klang brüchig und seine Augen waren gefährlich feucht. Sie spürte seinen Körper vibrieren. Eine Welle der Verzweiflung überrollte sie. Gleichzeitig weggehen zu sollen, aber nicht zu können – reden zu wollen, aber nicht zu dürfen – sich nach ihm mit allen Fasern sehnen und doch den Körperkontakt unterbrechen müssen – das war zu viel, es paralysierte sie.

Er atmete tief und angestrengt.

»Sag, was los ist.«

»Küss mich«, hörte Areshva sich selbst sagen, ohne dass sie begriff, woher die Worte gekommen waren.

»Und was soll ich dir wegküssen?«

Wenn sie ihm das doch sagen könnte! Ihm ihr Herz ausschütten, sich ihm offenbaren und ihm endlich nicht nur körperlich, sondern auch seelisch verbunden sein!

Aber das würde die Göttin nicht erlauben. Sie war wie blockiert. Die in ihr widerstreitenden Hoffnungen und Zwänge legten sie lahm. Heiße Tränen rollten ihre Wangen hinunter und da, endlich, umarmte er sie wieder fester, küsste ihr langsam, aber umso heftiger die Tränen ab, fuhr mit den Lippen über ihre Wangen und erreichte schließlich ihren Mund.

Aber er war verändert. Seine Küsse waren jetzt nicht mehr glücklich verliebt, sondern dunkel und verzweifelt. Seine Hände zitterten, seine Arme, ja, sein ganzer Körper waren ein einziges Erdbeben. O du heilige Göttin. Sie spürte seine Liebe wie einen Orkan. In ihren kühnsten Träumen hätte sie nicht zu hoffen gewagt, dass er so viel für sie empfinden könnte. Er riss sie mit sich. Er schwemmte alles Dunkle, alles Bedrückende einfach davon. Eine höhere Kraft zog sie gewaltsam zu ihm hin. Vielleicht war es auch nur eine Art Wahnsinn. Sie war verrückt nach ihm. Sie hungerte nach ihm wie nach dem Ambrosia des Lebens. Verflucht ... War sie wirklich so egoistisch, dass sie bereit war, mit seinem Leben zu spielen, nur um ihn für diese eine Nacht zu besitzen? Wieder tropften ihr die Tränen haltlos aus den Augen. Die Nacht aller Nächte. Eine Nacht, nach der es egal war, ob es danach wieder einen neuen Tag geben würde oder nicht?

Silvrin ließ sie abrupt los.

»Du machst mich fertig«, sagte er heiser. »Ich begreife nicht, was du fühlst. Wenn du mir deine Seele verschließt, kann daraus nie etwas Echtes werden. Ich weiß zwar nicht, wie ich es aushalten soll, wenn du wieder gehst – aber dich nur halb zu haben halte ich auch nicht aus.«

Ihr Herz begann zu galoppieren. Es donnerte in ihrer Brust, als wollte es alle Rippen zersprengen. *Gehen.* Ja, er hatte recht. Sie sollte *gehen*. Sie musste. Hätte schon längst zur Vernunft kommen sollen. Aber wenn sie es tat ... würde sie ihn dann verlieren? Es würde ihn fürchterlich verletzen.

Würde er sich später – wenn die Göttin es ihr hoffentlich erlaubte – auf einen zweiten Versuch einlassen?

Vielleicht.

Oder auch nicht. Sie könnte ihn verlieren für immer.

Immer wilder raste ihr Herz.

Nein. Bitte. Nicht.

Er fasste sie bei den Schultern und zog sie zu sich heran.

»Areshva … Areshva … Warum weinst du? Sag es doch. Hab Vertrauen zu mir.«

Ich habe Vertrauen, Silvrin. Zu niemandem mehr als zu dir.

Die Worte drängten schon auf ihre Lippen und beinahe hätte sie sie ausgesprochen, aber sie biss die Zähne zusammen.

Nein. Noch mehr Entgleisungen durfte sie sich nicht erlauben. Sie musste aufhören, sich wie ein störrischer Esel zu benehmen. Es ging um die Existenz ihrer Göttin! Sie musste ihr gehorchen und auf sie vertrauen, so wie sie das früher getan hatte! Sie musste Silvrin verlassen und hoffen, dass trotzdem alles gut zwischen ihnen werden würde. Dass die Göttin es richten würde.

Irgendwann später.

Er ließ sie los.

»Wenn du mit mir nicht reden willst, ist es wohl besser, wir beenden das«, sagte Silvrin.

So hart, so metallisch hatte sie seine Stimme noch nie gehört. Es klang, als wären sie einander vollkommen fremd. Als wäre nie etwas zwischen ihnen gewesen. Alarmiert wischte sie sich die Tränen aus dem Gesicht und richtete sich auf.

Was für ein Anblick.

Seine blonden Haare waren zerwühlt, seine Arme so angespannt, dass sie seine Muskeln zucken sehen konnte, und in seinen Augen brannte ein bodenloser

Schmerz. Ein Abgrund, der ihn in schwindelnde Tiefen herabreißen würde. Der ihn nicht nur verletzen, sondern auch innerlich zerstören würde. Und seine Liebe ebenso. Sie würde keine zweite Chance bekommen, das begriff sie mit einem Schlag. Sie würde ihn verlieren ... für immer.

Da brannte etwas in ihr durch.

Ihn verlieren, nein. Jetzt hatte sie seine Liebe gespürt, die Liebe ihres Lebens, und sie wollte sie nicht mehr verlieren. Was wäre das Leben ohne ihn, eine Wüste? Ewige Nacht? Nicht einmal die Göttin könnte sie ihr erhellen. Er war alles, was sie brauchte. Er war ihre Welt, ihr Herz, der Grund unter ihren Füßen. So simpel verhielt es sich, warum hatte sie das nicht schon längst begriffen?

Sie musste für ihre Liebe kämpfen.

Egal, was sie dafür verlor und egal, was es kostete.

»Verzeih mir«, flüsterte sie leidenschaftlich und erzitterte, als sie in seine Augen blickte, die einen starren eisblauen Ausdruck angenommen hatten. »Wenn ich mich zwischen dir und der Göttin entscheiden muss, wähle ich dich. Ich liebe dich wirklich. Mit allen Fasern. Und für immer, Silvrin.«

Ein Ruck ging durch seinen Körper.

»Areshva«, keuchte er, atemlos, als wäre er eben noch kurz vor dem Ersticken gewesen. Sein Gesicht leuchtete auf. Seine Stirn glättete sich und die Farbe kehrte auf seine Wangen zurück. Er sah sie mit einem Blick glühend vor Leidenschaft an, unter dem ihr abwechselnd heiß und kalt wurde. »Du weißt nicht, wie herrlich es ist, das von dir zu hören. Wie unendlich viel mir das bedeutet.« Langsam beugte er sich zu ihr, hielt aber inne, bevor er sie erreicht hatte. Er presste die Lippen zusammen, zögerte und sie erkannte, dass es ihm Mühe bereitete, weiterzusprechen. »Solch eine weitreichende Entscheidung kann ich nicht von dir verlangen. Es reicht mir, dass du mir deine Gefühle gezeigt hast, und dafür bin ich dir wahnsinnig dankbar. Aber …« Er räusperte sich und atmete schwer. »Wenn es hier um etwas geht, was deine wunderbare Göttin verlangt hat, dann darfst du es nicht missachten. Auch nicht für mich.«

Ein wildes Glücksgefühl durchströmte Areshva, gemischt mit grenzenloser Bewunderung. Dieser Mann schaffte es doch immer wieder, sie fast bis zu Tränen zu rühren.

»Du bist ein großartiger Mensch«, flüsterte sie.

»Dabei habe ich dir meine Gefühle noch gar nicht gezeigt.«

»Doch, du hast. Ich sehe sie in deinen Augen.«

»Und das reicht dir? Mir reicht es nicht.«

Vorsichtig legte sie ihm die Arme auf die Schultern und ebenso sachte zog er sie an sich heran.

Ihr Kuss war so so tief wie das Meer, so unendlich wie der Himmel und so sanft wie die erste Morgenröte eines neuen Tages, von dem sie noch nicht wussten, was er ihnen bringen würde.

Liebesblüten

»Prinz Koryelan! Zwei weitere Männer können nicht weiterreiten.«

»Sind sie vergiftet?«

»Das ist anhand der Symptome zu vermuten. Der eine ...«

»Verschont mich mit Einzelheiten.«

***

Prinz Koryelan führte sein Regiment zielstrebig durch die Nacht. Er lehnte es ab mit diesen Vergiftungen belästigt werden, schließlich hatte er einen Auftrag zu erfüllen. Fürst Ishtangar von Pallanthia wartete auf seine Ankunft. Er wollte ihn nicht enttäuschen. Wenn er sich jetzt standhaft zeigte, zuverlässig – dann hätte er eine Chance, Prinzessin Isimela für sich zu gewinnen. Jedenfalls hatte sein potenzieller zukünftiger Schwiegervater ihm das versichert.

Immer wieder ereilten ihn neue Berichte über weitere Opfer. Etwa ein Dutzend Männer zeigten Symptome der Vergiftung und kamen auf grausame Weise zu Tode. Er sah sich die Opfer nicht an und verminderte nicht einmal sein Tempo. Es war klar, dass dies dasselbe Gift sein musste, das auch Silvrins Truppe aufgehalten hatte. Eine Krankheit, für die es kein Gegengift gab. Er könnte ohnehin niemandem helfen.

Ob Silvrin ebenfalls zu den Opfern gehörte? Dies war möglicherweise sein Ende. Sollte er umkehren und seinem Freund beistehen? Aber was könnte er tun? Seine Priesterin wusste kein Mittel gegen die Krankheit.

Außerdem, Silvrin stand zwischen ihm und der wunderschönen Prinzessin Isimela. Wenn er nicht wäre, dann würde Koryelan sie bekommen. Aber auch nur dann!

Es tat weh, Silvrin zu verlieren, aber die Prinzessin hatte so sehr von seinem Herzen Besitz genommen, dass er den Gedanken nicht ertrug, sie könnte demnächst Silvrin heiraten.

Eine solche Hochzeit war neuerdings sogar ein Gesprächsthema. Zwar hatte Fürst Ishtangar ihm mehrfach die Hand seiner Tochter zugesichert, aber Prinzessin Isimela lief Silvrin hinterher wie ein liebestoller Pavian, und persönlich hatte Koryelan das Gefühl, dass das Volk von Aravenna ihm nicht nur die Krone wegnehmen und an Silvrin weiterreichen würde, sondern auch seine so sehnlichst erwünschte Gemahlin. Deshalb ritt er zügig voran und versuchte Silvrin aus seinen Gedanken zu verbannen.

Gegen Mitternacht traf Prinz Koryelan auf den Hügeln vor der Stadt Darghessa mit Ishtangar zusammen und ließ dort seine Armee das Lager für die Nacht aufschlagen. Allerdings war es ihm unmöglich, auch nur ein Auge zuzutun. Er bereute seine Gefühllosigkeit. Wie konnte er Silvrin so unmenschlich den Tod wünschen? Er musste ihn noch einmal sehen. Wenn es nicht zu spät war! Also brach er mitten in der Nacht nochmals auf und ritt den ganzen Weg wieder zurück, nur von einer kleinen Eskorte begleitet. Wenn er

Silvrin nicht wenigstens auf seinem letzten Weg zur Seite stand, war er es nicht wert, sich sein Freund zu nennen.

Er erreichte Silvrins Lager am frühen Morgen des nächsten Tages. Die Sonne war gerade aufgegangen. Der Regen dieser Nacht hatte langsam nachgelassen und war schließlich ganz verschwunden. Die Nässe hing noch überall: Es tropfte von den Bäumen herab, es rann von den Zelten und auf dem Boden hatten sich Pfützen gebildet. Mitten durch diesen Matsch hindurch ritten nun Koryelan und seine Garde.

Die Soldaten durchschwärmten Silvrins Lager und fanden die Leichen der zehn Todesopfer, die das Gift gefordert hatte. Mehr waren es jedoch nicht. Alle anderen Männer lagen gesund und zum größten Teil ruhig schlafend in ihren Zelten. Prinz Koryelan konnte sein Glück kaum fassen und beeilte sich, zu Silvrin zu gelangen, um zu erfahren, ob auch er mit dem Leben davongekommen war, so wie die Truppe behauptet hatte.

Er öffnete die Zelttür und trat ein. Eine magische, grün leuchtende Fackel spendete Licht für das geräumige Zeltinnere. Von Silvrin keine Spur. Das Feldherrenzelt war verlassen. Allerdings gewahrte Koryelan auf einem der Teppiche einen gigantischen schwarzen, lederartigen Kokon, der ungefähr aussah, als könnte darin eine Monsterraupe heranwachsen oder eine Art Riesenfledermaus.

Koryelan erschrak. Hatte irgendeine Bestie Silvrin verschlungen? Es hörte sich nicht danach an.

Da lachte doch jemand! Leise, verschwörerisch, und ununterbrochen. Es klang, als ob irgendwo im Zelt zwei sehr alberne Teenager miteinander kicherten, die jedes kleine Wort witzig fanden, das der andere sagte.

Der Kokon riss auf und weiße Flocken wirbelten heraus. Dann verschloss er sich wieder.

Koryelan trat vorsichtig näher heran: Das waren Blütenblätter. Jedenfalls sahen sie exakt danach aus. Sie rochen nach Frische und Frühling. Was war das für ein Kokon?

Er bewegte sich. Unregelmäßig, manchmal sehr heftig.

Wieder riss er oben auf. Diesmal klappte er ein ganzes Stück auseinander wie ein großes schwarzes Blumenblatt mit dünner Haut. Koryelan erkannte so schnell nicht genau, was darin war, denn da klappte der Kokon schon wieder zu. Was er aber meinte gesehen zu haben, waren zwei eng ineinander verschlungene Körper, umgeben von weiteren dieser Blütenblätter. Das Mädchen hatte er auch sofort zugeordnet. Das war diese vertrackte Zauberin. Ihre langen schwarzen Haare hatten zwischen den Blüten gewirbelt, so als ging drinnen ein lauer Wind.

Der Kokon lag schwarz und unheimlich vor ihm. Drinnen lachten sie wieder. Und wisperten miteinander.

»Du bist wunderschön«, hörte Koryelan ganz eindeutig Silvrins Stimme. Sie klang dermaßen exaltiert, dass sich ihm die Nackenhaare sträubten.

Das Mädchen kicherte zur Antwort. Außerordentlich albern sogar, dachte Koryelan, immer mehr bestürzt. Was tat sie hier? Behexte sie Silvrin? Als ob das noch nötig wäre. Als ob sie ihm nicht schon genug im Kopf herumspukte.

Der Kokon öffnete sich zum dritten Mal. Diesmal faltete sich die eine Seite des Kokons auseinander. Das gewaltige schwarze Blatt klappte bis auf den Fußboden herunter. Und jetzt wurde Koryelan klar, dass es sich weder um einen Kokon noch um eine Blume handelte, sondern um nichts weiter als um die überdimensional langen Fledermausflügel der Zauberin, die sie um sich und um Silvrin gewickelt hatte, jetzt freilich nur noch auf einer Seite. Perfekte Flügel, vollkommen verheilt, ohne die Spur einer Verletzung. Im ersten Moment war unter dem zweiten Flügel, der das Paar noch verdeckte, nichts als ein wirbelnder Blütenregen zu sehen und darunter aufblitzend nackte Haut. Dann fuhr ein kräftiger Arm heraus und strich kosend über die ausgebreitete Schwinge.

»Wie fühlt sich das an?« Seine Stimme war so sanft, wie Koryelan sie noch nie zuvor gehört hatte. Der Wirbel drinnen legte sich; die Blütenblätter flatterten langsam herunter. Silvrin hielt das Mädchen ganz fest in seinen Armen und bedeckte ihren Hals, ihre Wangen und Lippen mit Küssen. Jetzt lachte sie nicht mehr, aber Koryelan sah für einen kurzen Moment ihr Gesicht, das in vollkommener Verzückung von innen heraus leuchtete. Sie hatte ihre Hände um seinen Hals geschlungen, wo er gewöhnlich sein blaues Halstuch trug. Das war inzwischen schon so verrutscht, dass es gerade in diesem Moment heruntersegelte und ihr über die Augen fiel. Darüber fingen sie beide wieder an zu lachen.

Silvrin hob das Tuch hoch, wollte es weglegen, aber sie griff ebenfalls danach und hauchte: »Kann ich das haben?«

»Klar.« Er küsste sie zwischen ihre Brüste. »Wenn du willst.«

Sie sahen beide verschwitzt aus, obwohl sie gar nichts mehr anhatten, wie Koryelan jetzt in niederschmetternder Bestürzung feststellte.

»Silvrin!«, zischte Koryelan laut und empört. Mit schnellen Schritten ging er auf seinen Freund zu und rüttelte ihn an der Schulter. »Sag mal, bist du übergeschnappt? Hast du vergessen, wer diese Kreatur ist und wen sie schon alles umgebracht hat?«

Silvrin und Areshva fuhren hoch wie aus einem Traum. Prinz Koryelan starrte die Zauberin mit tiefer Verachtung an.

»Raus hier. Raus, oder ich schlage Alarm!«, drohte er der Skeff.

Silvrin war wie der Blitz auf den Beinen, bedeckte sich notdürftig mit einer Leinendecke, die herumlag, und packte Koryelan am Oberarm.

»Was zum Kuckuck machst du hier? Misch dich nicht in meine Angelegenheiten ein!« Damit stieß er ihn zum Zeltausgang hin. »Wage es nicht, hier noch einmal ohne meine Erlaubnis hereinzukommen!«, fuhr er ihn so scharf an, dass Koryelan rückwärts aus dem Zelt taumelte.

Der kleine Zwischenfall hatte genügt, um Areshva wieder zu Verstand kommen zu lassen. Es kam ihr vor, als wäre sie aus einer Verzauberung herausgefallen. In ihrem Kopf klingelte und trillerte alles. Was war in sie gefahren? Was hatte sie getan? Den Schwur an ihre Göttin gebrochen, den sie doch gerade erst getan hatte. Dem Silvrin sein Leben verdankte. Die Göttin hatte ihr doch verboten ihn zu treffen. Sie musste diesem Befehl gehorchen und gehen, selbst wenn der Gedanke, Silvrin zu verlassen, ihr das Herz zerriss.

In dieser Nacht hatte er ihr den Himmel geöffnet. Sie hätte nicht für möglich gehalten, dass etwas sich so perfekt, so gigantisch anfühlen könnte. Körperlich konnte sie sich vielleicht von ihm entfernen, aber ihre Seele war mit einem mächtigen Band an seine gebunden. Sie würde nie wieder ruhig sein, wenn sie nicht in seiner Nähe war. Nie wieder ganz und vollkommen. Denn er gehörte jetzt zu ihr und sie zu ihm. Lystrella war die Göttin der Liebe – wollte sie sich wirklich gegen ihre

Liebe stellen? Nein! Das war hoffentlich nur eine vorübergehende Strafe für Areshvas Untreue. Sie würde die Strafe bald wieder aufheben.

Hoffentlich. Wenn sie sich fügte und ihren Wünschen jetzt gehorchte.

Als Silvrin zu ihr zurückkehrte, stand sie aufrecht, hatte ihre schwarzen Haare nach hinten gestrichen, ihre Flügel zusammengeklappt und sich die feuchten Klamotten wieder angezogen.

Seine Augen verdunkelten sich. Sein ganzes Mienenspiel entgleiste auf eine Weise, die ihr das Herz verkrampfte.

»Sag nicht, dass du jetzt gehen wirst!«, stieß er hervor.

Genau das hatte sie sagen wollen, aber der Klang seiner Stimme fuhr ihr durch Mark und Bein. Es war ihr unmöglich, die fatalen Worte zu auszusprechen. Außerdem sollte sie nach dem Wunsch ihrer Göttin ohnehin in seiner Gegenwart schweigen. Da fiel ihr das Amulett ein. Das Schutzamulett, das er so dringend brauchte und um dessentwillen sie ja eigentlich hergekommen war.

»Hinsetzen«, sprach sie in den Raum hinein, als redete sie mit der Zeltwand.

Er gehorchte, ohne nachzufragen. Sie hatte das Gefühl, als ob sie in diesem Moment von ihm hätte verlangen können, was immer ihr einfiele, und er wäre ihr gefolgt. Er hockte sich auf den Boden. Sie kniete sich vor ihn nieder.

»Lystrella«, murmelte sie halblaut, »hörst du mich? Ich brauche Bannstrahlung für ein Schutzamulett!«

Totenstille am Himmel über ihr. Lag das an Lystrellas extremer Machtlosigkeit oder gehörte dieses Anschweigen mit zu ihrer Strafe? Zwar huschte kurz darauf ein schmaler Magiestreifen in ihren rechten Daumen, aber der war noch winziger als der von gestern. Irgendeinen effektiven Schutz konnte sie aus der kleinen Masse niemals konstruieren.

Worauf hatte sie sich eingelassen? Wie sollte sie bei dem Kampf um Darghessa nur bestehen? Wie Silvrin beschützen?

Ihre Hände hatte sie kaum in der Gewalt, als sie jetzt damit einen Bogen beschrieb, aber wenigstens war ihre Konzentration nun einwandfrei. Gleich darauf hielt sie ein golden schimmerndes Stirnband in den Fingern, das sie Silvrin mit zitternden Händen über die Stirn legte. Dazu murmelte sie ein paar beschwörende Worte und das Stirnband wurde unsichtbar.

»Danke«, sagte Silvrin mit einer Stimme voller Wärme, auf die sie gerne etwas geantwortet hätte, was sie sich jedoch standhaft verbiss. Das Band war ihr recht gut gelungen. Das war auch nötig, denn er würde wahrscheinlich den besten Schutz der Welt brauchen.

Nun denn, der Auftrag war erfüllt. Sie sollte ihn verlassen und in ihr eigenes Lager zurückkehren. *Hilf mir doch, beste Lystrella, sag du ihm, was ich nicht darf!*, flehte Areshva in Gedanken und spürte, dass der Stich in ihrem Herzen tiefer und tiefer wurde, je länger sie versuchte den Abschied hinauszuzögern. *Erlöse mich doch! Lass mich bei ihm bleiben, bitte!*

Aber die Göttin schwieg.

Tränen stiegen ihr in die Augen und sie blinzelte heftig, um nicht vor Silvrin die Fassung zu verlieren.

Widerstrebend lenkte Areshva ihre Schritte zum Zeltausgang. Sie sah Silvrin nicht mehr an, sondern ging aus dem Zelt in die Sonne hinaus. Hinter sich hörte sie ihn ihren Namen rufen, laut und verzweifelt. Auch in ihrem Herzen wuchs ein namenloser Schmerz. Es kam ihr vor, als müsste sie sich selbst auseinanderreißen.

Aber noch war Silvrin nicht gerettet. Sein Leben hing davon ab, dass Lystrella ihr gewogen blieb und ihn auch bei der Schlacht um Darghessa beschützte – genau so effektiv wie heute. Der Göttin zu gehorchen hatte deshalb oberste Priorität.

Sie konnte nur darum beten, dass sie auf dem Schlachtfeld keine böse Überraschung erlebte. Irgendein dumpfes Gefühl sagte ihr, dass ihre Feinde in Darghessa, besonders die eiskalte Priesterin Meriedyce, bestimmt gerade an einer neuen Falle arbeiteten.

Areshva fing an zu rennen, schneller und immer schneller, ohne sich um Pfützen und schlammige Wege zu kümmern.

Dumme Gedanken. Sie würde in keine Falle mehr tappen und sie hatte keinen Grund, sich zu fürchten. Im Gegenteil, endlich war sie zurück auf dem richtigen Weg. Sie hatte Lystrella zurückgeholt, sie stand auf der rechten Seite – sie hatte ihr wichtigstes Ziel bereits erreicht!

Alles würde gut gehen und wenn sie der Göttin wieder auf den Thron verhalf, der ihr gebührte, würde sich alles einrenken. Vielleicht würde sie ihr dann vergeben und ihr erlauben, Silvrin als ihren Partner zu wählen?

ENDE von Band 4

ANKE UNGER

Göttin der Dunkelheit

CHRONICLES OF GODS 1

ANKE UNGER

Der magische Blick

CHRONICLES OF GODS 2

ANKE UNGER

Sog der Finsternis

CHRONICLES OF GODS 3

ANKE UNGER

Der verfluchte Ring

CHRONICLES OF GODS 4

Tempel der Skelette (Chronicles of Gods 5)

** Band 5 der berauschenden Welt voller Götter, Magie und Intrigen **

Areshva ist endlich zu ihrer verehrten Lichtgöttin Lystrella zurückgekehrt und sieht staunend deren Güte und Pracht. Prompt wird ihre Schülerin Pirina im Moor von Dämonen angefallen, ihr Geliebter Silvrin gerät in eine Schlacht gegen eine Armee aus Skeletten, die von der finsteren Priesterin Meriedyce erschaffen werden und Lystrellas Kräfte reichen leider nicht aus um zu helfen. Areshva muss sich ein für alle Mal entscheiden: Licht oder Schatten ...

Dunkle Götter, eine verbotene Magie und die Versuchung der Liebe verstricken die Magierin Areshva in ein mitreißendes Handlungsnetz, dem sich der Leser absolut nicht entziehen kann. Anke Unger überträgt uralte Ängste des Menschen auf eine faszinierende Fantasywelt voller Legenden.

//Alle Bänder der Fantasy-Reihe:
-- Göttin der Dunkelheit (Chronicles of Gods 1)
-- Der magische Blick (Chronicles of Gods 2)
-- Sog der Finsternis (Chronicles of Gods 3)
-- Der verfluchte Ring (Chronicles of Gods 4)

-- Tempel der Skelette (Chronicles of Gods 5) *erscheint April 2021*
-- Seelen der Göttin (Chronicles of Gods 6)// *erscheint Mai 2021*

Erscheint im Sommer 2021:

Meermädchen oder Das Herz des Dämonen (Die Chroniken von Amazonia 1)
Wenn nur die Magie des Wassers dich retten kann

Unbegabt, verachtet, verstoßen: Das Leben des Straßenmädchens Murissa ist eine Katastrophe. Bis sie sich in den Seeprinzen Turris verliebt. Um sein Herz zu gewinnen, gibt sie sich als zauberkräftige Meerjungfrau aus, schwitzt fortan unter dem Druck, nicht enttarnt zu werden, und folgt ihrem Prinzen auf eine abenteuerliche Reise zum Nebelmeer. Doch auch Turris hat ein Geheimnis. Und seines ist weitaus gefährlicher.

Die Amazonenkönigin Penthesilea, siegreich in neun Feldzügen, wird von ihrem Volk und ihrer Göttin umjubelt. Ihr neuester ritueller Kriegszug, bei dem sie unter Wasser kämpfen soll, droht jedoch ihr Heer zu vernichten. Die Rettung sucht sie in waghalsigen Experimenten mit Meeresmagie.

Als die Königin und das Straßenmädchen aufeinandertreffen, verknüpfen sich ihre Schicksale. Sie könnten alles verlieren, wovon sie je träumten – oder auch alles gewinnen!

Exotische Welten unter Wasser und im fernen Inselreich Amazonia, magische Kämpfe, dunkle Geheimnisse, die Macht der Liebe und eine Prise Humor machen dieses Fantasy-Epos zu einem mitreißenden Abenteuer.